LE DERNIER VOYAGE

DU MÊME AUTEUR

Aux éditions Belfond

Hôtel du lac, 1988.
La Vie, quelque part, 1990, rééd. 2001.
Providence, 1991.
Mésalliance, 1993.
Dolly, 1995.
États seconds, 1997.
Une chute très lente, 2001.
Une trop longue attente, 2002.
Fêlures, 2003.

Aux éditions de La Découverte

Regardez-moi,1986.
Une amie d'Angleterre, 1988.
La Porte de Brandebourg, 1989.
Lewis Percy, 1991.
Julia et moi, 1992.
Esquives, 1993.
Impostures, 1994.

Aux éditions Fayard

Les Règles du consentement, 2004.

ANITA BROOKNER

LE DERNIER VOYAGE

*Traduit de l'anglais
par Michelle Herpe-Voslinsky*

belfond
12, avenue d'Italie
75013 Paris

Titre original :
THE NEXT BIG THING
publié par Viking, Londres.

Si vous souhaitez recevoir notre catalogue
et être tenu au courant de nos publications,
vous pouvez consulter notre site Internet :
www.belfond.fr
ou envoyer vos nom et adresse,
aux Éditions Belfond,
12, avenue d'Italie, 75013 Paris.
Et, pour le Canada,
à Interforum Canada Inc.
1050, bd René-Lévesque-Est,
Bureau 100,
Montréal, Québec, H2L 2L6.

1

Julius Herz fit un rêve dont il s'éveilla tout ému et impressionné alors qu'il faisait encore nuit noire. Il rêva qu'il avait reçu un coup de téléphone de sa cousine, Fanny Bauer, l'amour de sa vie. Elle lui intimait l'ordre de l'emmener au cinéma. Désireux de lui complaire, comme toujours, il enfilait son manteau et en l'espace d'une seconde il était ailleurs – selon la norme de ces rêves où vos souhaits se réalisent. Bien que ce fût un après-midi de semaine, le cinéma était tellement bondé qu'ils devaient se tenir debout au fond de la salle. Fanny était telle qu'il l'avait toujours connue et telle qu'il se la rappelait : irritable comme toutes les jolies femmes gâtées, exigeante et jamais satisfaite. Peu après le début du film, elle lui avait agrippé le bras, déclarant qu'elle ne se sentait pas bien. Sans transition de nouveau, ils se trouvaient dans le vaste café du multiplexe. Fanny s'était à peu près remise mais, contrairement à son habitude, elle était décoiffée et affublée d'un grand manteau en poil de chameau jeté sur les épaules. Lui ne se départait pas de son sourire empressé, il en était conscient, mais cela le déconcertait. C'était le manteau qui le troublait, son manteau à lui, qu'il aurait dû porter. Il ne se souvenait pas de le lui avoir proposé. Le manteau et le malaise de Fanny demeuraient étroitement liés dans son esprit. Mais lorsqu'il comprit que le plus malade des deux, c'était lui, la signification du rêve se révéla dans toute sa force. Souffrant, souriant, il lui avait offert ce qui lui restait de santé et d'énergie et elle, sans s'en rendre compte, sans la moindre gratitude, l'en avait négligemment dépossédé. Ce geste était très significatif de leurs rapports dans la vie réelle, remarqua-t-il en se réveillant. Revenu à lui, il prit conscience d'adresser un sourire – de complicité et d'assentiment – vers les coins de la chambre obscure. Le tic-tac inflexible de sa pendule lui confirma qu'il ne dormait plus, qu'un nouveau jour allait bientôt se lever, en tous points sem- blable aux autres – à ces jours ordinaires de son existence actuelle dans laquelle rien ne se produi- sait, rien n'avait de chance de se produire.

Il ne l'avait pas vue depuis trente ans. Dans le rêve, ils étaient jeunes et elle n'était pas encore mariée. C'était avant Nyon, avant Mellerio, avant que sa famille à lui s'installe en Angleterre. Il s'était senti proche d'elle précisément parce qu'elle lui manquait : il pensait si souvent, si intensément à elle qu'il semblait n'y avoir aucune distance entre eux. Les parents de sa cousine lui manquaient aussi. Il les préférait aux siens. Il savait que les siens étaient inférieurs à ceux de Fanny dans l'échelle sociale, même s'il les soupçonnait de posséder un avantage moral. La mère de Herz n'avait jamais pardonné à sa sœur d'avoir fait un mariage mixte, bien qu'elle n'eût rien d'une pratiquante. Quant à son père, un homme modeste, il comptait sur son beau-frère, sans jamais se sentir tout à fait à l'aise en sa présence. Pourtant ce beau-frère, Hubertus, s'était arrangé pour leur faire quitter Berlin en toute sécurité. La maison, l'une de ces villas chic que Hubertus excellait à construire, avait tout le charme d'un lieu de séjour plus insouciant, un hôtel par exemple, ou un endroit en bord de mer. De même, sa tante Anna semblait toujours sur le point de donner une soirée. Ils jouaient au bridge, buvaient des cocktails, mais malgré son jeune âge Julius Herz se rendait compte qu'ils étaient simplement à la mode, un peu superficiels. Il ignorait alors qu'ils s'inquiétaient pour leur fille aux yeux de braise, dont le physique était si suspect dans l'Allemagne de ces années-là. Ses propres parents se tracassaient aussi pour leur fils aîné, Freddy, leur musicien de génie, plutôt que pour leur cadet au sourire empressé. Les deux familles s'en étaient trouvées momentanément rapprochées ; elles se téléphonaient plus souvent. Hubertus resterait, il n'y avait jamais eu aucun doute à ce sujet. Mais il serait prudent que sa femme et sa fille soient envoyées ailleurs, hors de danger. Le père de Julius, employé d'une société qui fabriquait des instruments de musique, avait toute confiance en ses collègues, en son directeur à qui il avait voué sa loyauté. Comment cette loyauté pourrait-elle ne pas être reconnue et, s'il le fallait, protégée ? Sa mère, qui avait peur de tout, rêvait d'échapper aux nombreuses difficultés dont la vie l'avait assaillie. Ce fut elle, plutôt que son mari, qui plaça en Hubertus sa confiance chancelante ; celui-ci, mieux que son conjoint trop modeste, saurait quoi faire.

Quand Julius, tout jeune homme, se présentait à l'heure du thé chez sa tante sans avoir été invité, ce qu'il tentait de compenser par un sourire (pour lui ça ne comptait pas, mais sa tante et son oncle auraient pu se formaliser), il recevait le genre d'accueil qu'il déchiffrait si bien : familier, avec un brin d'impatience. Il venait de manquer Fanny, lui disait-on ; elle jouait au tennis avec des amis, ceux de « son petit clan », mais il prendrait bien une tasse de thé ? lui proposait sa tante en levant l'un de ses sourcils soulignés au crayon. Inutile d'attendre Fanny : elle passerait la soirée avec ses amis. Et la famille allait bien ? Question de pure politesse, comme celles qu'elle posait d'habitude. Il s'asseyait humblement dans leur salon, avec ses boiseries claires, ses rideaux blancs, ses verreries et ses chromes. Il le préférait, malgré son inconfort, à l'appartement de ses parents, sombre et triste, dont les meubles provenaient de chez ses grands-parents. Ceux-ci avaient exercé sur leur fille loyale et leur gendre docile une autorité manquant parfois de bien-veillance, et Anna, la fille déloyale, s'était séparée d'eux sans beaucoup de regrets. Son mariage avec un protestant avait été considéré comme un crime impardonnable, bien que son mari, Hubertus, fût un homme bon qui avait assuré, par le biais d'une rente discrète, une vieillesse sans souci aux aînés tyranniques qui continuaient de le vilipender. Il était vital de ne pas les heurter sur ce point. Néan-moins le malaise qui résultait de la situation don-nait à Hubertus et Anna l'apparence d'un couple éclairé, qu'ils étaient peut-être, et à leur maison celle d'un havre de modernité – à laquelle il aspirait. Même si Fanny n'était pas chez elle – et elle s'y trou-vait rarement – il pouvait sentir sa présence, l'imagi-ner prenant sa raquette, l'accompagner par la pensée dans l'après-midi ensoleillé. Cette image était si plai-sante qu'il mettait sa visite impromptue au rang des succès, rapportant chez lui des impressions qui allaient enrichir ses maigres réserves, attendant déjà un autre après-midi semblable où sûrement, un jour, elle serait chez elle et ravie de le voir.

Fanny Bauer ! Dans le rêve elle était jeune, jolie, une véritable ensorceleuse, et ses caprices ajoutaient à son charme ; son âge à lui restait indéterminé, mais il reconnaissait le sourire qui le caractérisait. Quand il prit enfin son parti d'une journée qui allait ressembler à n'importe quelle autre, il sut, sans l'ombre d'un doute, qu'il avait soixante-treize ans, qu'il était « retraité » comme on dit des personnes âgées qui ont trop peu à faire, et que Fanny aurait un an de plus. En fait, la dernière fois qu'il l'avait rencontrée, à Nyon, au Beau Rivage, elle avait déjà changé. Il avait voulu la revoir après son divorce avec l'intention de la demander en mariage. Il avait trouvé une femme corpulente et digne qui n'avait même pas le chic de sa mère. « Julius ! s'était-elle écriée, pourquoi es-tu ici, grand Dieu ? » Et il avait fait sa demande, bien trop précipitamment, sans avoir choisi le décor ni rien préparé, pour la voir repoussée d'un geste de la main, une main encore jolie. Il s'abstint de lui dire qu'il avait suivi son évolution en s'imposant un inutile travail de détective, car qu'y avait-il à découvrir ? Il savait déjà que Fanny et sa mère avaient, grâce à la prévoyance de Hubertus, été expédiées en Suisse, dans la plus paisible et la plus neutre de ses villes en bordure d'un lac, en attendant que la situation s'améliore. Il savait que la tante Anna, non moins prévoyante, avait trouvé un mari pour sa fille, un architecte du nom de Mellerio, qui les avait toutes deux prises en charge et les avait installées dans sa vilaine villa d'où elles s'évadaient aussi souvent que possible pour manger des gâteaux au salon de thé anglais ou s'asseoir à la terrasse du Beau Rivage. Elles s'y étaient tout naturellement retirées après que Mellerio eut fait une chute mortelle en inspectant l'un de ses chantiers. La vente de sa maison et de son affaire les avait mises à l'abri du besoin : l'hôtel leur convenait ou plutôt la vie d'hôtel, parfaite pour une existence de déracinées qui ne serait que temporaire. Elles étaient en sécurité, jusqu'à nouvel ordre, mais elles ne rentrèrent jamais chez elles, la maison ayant été détruite par les bombes des Alliés ; en outre, plus personne ne pouvait compter sur les fameux projets de Hubertus.

Fanny avait rejeté la demande de Herz avec calme et gentillesse, en lui expliquant simplement qu'elle était mieux ainsi. Elle ne parlait pas comme si elle avait un amant, et il ne la soupçonna à aucun moment de mener une vie déréglée. Elle était sereine ; elle jouait au bridge avec des amies, veillait sur sa mère dans la suite qu'elles partageaient, fréquentait toujours le salon de thé anglais ou s'asseyait à la terrasse avant de se retirer pour se changer et préparer la soirée. Elle était presque suisse, à présent, tout comme il était presque anglais, mais l'enfance avait laissé ses traces. C'est pourquoi il était si heureux qu'une part d'eux-mêmes fût demeurée intacte. D'un point de vue plus réaliste, il savait qu'elle ne quitterait jamais Nyon pour Londres. Il accepta sa défaite, dîna avec Fanny et sa mère à leur table habituelle, et repartit dès le lendemain. Aucune des deux femmes n'avait trouvé sa visite extraordinaire. Il était retourné à son appartement vide, promettant de garder le contact. Ce qu'il avait fait de loin en loin, incapable de reconnaître chez la femme mûre, calme et corpulente, qu'était devenue Fanny, la jeune fille aux cheveux noirs et aux yeux sombres. Il était donc plus qu'heureux de l'avoir rencontrée en rêve, intacte, inchangée. Même en rêve, il ne l'avait pas possédée, il la préférait pure, innocente, ou peut-être avait-il décrété qu'il devait en être ainsi. Au fond de lui, il était encore un jeune homme, voire un adolescent, sur qui l'âge adulte était tombé par surprise et n'avait jamais cessé, depuis, d'être un fardeau.

Rétrospectivement, même sa visite à Nyon – son unique visite – semblait receler un certain charme. Cela tenait davantage à l'initiative elle-même qu'à la manière dont elle avait été reçue. Car il était encore relativement jeune, capable de prendre des décisions, ou peut-être plus disposé à courir sa chance qu'il ne l'était d'ordinaire. Même si Fanny avait rejeté sa demande, il avait au moins l'impression d'avoir tenté l'aventure en obéissant à une impulsion qu'il trouvait héroïque. Pour lui comme pour elle, ce refus était sans appel. Il savait qu'il ne la reverrait plus. Il lui écrivit en donnant des nouvelles de sa triste famille, mais il reçut peu de réponses. Finalement, une lettre de Fanny lui apprit que sa mère n'allait pas bien et qu'elle-même allait se remarier – les deux informations étaient liées. Son futur mari était un homme d'affaires allemand ; elle l'avait rencontré à l'hôtel où il était en vacances et, en temps voulu, elle retournerait en Allemagne avec lui, à Bonn. Elle envisageait ce retour sans aucun état d'âme. Certaine d'être protégée, elle négligeait les autres aspects de la question. Mais cet égoïsme foncier avait toujours fait partie de son charme. Et ce même égoïsme lui donnait une personnalité non des moindres. Elle n'était plus la jeune beauté qui se contentait de verser quelques larmes pour parvenir à ses fins. Il ne la blâmait pas. Il lui écrivit pour la féliciter, et ce fut la fin de leur correspondance. Ignorant sa nouvelle adresse, il renonça à elle, sur le plan symbolique aussi bien qu'affectif. Il ne savait plus rien d'elle. Se portait-elle bien ? Était-elle toujours en vie ? Sans trop savoir pourquoi, il lui envoya une carte aux bons soins du Beau Rivage un an après leur dernier échange. Il n'y eut pas de réponse, comme il l'avait prévu.

En se repassant le rêve, dont les détails restaient clairs dans son esprit, il se dit que tout était rattrapable, ou du moins le semblait. Il rêvait souvent de ses parents, mais sans l'impression d'agacement et de lassitude qu'il éprouvait envers eux de leur vivant. En rêve, il demeurait le garçon tendre et affectionné d'autrefois, capable de tolérer les plaintes de sa mère, l'humilité de son père, la supériorité supposée de son frère, Freddy, avec toujours le même sourire empressé, conciliant, désireux d'arranger les choses. Que d'énergie il avait gaspillée dans cette entreprise ! Arranger les choses était la mission qu'il avait reçue, semblait-il, et en particulier les arranger pour Freddy, dont il avait en quelque sorte été le tuteur, bien qu'il fût son cadet. Comme il avait admiré Freddy et ses prouesses de violoniste ! Comme il les avait en horreur, à présent ! Du plus loin qu'il s'en souvînt, Freddy avait toujours fait figure de génie, surtout pour ses parents. Il est vrai qu'il avait des facilités étonnantes et ne se faisait pas prier pour jouer en public. Sa jeunesse et ses airs romantiques avaient vite convaincu les agents et les organisateurs de concerts, et bientôt, dans leur petite famille, les engagements de Freddy étaient devenus prioritaires. Il jouait bien, tout en s'en tenant aux morceaux les plus connus, les plus attendus – Sarasate, Saint-Saëns. Il avait acquis un large prestige, la réputation d'un prodige aux dons impérissables. Ce ne furent pas ses dons qui le lâchèrent, mais son tempérament. Ses parents l'avaient destiné à donner des concerts, il ne sut pas se montrer à la hauteur de leurs ambitions. Il développa un trouble nerveux, un tremblement de la main droite et, avec l'effondrement de son avenir, il sombra dans une invalidité qui, à la longue, devint irréversible. Leur transfert de Berlin à Londres, où leur père trouva un emploi dans une boutique de disques, ne fit rien pour arranger la situation ; les visites à l'hôpital ou à la maison de repos avaient absorbé les jours de congé de Julius, des jours qu'il aurait pu consacrer à ses études. Il ne les reprit d'ailleurs jamais sérieusement en raison du changement de langue et de cursus, ou du moins n'en fit pas une priorité. C'était Freddy, la priorité. Julius s'étonnait aujourd'hui de n'avoir jamais remis en cause cette certitude.

Tout était fini maintenant et il était le seul survivant. En se laissant glisser hors du lit, il se dit que survivre était un bienfait ambigu, qui supposait d'abandonner au temps le jeune homme que l'on avait été ; or le temps dispensait d'âpres leçons. Seuls les instants que l'on parvenait à lui dérober étaient acceptables, et ils se faisaient rares. Pourtant le rêve lui avait momentanément rendu sa jeunesse. Qu'il avait été vif et candide ! Il ne se rappelait plus à quoi il avait pu ressembler, mais il reconnaissait le sourire empressé, confiant, qui avait un peu pâli avec l'âge et l'expérience. Il ne restait personne à qui le prodiguer à présent, mais, parfois, il le précédait encore, garant de sa bonne volonté. Il savait qu'il était seul. Il lui faudrait bientôt se lever, se faire une tasse de thé, se préparer à une autre journée d'ennui. Il soupirait souvent devant cette routine apaisante, qui ne lui apportait aucune récompense, et, pis, se répétait indéfiniment. Sans soucis financiers et aussi bien portant qu'on pouvait l'être à son âge, il savait néanmoins qu'il touchait au bout de ses pérégrinations, qu'il resterait dans ce lieu où il avait élu domicile jusqu'à ce qu'il s'éclipse, loin des regards indifférents, espérait-il. Amaigri à présent, sans être diminué, il n'aurait aucun mal à convaincre telle ou telle personne susceptible de s'intéresser à lui qu'il avait encore de beaux jours devant lui. À un observateur distrait, il offrait un excellent plaidoyer pour la vieillesse. Mais son cœur ne s'était pas remis des années pendant lesquelles il avait veillé sur ses parents, sur Freddy. Leur mort ne l'avait pas encouragé à se battre pour lui-même. Même les vacances qu'il décidait de prendre s'accompagnaient d'un sentiment de tristesse, car il savait qu'il lui faudrait toujours revenir à ces années sombres, celles de ses parents affligés, celles des visites à Freddy à l'hôpital, à la maison de repos, et finalement à cet établissement de Quakers plein de courants d'air, mi-hôtel mi-centre de rééducation, où son frère avait langui (où ils avaient langui tous les deux) jusqu'à sa mort. Le souvenir de ces visites de fin de semaine sera avec moi jusqu'à la tombe, pensait Herz. Toutes les morts étaient naturelles, mais toutes avaient quelque chose de tragique. C'étaient leurs vies, plutôt que leurs morts, qui étaient regrettables, et tout l'amour frustré qui n'avait pas suffi à adoucir leur fin.

Même à son âge, il ressentait encore les blessures de l'enfance, l'angoisse incessante représentée par cette famille qu'il avait prise en charge. Il avait été le seul membre normal de ce petit groupe mal assorti, divisé, indécis. La vie de son père avait été faite de devoirs incontournables, parmi lesquels l'obligation d'apaiser son épouse déçue avait tenu la première place. Il était parti le matin pour son humble emploi de vendeur avec le soulagement d'un prisonnier libéré, laissant Julius prendre soin du foyer diminué ; plus tard, un second emploi vacant dans la boutique avait offert à Julius la même possibilité de s'évader de leur triste vie domestique.

Et la boutique avait fini par lui appartenir quand le propriétaire, Ostrovski, un Allemand, comme eux, malgré son nom, s'était retiré dans le sud de l'Espagne. Ostrovski avait été son premier et dernier bienfaiteur, il l'avait pris sous son aile, l'avait emmené au Club tchèque rencontrer d'autres compagnons d'infortune. Les exilés, Herz avait eu le temps d'y songer, étaient les premiers à tisser des réseaux. À l'époque, il n'avait pas reconnu la générosité que cela représentait ; il s'acharnait à lire le *Golden Treasury* de Palgrave, et les exilés n'avaient pas de place dans sa nouvelle vie anglaise.

À présent, retraité à son tour, il regrettait presque de ne plus devoir se rendre à la boutique, de ne plus se retrouver dans les rues, au petit matin, parmi les autres travailleurs. À défaut de partir au travail il sortait acheter son journal, le lisait avec soin pendant son petit déjeuner, puis ressortait faire ses courses. Il n'était pas bon cuisinier ; rien ne l'empêchait de manger dehors mais, seul, il se sentait trop voyant et préférait rentrer chez lui en attendant de trouver une autre activité pour meubler son après-midi. La visite d'une galerie ferait l'affaire, ou celle d'une librairie dans le centre. Sa vie était laborieuse et circonspecte. Il n'avait plus le cœur à des vacances solitaires, ses valises étaient reléguées dans la réserve, au sous-sol. La nuit était la bienvenue, même s'il dormait mal. Ses parents avaient l'habitude d'aller se coucher peu après le repas du soir. Dès huit heures et demie leur modeste appartement était silencieux. Il reproduisait ce silence aujourd'hui. Lui aussi se couchait tôt, reconnaissant le désespoir qui avait poussé ses parents à le faire. Dans ces circonstances, son sourire habituel faiblissait, comme il l'avait fait si longtemps auparavant. Les rêves étaient son unique récompense, son seul apanage.

Lavé et rasé, se sentant plus confiant, il appliqua la brillantine et l'eau de Cologne ; elles ne changeaient pas grand-chose à son apparence, mais relevaient d'une sorte de rituel courtois qui avait dû être aussi une caractéristique familiale en des temps plus prospères, avant que leur condition ne se détériore. Ainsi, il pouvait affronter la journée. Il brossait son manteau et ses chaussures et enfin il lissait ses cheveux. La rue l'appelait, avec son illusion de vie, de compagnie. À de pareils moments, il n'enviait personne, ne connaissant d'ailleurs que peu de gens à envier. La solitude lui avait inculqué un stoïcisme qui, espérait-il, durerait éternellement. Il tapota sa poche de poitrine pour s'assurer que ses cachets étaient bien là. Il n'y croyait pas beaucoup, mais il se disait que, à son âge, tout le monde en prenait. Et le jeune médecin qu'il avait consulté l'avait regardé d'un air si confiant, comme si sa santé à lui dépendait de l'obéissance de Herz. Pour une fois, il ne pleuvait pas. Il pensa qu'il pourrait téléphoner à son ex-femme et lui proposer un déjeuner ou un dîner. Même s'ils s'étaient quittés sans regrets, ils avaient plaisir à se voir. Le divorce s'était passé à l'amiable ; il incarnait peut-être l'unique entreprise que Herz eût réussi à mener à bien. Son ex-femme également. Ce souvenir ne manquait pas de sel. Curieusement, il n'y avait là aucune amertume. Quand il pensait à elle, ce qui n'était pas fréquent, le sourire retrouvait sa place. Un déjeuner, se dit-il, puis un film si elle a le temps. Ainsi résolu, il sortit acheter le *Times*.

2

En sortant dans Chiltern Street, sous un ciel nuageux, Herz sut que la journée serait propice aux
souvenirs. Il remettrait ses rêves à des nuits futures.
Il réfléchit à la force de ces impressions de jeunesse
qui laissent dans la mémoire tant de visages inchangés. Il revoyait, comme s'il venait de la quitter à
l'arrêt de l'autobus, l'amie de sa mère, Bijou Frank,
qui venait régulièrement prendre le thé le samedi
après-midi quand il était avec Freddy à Brighton et
son père à la boutique. Ils habitaient à Hilltop Road
en ce temps-là, dans un appartement trop grand
pour eux, où ils s'étaient installés à leur arrivée à
Londres. Hubertus, qui avait de nombreuses relations, le leur avait procuré par l'intermédiaire d'un
ami. Cet ami se trouvait être en rapport avec Ostrovski, le propriétaire de la boutique de disques qui les
avait embauchés, si bien qu'à leurs débuts ils dépendaient entièrement d'Allemands et de décisions
prises pour eux à Berlin.

La transition en fut considérablement facilitée
mais cela les avait empêchés de se faire de nouveaux amis. De toute façon, ils ne s'étaient pas
sentis bienvenus ; ils avaient eu le sentiment que
des regards critiques les suivaient dans la rue. Les

voisins ne les accueillirent pas chaleureusement. Peut-être n'avaient-ils encore qu'une faible idée de la situation en Allemagne. L'appartement était à loyer contrôlé, ce qui contribuait à déguiser le fait qu'il était très respectable, bourgeois même ; un jour, ils devraient le quitter. Quand cela arriverait – tout était indécis, incertain – ils seraient mieux, avait décrété Ostrovski, dans le logement au-dessus de la boutique d'Edgware Road. Ce logement était petit, trop petit, mais il avait l'avantage d'appartenir à Ostrovski, qui s'était en quelque sorte institué leur parrain. Sa mère le soupçonnait de vouloir récupérer l'appartement de Hilltop Road pour un autre de ses protégés, une femme sans doute, mais ils n'étaient pas en position de discuter. Et, à Edgware Road, son père serait privé de la longue marche qui était sa seule récréation, son unique diversion. Là non plus, il n'y avait pas moyen de laisser entendre qu'un déménagement ne présentait pas que des avantages. Ils dépendaient de la bonté d'étrangers, même si cette bonté prenait la forme de décisions sur lesquelles ils n'avaient aucune prise.

Bijou Frank rendait donc visite à sa mère à Hilltop Road, ces affreux samedis après-midi où il tenait compagnie à Freddy. Il la voyait à présent aussi clairement que si elle était là : sa silhouette menue, frissonnante dans un manteau noir très comme il faut, le feutre plat qui ombrageait son petit visage inquiet. Elle aussi était une vieille connaissance. Elle avait passé des années en Angleterre et épousé un Anglais d'âge mûr, dont l'amour étouffant l'avait isolée du genre de compagnie dont elle avait soif. Devenue veuve, avec des moyens plus que suffisants, elle s'était vue privée de relations normales, et fut plus que ravie de rencontrer

Trude Herz à la boulangerie. Elle accepta volontiers de renouer ce qui n'avait jamais été qu'une vague amitié, soulagée de trouver une confidente après de longues années passées à prendre soin d'un homme qu'elle n'avait pas choisi. C'était lui qui l'avait choisie, expliqua-t-elle à son amie retrouvée, et il supportait mal de la perdre de vue. Elle était libérée de lui à présent, mais pas de son influence, qui la rendait aussi nerveuse et circonspecte que s'il était encore là à surveiller chacun de ses mouvements. Bien qu'elle fût relativement qualifiée dans bien des domaines, elle avait peur de presque tout et la présence de Julius la rassurait quand il l'accompagnait à l'arrêt du bus et attendait qu'il arrive avec elle. C'était une politesse à laquelle il n'aurait jamais songé à se dérober. D'ailleurs, sa mère y tenait. De sorte que, même par les radieuses soirées d'été, quand les jeunes gens de son âge allaient s'amuser, il restait prisonnier de la petite main de Bijou posée sur son bras, de ses pas lents et de ses murmures, qui étaient surtout liés à la santé délicate de Trude et au désespoir que lui inspirait leur situation actuelle. Libéré enfin par l'arrivée de l'autobus, il restait sur place à lui faire signe de la main tant qu'elle n'avait pas disparu. Le gentil sourire d'adieu qu'elle lui adressait l'aidait à prendre son parti des autres devoirs qui l'attendaient à la maison.

Bijou Frank était une amie dévouée pour sa mère, et il espérait que sa mère aussi était de bonne compagnie pour Bijou. Il était dispensé de la majeure partie de leur conversation qui, supposait-il, était nourrie par les expériences conjugales de Bijou et l'hypocondrie de sa mère. Chacune écoutait l'autre avec empressement, tout en attendant son tour pour prendre la parole. Pourtant, ces occasions rendaient à sa mère quelque chose de son autorité passée, avant que la mystérieuse opposition de Freddy à son destin, ou plutôt au destin qu'elle lui avait assigné, ne lui porte un coup si cruel. Elle s'habillait plus soigneusement que d'habitude, préparait des amuse-bouche, retrouvait les manières d'une hôtesse berlinoise, s'élevait en fait au-dessus de sa condition, dans le court laps de temps occupé par la visite de Bijou. Elle était avide de sa compagnie, mais ne l'aurait jamais laissé paraître. À Berlin, elles ne se seraient peut-être vues que deux fois par an, mais ici c'était une amitié qui comptait. La table à thé, comme le chapeau que Bijou ne quittait jamais, leur garantissait à toutes deux que les règles étaient respectées, que les mondanités étaient toujours de saison. Cette assurance était peut-être leur dernier lien avec leur vie antérieure. Elles savaient cela aussi, et entretenaient cette conviction.

« Et comment va notre chère amie ce soir ? » demandait son père au retour de la boutique, professant galamment son amitié alors qu'au fond de lui il ne convoitait qu'un bon verre de schnaps pour se remonter. Il n'y avait pas droit, forcé d'honorer une autre cérémonie : un doigt de cherry brandy en compagnie de ces dames. C'était le signal que la visite touchait à sa fin, que lui, Julius, allait bientôt sortir avec Bijou à son bras.

« Bien, merci, Willy. Et vous ? Comment va le travail ?

— Bien. Parfaitement bien.

— Quelles nouvelles de là-bas ?

— Qu'espérez-vous ? Mieux vaut ne pas y penser.

— J'essaie. Mais ce n'est pas facile.

— Ce ne sera pas facile avant longtemps. »

Là-dessus Mme Herz intervenait, disant qu'il fallait vivre dans le présent. Pour ce faire, elle déguisait ses ressentiments et ses angoisses en se concentrant sur sa santé – qui passait avant celle de son mari et de son fils cadet – et celle de Freddy, dans la guérison de qui elle semblait placer une foi exagérée. Que cette foi fût déplacée, Julius avait eu raison de le penser dans le courant de l'après-midi, assis avec son frère dans la chambre à peine meublée du foyer de Brighton, qu'il n'avait pas l'intention de quitter. Julius savait, et son père aussi, que lorsque Bijou Frank aurait pris congé, Mme Herz redeviendrait elle-même, qu'elle retirerait son collier et ses boucles d'oreilles et pourrait même enfiler sa robe de chambre. L'interrogatoire sur la santé de Freddy aurait lieu plus tard dans la soirée, quand ils seraient tous épuisés, et il serait minutieux. Que savaient-ils de ces mornes samedis après-midi ? Qu'est-ce que Julius leur en laissait savoir ? Arranger les choses était son devoir, sa mission. Enfin, après un autre verre de cherry brandy, sa mère se laisserait persuader d'aller se coucher. Les canapés de saumon fumé et les petits macarons qui avaient été préparés pour l'invitée leur auraient servi de dîner. Bijou Frank, comme si elle s'en doutait, avait mangé très peu. À certains égards, c'était une femme pleine de délicatesse. Ils cultivaient tous cette amitié, car c'était pratiquement la seule qu'ils avaient.

Toutefois, ces soirées épuisantes étaient un soulagement après la journée qui les avait précédées. Ces samedis ! Même à l'âge qui était le sien, même au bord de l'extinction, Herz détestait les week-ends. Le dimanche était tout juste tolérable : il faisait une promenade, s'arrêtant quelques minutes dans des églises pour voir si le programme lui plaisait, en quelque sorte et, inévitablement, il en ressortait comme s'il savait qu'il n'y avait pas sa place, ou plutôt que sa place était ailleurs, dans un environnement plus âpre. Dieu lui était étranger en ces occasions, mais il savait bien que Dieu ne se laissait pas aborder avec tant de désinvolture. L'absence de Jésus l'attristait ; n'aurait-il pas dû ressentir une sorte d'appel ? Sa religion ancestrale, qu'il ne pratiquait pas, lui semblait fondée sur des interdits, sur des privilèges que conférait la vertu, auxquels il ne pouvait trouver aucune justification. Il aurait aimé une forme d'approche, de sollicitation, mais elle ne devait pas se présenter. Bien que résolument laïque dans ses conceptions, ainsi que l'avaient été ses parents, il avait été chassé d'Allemagne comme s'il était coupable de quelque faute ancestrale. Et c'était sans doute le cas, car il n'était pas rempli de leur fameux amour chrétien, au contraire. Par exemple, il sentait poindre une certaine hostilité vis-à-vis de son frère. Et qu'avait-il à faire des sentimentalités puériles autour de l'enfant Jésus ? Il savait qu'il devait améliorer les choses, mais pour cela il lui fallait une aide surnaturelle. Il ferait son devoir, puisque c'était ce qu'on attendait de lui. Toutefois, s'il avait connu quelque divinité bienveillante, il aurait sollicité une sorte de dispense provisoire, juste le temps de mettre sa vie en train et de lui permettre de faire un choix.

Plus tard dans l'existence, il s'étonna que ses parents n'aient jamais compris que les jeunes avaient un droit au plaisir, à la liberté. Il finit par les excuser car il voyait en eux des adultes rongés de soucis dès leur naissance, qui semblaient n'avoir jamais été jeunes. Il éprouvait de la pitié à leur égard, un amour excédé, une sorte de tolérance, mais il savait aussi qu'il n'était pas entré en possession de son héritage, comme ceux qui ont une vraie jeunesse. Freddy non plus, malgré l'attention qu'ils lui avaient prodiguée. Plus âgé, il en vint à comprendre que Freddy était plus courageux que lui, car Freddy assumait son ressentiment envers ces parents qui l'avaient lancé dans une course vertigineuse dont il n'était pas capable de soutenir le rythme. Sa dépression nerveuse, si c'en était une, était plus liée à la rébellion qu'à une souffrance authentique. Il était évident qu'il était tombé malade, mais le désir de sa mère d'imputer cette maladie à son tempérament artistique et non à quelque chose de plus fondamental, radical – la révolte –, faisait partie de son aveuglement, de son entêtement à le préférer. Cela rendait supportable l'incarcération de Freddy, qui tenait lieu d'intervalle pendant lequel elle pouvait bâtir de nouveaux projets pour lui. Qu'elle ne voie pas que ces projets n'étaient plus nécessaires faisait aussi partie de son aveuglement.

Les samedis, donc, étaient baignés de mélancolie. Julius prenait un autobus, puis le train, puis encore un autre bus, pour se rendre à l'avant-poste où son frère avait à présent élu domicile. Le bâtiment, autrefois un hôtel, avait été converti en une maison de repos destinée à des séjours de longue durée. On y dispensait des soins médicaux, mais les patients, ou résidents, étaient censés s'occuper d'eux-mêmes, sous la direction éclairée de Mme Walters, la propriétaire, qui habitait sur place. Cette excellente femme accueillait toujours Julius avec une bonne volonté qu'il savait sincère. Encore un exemple du mystère du Saint-Esprit, car Mme Walters était croyante. Freddy, pour sa part, montrait peu de bonne volonté. Sans s'inquiéter du fait que Julius avait sacrifié son temps libre pour lui rendre visite, il recevait le journal et les fruits sans montrer de gratitude, et lui indiquait une chaise de la main comme s'il se préparait à donner une interview. Il disait « ma mère » et « mon père », un peu comme s'il dictait sa biographie. Il semblait porté par le fantasme d'être toujours un violoniste, un prodige, mais, à un moment de la conversation, l'illusion se brisait et il éclatait en sanglots. Alors, Julius lui-même sentait venir les larmes, pas seulement pour Freddy mais pour le naufrage de sa famille.

« Ne pleure pas, disait-il. Tu as tellement meilleure mine. Tiens, prends un peu de ce chocolat. » Et son frère tendait une main tremblante et avide vers la friandise offerte, qui selon lui était son dû.

Freddy avait beaucoup changé, ses cheveux se clairsemaient, son corps était mou, avachi. Pourtant, il n'était pas mécontent de son sort, sauf quand il revenait sur le passé. Il semblait préférer cette petite pièce nue à la maison qu'il avait connue jadis. Il paraissait détendu, jusqu'à ce que le temps vienne pour lui de dénoncer les pressions qui l'avaient mené là. Rétrospectivement, il sentait l'injustice monstrueuse de ces espérances artificielles. C'était le rituel commandant ces visites, et les plaintes étaient toujours les mêmes.

« J'étais trop jeune, disait-il, je ne savais pas dire non. J'étais malade avant et après chaque concert. Malgré tout, ma mère m'obligeait à répéter, elle s'asseyait au premier rang – en plein milieu du premier rang – chaque fois que je jouais. Mon père laissait faire, alors qu'il aurait pu me sauver. Mais il manquait de caractère. Et ma mère l'a toujours dominé. Une femme terrible. »

Il ne demandait pas comment ils se portaient, l'un et l'autre. Insensiblement, le ton devenait pompeux,

dédaigneux, pour le bénéfice du journaliste imaginaire. Sauf que Freddy semblait ignorer que le
journaliste était son frère. Le soliloque était invariablement le même, mais Julius ne l'entendait jamais
sans gêne. En vain, il regardait le ciel blanc par la
fenêtre. Il faisait aussi froid dans la pièce qu'il avait
fait froid dehors. Même les rares journées de soleil,
les vents étaient pénétrants.

« Tu ne t'ennuies pas ? » demandait-il dans un
effort pour rompre la monotonie de l'après-midi.
Ennui et inconfort étaient l'essence du lieu. « Tu
n'as pas envie de faire un travail, quelque chose ? »

Là-dessus Freddy restait évasif. « Je donne un
coup de main à la cuisine de temps en temps.

— Tu pourrais le faire à la maison.

— Je ne pourrais pas quitter Mme Walters. » Il
était soudain agité. « Je ne pourrais jamais quitter
Mme Walters.

— Il le faudra bien un de ces jours. Nous ne pouvons pas nous permettre…

— On me donnera du travail, ici. Comme ça, je
pourrai garder ma chambre. »

Ce fut ce qui arriva. On lui confia un petit
emploi, surtout du nettoyage. Ses mains devinrent
rouges et enflées à force de manipuler chiffons et
produits d'entretien, mais le tremblement s'estompa.
La honte qui s'attachait à la nouvelle activité de son
frère était insupportable pour Julius, qui savait
pourtant qu'ils n'avaient pas le choix. S'ils devaient
emménager dans l'appartement au-dessus de la
boutique, il n'y aurait pas de place pour Freddy.
Malgré toute sa bonne volonté, Julius ne pouvait se
faire à l'idée d'être une fois de plus supplanté par
son frère. Il garda donc le silence au sujet de ces
dispositions, se bornant à dire à son père qu'ils
auraient besoin de moins d'argent pour l'entretien

de Freddy. Son père lui avait jeté un regard aigu, puis s'était incliné. « Quelle tristesse, avait-il dit. Mon beau petit. »

« Il va falloir que tu partes, disait Freddy. C'est bientôt l'heure du thé. J'ai promis de faire la vaisselle ensuite.

— À la semaine prochaine », disaient-ils tous les deux, comme si c'était nécessaire. Ils s'embrassaient à la porte de la chambre de Freddy. Il y avait dans cette embrassade un peu de la ferveur de deux frères aimants à l'origine. Puis la visite était terminée.

Julius acceptait que ses parents ne soient pas à la hauteur de la tâche qu'il endossait chaque semaine. Ces parents (Freddy le savait également) avaient trop peur de regarder en face le naufrage de leurs espoirs, ils s'accrochaient à une illusion de normalité, dans le refus absolu de la réalité. Cette tactique avait assuré leur survie et ils s'y tenaient farouchement. Le fardeau se reportait sur leur fils cadet, devenu leur gardien à tous trois, ignorant de ses propres droits. Mais, en retournant à la gare, il était en général submergé d'une tristesse qui assombrissait tout le paysage. En cet instant, la tragédie de la vie de Freddy se manifestait avec éloquence. Et ce n'était pas encore fini : son déclin, de prodige choyé à homme de peine, se déroulerait sans rupture, sans intervention. Julius avait été assez naïf pour croire à des puissances qui auraient inversé ce processus inéluctable. Il acceptait sans se poser de questions que Freddy ne veuille plus écouter de musique, mais il pensait que l'art ne devrait pas abandonner quelqu'un aussi froidement. L'art ne pouvait qu'être la clef d'un monde meilleur, et pourtant son frère y avait renoncé comme s'il n'avait jamais entretenu avec lui qu'un simple flirt et, qui plus est, un flirt qui n'aurait pas réussi à devenir une relation adulte. Sa mère écoutait encore de la musique à la radio en battant la mesure de la main ; quant à la musique qui les entourait à la boutique, elle ne contenait, pour son père et lui, aucun message. Seuls Freddy et sa rébellion, qui s'était muée en une acceptation presque délibérée de la défaite, délivraient un message. Ou bien y avait-il de la liberté dans cette défaite ? Freddy en était-il apaisé de quelque horrible manière ? Les choses se passaient comme s'il avait largué les amarres de sa vie antérieure et, avec elles, tous les attachements qui en dépendaient. Mme Walters était devenue sa nouvelle famille, et Julius ne voyait pas l'intérêt d'essayer de le ramener à la maison, dans aucun sens du terme. « Ma mère » et « mon père » étaient devenus des personnages quasi mythiques, sans aucun lien avec son présent, et Julius lui-même était un interlocuteur trop humble pour éveiller la curiosité. Il était sans doute préférable que Freddy ne soit pas perturbé par les échos du vaste monde, et Julius se demandait ce qui arriverait quand leurs parents mourraient. Y aurait-il alors une sorte de réveil, l'éruption de sentiments ensevelis ? Il faudrait l'éviter, si possible, car Freddy pourrait sombrer de nouveau dans la dépression. Il valait mieux, aussi, ne pas envisager ce qui arriverait si Freddy devait mourir avant ses parents. La ruine de deux vies déjà fragiles, de trois en comptant la sienne, serait complète. Il savait que d'autres morts suivraient sans tarder, et son propre besoin d'améliorer les choses, tâche à laquelle il se vouait encore, se révélerait pour ce qu'il était : un désir, un vain désir que ses efforts soient, sinon couronnés de gloire, du moins honorablement reconnus.

Cinquante ans plus tard, une vie plus tard, Herz songeait que le don de Freddy, bien que phénoménal, avait été néfaste. Il ressemblait à une forme d'autisme plutôt qu'à une vraie passion. Le public regardait, fasciné, différentes émotions se succéder sur son visage ; l'inconscient, visiblement, était à l'œuvre. Le jeune virtuose semblait détaché de ce qu'il sentait, comme si ces expériences avaient lieu dans une autre dimension, loin de l'existence quotidienne. L'assistance se pressait toujours à ses récitals, mais n'était-ce pas en réponse à un phénomène de foire ? Son retour à la vie normale, chaque fois, avait dû être extrêmement pénible. Rien d'étonnant à ce qu'il lui eût fallu cesser de jouer, cesser de vomir, cesser d'être brinquebalé. Rien d'étonnant à ce qu'il eût craqué. Et une fois sa maladie acceptée, il avait paru soulagé d'un poids, comme si l'on n'avait plus rien à attendre de lui. Même sa mère en était plus ou moins consciente, tout en entretenant la fiction d'une guérison future pour des raisons qui lui étaient propres. En dépit du caractère sordide de ses visites, Julius savait qu'il n'y avait rien à faire et, en quittant Brighton, il n'avait pas le sentiment de s'être acquitté d'un devoir mais plutôt d'avoir joué un rôle dans une cérémonie qui ne laissait pas de place à l'improvisation. Ses propres émotions, bien qu'extrêmes, étaient liées à lui-même, telles ces victimes de la Révolution française que l'on jetait dans le fleuve attachées à un cadavre. Il avait été sacrifié pour assister vainement quelqu'un qui, de bien des façons, avait déjà quitté cette vie.

Herz se demandait si toutes les personnes âgées en arrivaient à un tel degré de lucidité quand il n'y avait rien à faire pour réparer les dommages. Il se demandait si les gens qu'il croisait dans la rue ruminaient comme lui sur des causes perdues. Ces réflexions n'avaient guère de valeur ; elles étaient fonction du passage du temps, et donc inutiles. Quel contrôle pouvait-il exercer, même à présent, sur ces tristes samedis, sauf reconnaître qu'il en avait hérité ? Il aurait beau tout faire pour se divertir, il ne pourrait jamais échapper au soupçon qu'il devrait être ailleurs, qu'il ne devrait pas faire des courses chez Marks & Spencer mais marcher avec résignation sur une route vide, le col remonté pour se protéger du vent de la mer. C'était seulement une fois le samedi écoulé, quand il était assis face à sa télévision, dans son appartement, qu'il pouvait se détendre. Cependant, même alors, il était à moitié prêt à ressortir, à accompagner Mme Frank à l'arrêt d'autobus, remettant une fois encore sa vie à plus tard dans le vain espoir que quelqu'un la lui restituerait.

Freddy était mort dans un hospice, avec Julius seul à son chevet. Comme il l'avait espéré, les parents étaient décédés les premiers. Julius s'était demandé s'il fallait le lui apprendre et, finalement, il l'avait fait. Freddy, à ce stade, était très faible, tantôt conscient tantôt non, mais il avait paru comprendre. Tels deux êtres communiant dans la piété filiale, ils s'étaient tenu les mains. Lorsqu'elles devinrent froides ensemble, Julius sut que la vie de Freddy avait pris fin. De nouveau, il n'avait pas semblé contrarié. Ses traits avaient revêtu l'étrange détachement qu'il avait manifesté en jouant. C'était comme si la mort elle-même avait fait sentir sa présence à l'époque révolue de sa gloire. Seulement, cette fois, il était clair qu'il n'avait pas peur.

3

Tard dans l'après-midi, Herz téléphona à la jardinerie où travaillait à présent son ex-femme et demanda à parler à Mme Burns. Josie avait repris son nom de jeune fille après le divorce, mais elle se présentait toujours comme une femme mariée. Il trouvait cela parfaitement normal ; en effet, le mariage, même défunt, conférait une certaine dignité à une femme, et les femmes d'aujourd'hui tenaient, ou semblaient tenir, à définir leur statut. D'ailleurs, elle avait presque un comportement de femme mariée, à l'aise dans sa condition, peut-être plus à l'aise qu'elle ne l'avait jamais été lorsqu'ils vivaient ensemble. Et, à son âge, la dignité comptait : le célibat, malgré toute une propagande contraire, passait toujours pour quelque chose de triste. Les veuves entraient dans une catégorie différente. Il soupçonnait que Josie aurait été tout à fait satisfaite d'être veuve, mais qu'elle tenait encore suffisamment à lui pour se contenter de la situation actuelle. Il savait que leur divorce les avait séparés ; il savait aussi qu'ils resteraient amis. En fait, ils avaient toujours été amis, plus encore que mari et femme. Leur mariage avait duré deux ans et demi à peine et ils s'étaient quittés sans rancœur. Il tenait à la voir de temps à autre, dans le climat détendu qu'ils avaient su créer. Ils se donnaient parfois rendez-vous, sans trop d'impatience de part et d'autre, mais ils trouvaient une sorte de réconfort dans la nature presque immuable de leurs rencontres. Rien ne s'était perdu ; ils restaient plus que de simples connaissances, des alliés, avec la sorte de familiarité née d'une intense – quoique brève – proximité physique.

« Josie ? C'est Julius. Je me demandais si tu pouvais te libérer pour déjeuner la semaine prochaine.

— Épatant. Lundi, c'est le mieux. Nous n'avons pas trop de travail le lundi.

— Lundi prochain, alors. Chez Sheekey, à une heure moins le quart.

— Entendu. Au revoir, Julius. »

Il aimait son ton efficace au téléphone. C'était une femme sans détours, qui disait ce qu'elle avait à dire de façon spontanée, presque inoffensive. Indirectement, son franc-parler avait conduit à leur séparation. Il étouffa un sentiment persistant de honte en se rappelant les tentatives qu'il avait faites pour en atténuer les effets. Lui ne s'en indignait pas ; en revanche, l'opinion des autres lui importait.

Avec un soupir, il se dirigea vers le miroir et s'y examina comme pour se préparer à la rencontrer sur-le-champ. Elle l'avait trouvé beau, « distingué » lui disait-elle, et peut-être n'avait-elle pas changé d'avis. Lui avait surtout été attiré par la banalité de son physique, bien qu'elle fût une jolie femme qui aurait pu se mettre davantage en valeur. Ce qu'elle jugeait, de toute évidence, inutile ou impossible. En tout cas elle avait une allure rationnelle mais un peu négligée, qu'il était toujours occupé à rectifier mentalement, anxieux de lui voir une coupe de cheveux plus élégante, un peu de rouge à lèvres, désireux qu'elle porte les parfums qu'il se faisait une joie de lui offrir. Mais elle repoussait ces suggestions en riant et se contentait d'une vigoureuse toilette avant d'entamer sa journée. Il trouvait son odeur naturelle excitante, même si une part de lui était déçue qu'elle ne ressemble pas aux femmes pomponnées auxquelles il avait été habitué dans sa jeunesse, avec leurs ongles peints et leurs visages maquillés. Sa tante Anna, par exemple, toujours tirée à quatre épingles. Cette perfection lui donnait certes un petit air irrité, mais qui ne lui déplaisait pas. Instinctivement, il préférait les femmes qui faisaient grand cas d'elles-mêmes, les capricieuses, les séductrices, même s'il savait que ce type de comportement était passé de mode. Josie, avec ses cheveux en broussaille et son visage sans apprêt qu'il avait tant aimé, n'avait pas complètement supplanté une image qu'il aurait, d'une certaine façon, trouvée plus facile à comprendre.

Mais ils étaient vieux à présent, leur apparence ne comptait plus guère. Dans la glace, il voyait un homme au sombre visage mince qui n'avait presque plus rien de commun avec ce qu'il avait été autrefois. Son sourire empressé avait été effacé par la solitude plutôt que par l'expérience. En vérité, il se sentait aujourd'hui aussi peu préparé à la vie que dans sa jeunesse, même s'il tâchait d'être aussi efficace qu'autrefois, du moins l'espérait-il. Il savait qu'il s'était voûté, qu'il se fatiguait vite, qu'il ne pouvait plus faire ses longues promenades coutumières, qu'il était anormalement sensible au froid. Ce printemps frileux, ces longues soirées lumineuses le laissaient agité comme un enfant et troublaient son sommeil au point de le rendre impatient de se lever pour entamer une journée qui promettait pourtant d'être aussi vide que la nuit précédente. Il repensait aux nuits qu'il avait passées avec sa femme, mais sans une étincelle de désir – étrange, alors qu'ils avaient été des amants si ardents. Il avait eu soif de continuité, de permanence, après des années d'aventures sans lendemain, simples occasions de satisfaire ses appétits. Aussi idéaliste à l'égard du mariage que l'aurait été une jeune fille, il avait eu peine à croire à son bonheur en embrassant enfin l'état conjugal.

Il avait eu envie que quelqu'un soit bon pour lui, s'occupe de lui, dissipe la tristesse qu'il croyait encore éprouver, une tristesse qui n'avait rien à voir avec les épreuves et les déceptions, plutôt un héritage qu'il ne comprenait pas. L'attribuer aux frustrations de l'enfance ne lui semblait pas l'expliquer tout à fait. En effet certaines tristesses, légitimes, étaient évidentes, mais celle-ci avait survécu aux phénomènes variés qui l'avaient provoquée, si bien qu'à présent elle était non seulement indéracinable, mais comme renouvelée chaque jour par la condition de la vieillesse. Ces nuits froides dans un lit vide devenaient, sur le plan affectif, et même moral, intolérables. Les choses ne devraient pas finir ainsi. Et il lui fallait conclure que son divorce, tout en le réconciliant avec sa condition de rêveur solitaire, celle où il chérissait encore Fanny Bauer, avait appauvri sa perception de ce que la vie avait encore à offrir.

Pourtant, sa femme était loin d'avoir satisfait chacune de ses exigences imaginaires et donné corps à tous les rêves de vie à deux engrangés depuis son adolescence. C'était plus simple que cela. Elle était robuste, douée d'esprit pratique et, à leurs débuts, elle avait semblé posséder le don de normalité, si bien que lui-même se sentait plus sain, plus vigoureux, plus optimiste, plus enthousiaste en vaquant à ses occupations. Surtout, il n'avait pas à la dédommager de quoi que ce soit, la consoler de quelque malheur, améliorer les choses... C'était elle qui avait voulu divorcer, mais il savait que la faute lui incombait, la faute originelle, comme le péché originel, qui n'était peut-être pas décelable au premier coup d'œil. Ils étaient mal assortis, mais pas pour des motifs évidents, malgré leurs origines si différentes ; simplement, ils n'avaient pas les mêmes besoins, et malgré cela, ces besoins avaient été pour un temps satisfaits. Il l'avait déçue, de toute évidence, même s'il n'était coupable d'aucun manquement réel. D'autres, peut-être, étaient coupables mais il ne pouvait pas rejeter tout le blâme sur eux. Il se dit qu'agir par besoin est toujours fatal – pourtant il pouvait se flatter de ne pas laisser ses propres besoins compromettre son sens de la justice. Ainsi, il attendait toujours avec plaisir sa prochaine rencontre avec sa femme. Leur affection réciproque ne s'était pas aigrie, elle s'était plutôt enrichie à présent que le besoin n'entrait plus dans l'équation. Il soupira à l'idée de la longue semaine à passer avant de la revoir.

Ils s'étaient rencontrés dans des circonstances si inattendues, si mystérieuses et pourtant si banales qu'il semblait juste d'invoquer le destin. Tout d'abord, il n'avait guère prêté attention à la femme qui attendait debout devant lui à la banque, jusqu'à ce qu'elle lui demande si elle pouvait lui emprunter son stylo pour rédiger un chèque. Préoccupé par les recettes de la boutique qu'il portait dans un sac de toile réservé à cet usage, il avait souri brièvement, mais sans essayer d'engager la conversation. Au moment où ils quittaient la banque, il voulut lui montrer qu'il remarquait sa présence. Après deux ou trois échanges anodins (« Belle journée – Oui, n'est-ce pas ? Pas trop tôt. »), ils furent alertés par le fracas d'un accident de l'autre côté des doubles portes ; d'instinct ils se précipitèrent dans la rue pour y découvrir un jeune homme à terre et un chauffeur de taxi penché sur lui. Une grosse moto fumante, juste devant le taxi, expliquait le fracas, bien que la responsabilité du chauffeur dans l'accident fût incertaine, et vouée à le rester. Une ou deux personnes s'étaient approchées et on parlait d'ambulance. « Laissez-moi passer, dit la femme qui se révéla plus tard être Josie. Je suis infirmière. » Elle se pencha sur le garçon, dix-huit ou dix-neuf ans, qui semblait fort commotionné, et elle demanda : « Vous pouvez m'entendre ? Quel est votre nom ?

— Richard, fut la réponse, très faible.

— Ne vous inquiétez pas, Richard. On s'occupe de vous. »

Déjà, quelqu'un sortait de la banque, annonçant fièrement qu'une ambulance arrivait.

« Ne le touchez pas. » Ses instructions étaient données sur un ton aimable, mais plein d'autorité. « Je crois qu'il a l'épaule fracturée. »

Il leur parut tout à fait naturel de monter avec le garçon dans l'ambulance, et même d'attendre ensemble à l'hôpital qu'on lui ait trouvé un lit. Après l'arrivée d'un médecin (épuisé, l'air à peu près aussi jeune que le patient), il glissa sa main sous son coude et la guida au-dehors. L'incident semblait avoir eu lieu en rêve ; déjà, il avait l'impression de la connaître de longue date.

« Aimeriez-vous prendre un café ? » demanda-t-il. Elle refusa, elle devait aller travailler. Il la vit partir à regret.

Comme tous les jours, après le déjeuner, il envoya son père se reposer à l'étage, dans le logement encore inoccupé au-dessus de la boutique. Cette routine désormais établie entre eux l'empêchait de sortir jusqu'à une heure avancée de l'après-midi, quand son père faisait une apparition de plus en plus mélancolique, peu soucieux de renouer avec un commerce qu'il méprisait. Ils accueillaient les rares clients avec enthousiasme, heureux d'avoir l'occasion de faire un brin de conversation. En l'absence de clients, ils se supportaient mais ne disaient presque rien. Si leur proximité à la fois au travail et à la maison était oppressante, elle était compréhensible ; il était donc inutile de parler. Julius remarquait, en gardant ses commentaires, que son père se négligeait de plus en plus – cheveux décoiffés par sa sieste récente, mouchoir sorti de sa poche de pantalon. Ils n'y pouvaient pas grand-chose ; ils étaient trop profondément découragés, l'un et l'autre, pour envisager la moindre amélioration. Pour Julius, savoir son père inaccessible pour deux bonnes heures, barricadé dans son sommeil sur le lit qui était resté dans l'appartement et dont Ostrovski s'était servi parfois pour quelque rendez-vous galant, était un soulagement. Ils n'avaient pas idée de ce qu'Ostrovski faisait de sa personne par ailleurs. Cette boutique, dont il était le propriétaire indifférent, il était enchanté de la laisser aux bons soins du père et du fils. Il partait jouer aux cartes ou rendre visite à l'une de ses amies, passait de temps en temps voir où ils en étaient, poussé davantage par la curiosité que par une préoccupation réelle, suggérait une tasse de café et, après s'être assuré que les affaires étaient bien tenues, il disparaissait de nouveau dans la rue animée. Ils se doutaient que leurs jours à Hilltop Road étaient comptés, qu'Ostrovski les déposséderait sans l'ombre d'un scrupule, satisfait de leur avoir trouvé un logement de rechange. Que ce logement soit moins bien que le précédent – sombre, poussiéreux, en haut d'un escalier grinçant – ne semblait pas entrer en ligne de compte. Ils le savaient tous, mais son père était trop poli pour se plaindre ou manifester sa déception. Ce n'était plus de la déception, d'ailleurs, mais du désespoir. Willy Herz savait que sa femme, qui n'avait pas encore vu l'appartement, pousserait des cris d'horreur, le trouverait impossible et, pis, ne ferait aucun effort pour le rendre habitable. Il lui faudrait s'en charger. Combien de fois dans sa vie avait-il eu à mobiliser sa femme pour quelque action énergique, conscient de sa tristesse, qu'il partageait maintenant ? L'appartement lui aurait très bien convenu, mais à condition d'y être seul. Secrètement, il rêvait de redevenir célibataire. Ainsi, il aurait pu affronter cette nouvelle vie. La tâche de rendre heureuse sa chère épouse était au-dessus de ses forces comme elle était à présent au-dessus des forces de tout le monde. Il redoutait le moment où son propre malheur éclaterait au grand jour. Il était reconnaissant à Julius de son tact et réalisait tristement que ce fils le moins aimé avait été sacrifié et, sauf miracle, continuerait de l'être, dans cette famille liée par le chagrin et privée de la perspective de voir son sort s'améliorer.

Pendant les heures plutôt vides de l'après-midi, Julius repensa à l'accident du matin, se concentrant sur le visage effrayé du blessé plutôt que sur l'infirmière qui s'était montrée si compétente. Ainsi, le jeune homme avait dit s'appeler Richard. Peut-être Julius l'avait-il abandonné trop vite, dans son impatience de se retrouver avec l'infirmière ? Il résolut de retourner à l'hôpital dès qu'il aurait fini son travail. Il demanderait au garçon s'il avait besoin de quelque chose, lui promettrait de revenir. Cette visite le rendit étonnamment heureux. Dépouillé de son accoutrement de cuir, Richard semblait encore plus jeune, peut-être pas plus de dix-sept ans. Il avait réussi, dit-il à Julius, à envoyer un message à sa mère et à son père pour leur dire de ne pas s'inquiéter. Julius apprécia cette preuve remarquable de maturité et lui en fit part. Le garçon parut flatté. Dans sa chemise d'hôpital, avec le lourd pansement qui emprisonnait son bras et son épaule, il ne pouvait pas beaucoup remuer. « Ils sont très gentils ici, mais tellement occupés ! » fut son seul commentaire. Julius alla lui acheter quelques articles de première nécessité à la boutique de l'hôpital, et lui dit que s'il désirait quoi que ce soit d'autre, il n'avait qu'à demander. Après un instant d'hésitation, le garçon nomma un magazine de moto. Julius promit de le lui apporter le lendemain soir, se prépara au départ, se leva, et vit l'infirmière – son infirmière – qui arrivait du fond de la salle. Il fut inondé de joie. Debout de chaque côté du lit, ils sourirent à Richard comme s'il était leur enfant. Puis, l'heure des visites touchant à sa fin, ils lui dirent au revoir, promettant de revenir. Julius se demandait comment prolonger cette relation si curieusement entamée. Mais il aurait pu s'éviter cette peine car, dès qu'ils furent dans la rue, l'infirmière se tourna vers lui et dit : « Je prendrais bien ce café maintenant, si vous avez le temps.

— J'en serais ravi », dit-il. Et il l'était.

Au cours de cette première entrevue un peu empruntée, il apprit qu'elle était infirmière à domicile, qu'elle travaillait dans un cabinet de groupe et partageait un appartement à Wandsworth avec deux autres filles. Il était un peu tôt pour parler de leurs origines, mais elle lui raconta qu'elle avait été élevée par ses grands-parents après que sa mère, veuve, eut repris le travail. Elle avait eu une enfance parfaitement heureuse à Maidstone où sa mère, à présent à la retraite, vivait encore. « Vous n'êtes pas anglais, n'est-ce pas ? » demanda-t-elle à brûle-pourpoint, et il fut obligé de lui livrer quelques détails de son passé. Puis elle le remercia pour le café et se leva pour prendre congé.

« Vous reverrai-je ? » avait-il demandé. Elle avait souri. « J'en suis presque sûre. » Après une seconde visite à leur patient, il l'avait invitée à dîner, après quoi ils avaient fait usage de l'appartement au-dessus de la boutique à leur satisfaction mutuelle.

Il était impressionné par sa franchise, au lit et ailleurs. Habitué à la politesse évasive de son père et aux sempiternels regrets de sa mère, il aurait pu en être déconcerté, mais au contraire il se sentait libéré. Josie était résolument naturelle. Ce genre de comportement, qu'il n'avait jamais rencontré, lui paraissait exotique, typiquement anglais, une conviction qui résista à maintes preuves du contraire et sur laquelle il ne revint jamais. Au bout de quelques jours, il sut qu'il voulait l'épouser, qu'il voulait dans sa vie sa présence confiante, rassurante, tel un rempart contre les chagrins à venir. La seule difficulté à prévoir, c'était de l'initier aux us et coutumes qui avaient cours à Hilltop Road, aux soirées brèves, aux visites peu excitantes de Bijou Frank ou d'Ostrovski, qui passait parfois le vendredi soir, « pour respecter les vieilles traditions » prétendait-il, alors qu'aucun d'entre eux n'était pratiquant. Même sa mère avait abandonné son intransigeance d'autrefois ; elle avait écrit à sa sœur, aux bons soins du Beau Rivage à Nyon, le Nyon où elle n'était jamais allée et où elle ne risquait guère de se rendre. Mais il avait eu tort de s'inquiéter, car ses parents avaient adoré Josie ; ils voyaient en elle, ce qui n'était pas si absurde, l'incarnation de la vie et de la santé, « une bouffée d'air frais », avait dit sa mère. Et il était plutôt surpris de voir que Josie, avec ses façons directes, exubérantes, et ses cheveux ébouriffés, faisait si bonne impression. Tout comme sa famille, il était le premier à en convenir. Sa mère s'était mise en frais pour préparer un repas convenable, dont Josie se régala ostensiblement. Leur première rencontre n'aurait pu être plus prometteuse.

« Quel appartement délicieux vous avez, dit Josie. Pas du tout comme... » Le logement au-dessus de la boutique, avait-elle failli ajouter.

Il la fit taire d'un coup d'œil, mais vit son père réprimer un léger sourire et se détourner pour en dissimuler un plus large.

« Oh, Julius vous a montré l'autre appartement, je suppose ? demanda sa mère en toute candeur. Eh oui, il faudra nous y faire. Bien sûr, ce n'est pas ce à quoi nous sommes habitués.

— Vous êtes obligés de déménager ? Vous ne pouvez pas rester ici ?

— Le propriétaire, M. Ostrovski, que vous allez sûrement rencontrer, veut le récupérer pour lui, alors qu'il n'y mettra presque jamais les pieds : c'est un voyageur invétéré. »

C'était un vieux grief, mais comment s'opposer aux désirs d'Ostrovski. Sa vie était un mystère, ses motifs restaient obscurs. Cependant, il était leur protecteur aussi bien que leur employeur. Comment plaider leur cause ? Sans lui, ils seraient sans logis et sans emploi. Ils n'avaient pas les moyens de partir, même si la boutique rapportait plutôt bien. Julius pensait à part lui que s'il était aux commandes, il y apporterait des améliorations, chercherait de nouvelles sources d'inspiration. Pour ce faire, il devrait convaincre son père de se retirer, ce qui n'allait pas de soi. Retraité, son père pourrait reprendre ces grandes promenades qu'il avait toujours aimées et, une fois Josie installée, celle-ci lui offrirait à son retour un accueil plus chaleureux, à coup sûr plus intéressant que celui qu'il recevait habituellement de sa femme. En cette fin de soirée, Mme Herz avait deux taches rouges sur les pommettes et buvait une tasse de café, ce qui pourtant lui mettait toujours les larmes aux yeux. Josie, avec un détachement tout professionnel, mit ces signes sur le compte d'une poussée d'hypertension due à un état d'excitation. Elle annonça donc avec tact que la soirée avait été charmante et remercia avec effusion son hôtesse.

« Où avez-vous dit que vous travailliez ? demanda celle-ci.

— Dans le privé, je soigne les gens à domicile.

— Ah, souffla Trude avec un sourire béat. Comme ce doit être merveilleux pour eux ! » Après quoi, l'affaire fut plus ou moins conclue.

Ce soir-là, après avoir mis Josie dans un taxi, Julius alla se coucher et rêva que son frère Freddy, portant un tricot rayé et une casquette de portier, triait avec irritation une grande pile de livres qu'il voulait retirer de la boutique ou d'une bibliothèque, on ne savait trop. Ils étaient réservés à son propre divertissement, laissait-il entendre, et il ordonnait au vendeur ou au bibliothécaire de les emballer. « Vous avez un camion ? » demandait-il sur le même ton hargneux, même si Julius, tapi dans les coulisses, estimait qu'une fourgonnette conviendrait mieux. L'essentiel, quand son frère était de cette humeur, était de se tenir à l'écart, et pourtant le rêve n'avait aucun rapport avec la vie réelle dans laquelle Freddy lisait rarement autre chose de plus consistant qu'un journal, et encore... Il se réveilla avec un sentiment de fatigue, se dit qu'il serait bientôt un homme marié et décida d'être moins attentif aux désirs de la famille. Une fois à la retraite, son père pourrait se rendre plus utile à la maison ; en fait, cette retraite encore à l'état de projet obsédait Julius. Des changements étaient nécessaires, et il était bien résolu à les exécuter.

Toute la famille aspirait au changement. Même Josie. Elle en avait assez de son métier, d'être enfermée à longueur de journée, elle avait envie de prendre l'air. Il n'éleva pas d'objections, n'étant guère en position de le faire. Au fond, il aimait l'idée qu'elle soit à la maison, à tenir en bride l'insatisfaction de sa mère. La décision fut prise très brusquement. Le jour où ils annoncèrent qu'ils s'étaient éclipsés pour aller se marier, ses parents ne furent pas surpris. Son père sortit une bouteille de champagne d'un placard de leur chambre et ils burent à la santé les uns des autres, étonnés que le changement ait pu se produire aussi aisément.

Pendant quelque temps, d'autres transformations se poursuivirent. Son père prit sa retraite avec un certain soulagement, et Julius eut la boutique à lui seul. Sa mère redevint une maîtresse de maison, on vit réapparaître sur la table poulet rôti, poisson froid *à la juive*[1] et compotes de fruits. Josie semblait apprécier sa nouvelle position de fille de la maison, et elle avait assez de générosité pour jouer son rôle quand sa belle-mère, retombant dans l'un de ses

---

1. En français dans le texte.

anciens malaises, réclamait sa présence. Ils prirent l'habitude de l'entendre crier de sa chambre : « Josie ! Josie ! » alors qu'ils allaient se coucher. La santé de chacun semblait s'améliorer, même si sa mère prétendait le contraire. Et les jeunes, comme son père les appelait, jouissaient de leur intimité, ce plaisir nouveau qui leur était accordé. En dépit des efforts de sa belle-mère, Josie paraissait encore un rien négligée mais, pour Julius, c'était curieusement attirant. En tout cas, sans vêtements, il la trouvait superbe. Elle jouait son rôle ; il lui en serait toujours reconnaissant. Et elle semblait contente de sa nouvelle vie, contente d'avoir quitté l'appartement qu'elle avait partagé avec ses collègues, contente des attentions dont elle était l'objet, de l'amour. Même l'invasion occasionnelle de leur vie privée semblait acceptable ; ils avaient leurs quartiers à l'autre extrémité de l'appartement, n'étaient pas trop dérangés par la proximité des parents. Leur mariage semblait la solution idéale pour tout le monde.

Ce fut le déménagement à Edgware Road qui scella leur destin. Là aussi, Josie se montra inestimable. Elle réquisitionna la femme de ménage de la boutique et lui fit mettre les lieux en état. Sans la moindre autorisation, elle emporta plusieurs meubles de Hilltop Road et les installa dans leur nouveau domaine exigu. Elle s'évertua à donner du courage à toute la famille, à lui remonter le moral, sans grand succès toutefois. Leurs chambres n'étaient plus séparées par la longueur d'un couloir. La bonne humeur récente de la mère de Julius faiblissait, son père s'absentait autant qu'il le pouvait sans dire ce qu'il faisait de son temps libre. Bijou Frank expliqua qu'elle ne pourrait plus venir les voir aussi souvent, le trajet étant devenu malcommode. Cela désola Mme Herz peut-être plus que Bijou, comme la première, toujours hypersensible, le fit remarquer. Leur santé, qui avait été si satisfaisante, commença à décliner ; de nouveau Josie se plaignit de manquer d'air frais. Puis Mme Herz attrapa un rhume qui dégénéra en bronchite, et Josie se retrouva infirmière. Les nuits du jeune couple étaient désormais troublées à la fois par les bruits de la rue et par ceux de la chambre voisine. Julius était gêné par les ronflements nocturnes de ses parents, par leurs disputes occasionnelles. Pis, il supportait mal les appels de sa mère, sollicitant une aide, un remède, une consolation. Josie se levait avec un soupir, sa gaieté envolée. Ils se recouchaient, mais pas pour longtemps. « Josie ! Josie ! » Ce cri, cette imploration incessante, retentissait sans fin. C'était de l'amour que sa mère voulait, et elle ne remarquait pas que cet amour, justement, déclinait de jour en jour.

Et puis ce fut la fin. Quand Josie annonça qu'elle allait partir, Julius ne put guère l'en blâmer. Fatigué de subir les plaintes constantes de sa mère, il voyait naître des incompatibilités. Lui aussi voulait un peu de paix et ne trouvait pas d'autre solution que de réinstaurer la famille telle qu'elle avait été avant sa brève renaissance. Il prendrait soin d'eux, puisque son rôle était, comme toujours, d'améliorer les choses. Et son père paraissait malade, mis en échec. Quant à sa mère, qui ne s'était pas vraiment rétablie, elle aurait besoin de toute son attention. Il avait presque hâte de voir Josie quitter la maison, pour les épargner tous. « Je t'aime », lui dit-il en la regardant faire ses bagages. « Oui, eh bien, répondit-elle, dans d'autres circonstances peut-être. » Il lui donna un baiser d'adieu : ce fut le moment le plus solennel de sa vie, plus solennel que son mariage. Elle aussi était émue. Ce moment d'émotion sincère lui confirma qu'il avait été un homme marié et qu'il ne l'était plus.

4

« Ah ! des croquettes de saumon ! Ce que je préfère ! »

Il sourit. Il s'était assuré qu'elles seraient sur la carte le jour de leur déjeuner. Ensuite, il avait senti faiblir son intérêt comme si, les préparatifs de la rencontre achevés, il ne restait plus rien à faire. À présent, il aurait été heureux, vraiment plus heureux, que le repas ait lieu sans lui. Il en était ainsi, ces derniers temps : tout le plaisir se trouvait dans l'anticipation, très peu dans la réalisation. Toutes les personnes âgées devaient éprouver cela, cette petite baisse de moral quand arrivait le moment de l'échange social, quand la nécessité d'être « positif » (le mot préféré de Josie) imposait sa règle de fer à une nature plus portée aux réminiscences qu'à une banale curiosité humaine.

La certitude, facilement écartée quand il était seul, que Josie, recevant sa tristesse comme un affront, allait s'acharner à lui remonter le moral, à lui rendre sa bonne humeur, provoquait chez lui un état de légère dépression. Elle lui avait dit une fois qu'elle avait toujours été « merveilleuse avec les vieilles personnes » ; apparemment, elle s'excluait de cette catégorie, bien qu'elle eût à présent

49

soixante-six ans et fût en principe retraitée comme lui. Mais elle travaillait encore, se rappela-t-il, dans cette jardinerie où elle semblait avoir trouvé sa vocation, comme si son métier d'infirmière n'avait été qu'un faux départ. Et cela les séparait, car, comparées à ses journées à elle si remplies, les siennes si vides, si routinières, aux activités si modestes, n'avaient guère d'intérêt. Il s'en trouvait morale-ment désavantagé, raison de plus pour se protéger, même si les bonnes manières devaient toujours être observées.

« Tu es très occupée ? demanda-t-il humblement.

— Très. Les repiquages surtout. Et j'ai une livrai-son cet après-midi. Je serai forcée de te quitter assez vite. La voiture est au parking, heureusement. Sans quoi… »

Cette difficulté à prononcer une phrase complète fut le seul signe qu'elle vieillissait, elle aussi, comme si le temps manquait pour se plier à toutes les formalités du langage courant. Pourtant, elle paraissait très semblable à ce qu'elle avait toujours été. Ses cheveux broussailleux étaient gris à présent, mais son teint un peu rouge témoignait de jour-nées passées en plein air. Ses yeux clairs, ce qu'elle avait toujours eu de mieux, étaient encore beaux. S'il était tombé sur elle à l'improviste, ce qui aurait pu arriver, il l'aurait prise pour une sorte de mutante tendant à se masculiniser. Ses épaules s'étaient arrondies et épaissies, ses mains sem-blaient plus grosses et moins soignées. Tandis qu'elle beurrait une tranche de pain, il vit que les deux derniers doigts de sa main gauche étaient légèrement repliés. Mais il ne convenait pas d'en parler, car la santé ne pouvait être traitée qu'en termes généraux.

« Tu vas bien ? demanda-t-il.

— Oh, je me porte comme un charme. Tu me connais. »

Il remarqua qu'elle ne lui retournait pas la question, c'était bien là un aspect de sa stratégie pour rester positive. Elle n'endosserait pas ses fardeaux, fût-il au fond du désespoir. Soudain, il identifia sa propre réticence à jouer son rôle comme une sorte de désenchantement. Ce qui lui avait paru une bonne idée alors qu'il était seul chez lui tournait à la déception. Il y voyait l'impact de la réalité sur sa nature rêveuse, mais ne put entièrement se défaire de la conviction qu'une composante de leurs rapports avait disparu et que les souvenirs qu'il en gardait semblaient fallacieux à présent. Elle avait, avant lui, perçu leur incompatibilité ; elle était douée d'une forme primitive d'intelligence pratique ; elle parvenait aux conclusions avant lui et s'entendait à éviter les regrets. Son égocentrisme, qu'il avait toujours admiré comme un signe de santé, la protégeait souvent des révélations pénibles de l'existence et l'empêchait d'éprouver trop de compassion pour autrui. Peut-être lui rappelait-elle trop vivement le passé, l'une des rares personnes des jours anciens encore vivante et en forme. De nouveau, il lui fut reconnaissant d'être en vie, tout simplement. Aucun risque de réflexions moroses en présence de Josie, pour la simple raison qu'elle s'était blindée contre elles. Elle resterait sourde à ses signaux dans l'intérêt de sa propre survie. Il ne pouvait voir là qu'un trait de caractère enviable. S'engager dans le genre de discussion sincère à laquelle il aspirait l'aurait hérissée, mise sur la défensive. Il devrait se contenter de l'admirer, comme il le faisait invariablement, appréciant même des traits qui, d'habitude, ne le touchaient pas.

La plupart de leurs rendez-vous se déroulaient ainsi ces derniers temps : un déjeuner dans un bon restaurant et une tentative de sa part, généralement infructueuse, de retrouver une intimité ancienne. C'était une parodie de la cour qu'il n'avait pas eu besoin de lui faire au début, dans les jours qui avaient suivi leur rencontre. Sans doute attendait-il encore d'elle une sorte d'attestation qu'il avait joué un rôle dans sa vie. Elle, en revanche, ne donnait guère l'impression que la présence de Julius était celle d'un ami cher, d'un ami de longue date. Son mode de pensée positif avait renforcé son indépendance vis-à-vis de lui. Il reçut un choc en se rendant compte que la bonne volonté de Josie, désormais, n'était plus acquise. Baissant la tête, confus, il comprit qu'elle s'ennuyait un peu, qu'elle était capable de fabriquer un conflit rien que pour tenir l'ennui à distance, qu'elle acceptait ses invitations parce qu'elle avait le sentiment de lui devoir quelque chose, mais qu'elle se serait mieux accommodée d'un coup de téléphone de temps à autre, ou de son silence. Et elle était occupée, se rappela-t-il, peut-être trop, pour ces cérémonies d'un autre âge. Comme toujours, il s'en voulait surtout de mal interpréter sa complaisance à accepter leurs rendez-vous. Elle lui permettait de le rayer de la liste de ses obligations. Cette promptitude à donner son accord la dispenserait de rencontres futures… Et elle avait toujours eu un excellent appétit. Quant à lui, il prenait soin de choisir un bon restaurant, voire un restaurant de prestige, afin qu'elle ne regrette pas trop ce qu'elle pourrait à la limite considérer comme une perte de temps. La veille, il caressait encore l'illusion qu'il pourrait l'appeler en cas de besoin ou de maladie. À présent, il voyait que c'était bel et bien une illusion, chérie depuis trop longtemps. Et elle ne lui faciliterait pas les choses s'il voulait l'appeler à l'aide. Sa fameuse pensée positive, telle une police d'assurance, ne couvrait qu'elle. Il se demanda si elle avait eu d'autres partenaires. « Partenaire » était le terme qu'elle employait pour parler du directeur de la jardinerie. Tout d'abord, il n'avait pensé qu'à une pure relation de travail. Maintenant, il voyait que ce « Tom », de la santé duquel il devait aussi s'enquérir, représentait un peu plus, que cette femme trapue assise en face de lui avait conquis le cœur d'un autre. Il en fut frappé comme d'un aspect du destin, un destin dont il semblait avoir été exclu. Mais la plaisanterie était à ses dépens et, comme s'il s'en apercevait pour la première fois, son sourire s'élargit.

« Et comment va Tom ? demanda-t-il au moment où le serveur versait le vin.

— Tom va très bien », répondit-elle fermement. Après quoi, chacun se sentit plus à l'aise, comme si une information d'une importance vitale venait d'être archivée. Par chance, leur plat arriva à cet instant. Un certain plaisir lui revint en la voyant se régaler. Sur ce plan-là, au moins, il ne l'avait pas déçue.

Néanmoins, il aurait été plus heureux seul. Il parcourut la salle d'un bref regard et s'arrêta sur deux femmes qui déjeunaient ensemble à une table voisine. Des sœurs ou des belles-sœurs, supposa-t-il, sûrement pas des femmes actives. Elles avaient dû se retrouver pour passer la journée en ville, si toutefois les femmes se livraient encore à ce genre d'occupations. Elles étaient bien habillées, d'une façon qui lui était familière, et maquillées à outrance, dans un style qui évoquait pour lui les riches banlieues résidentielles. Leurs mains aux ongles rouges portaient des alliances et des bagues de fiançailles. Des sœurs, corrigea-t-il, plutôt que des belles-sœurs. Pas toujours en bons termes, comme en témoignaient tel rapide froncement de sourcil, tel murmure irrité, mais des femmes convenables, indispensables l'une à l'autre. Des anachronismes, vivant très affairées leurs journées d'oisiveté fortunée, pareilles à celles que sa tante Anna avait passées au Beau Rivage, avec sa fille en guise de garantie de respectabilité. Pas si facile pour les femmes actuelles d'incarner la respectabilité, songea-t-il, tapotant ses lèvres de sa serviette. Aujourd'hui, de même que Josie, elles travaillaient beaucoup, tout en acceptant la protection qu'elles pouvaient trouver. Et devenaient plus dures et plus sûres d'elles chemin faisant. Il eut un brusque souvenir du dîner au Beau Rivage, après sa demande impétueuse, et plutôt malencontreuse. Il n'en avait jamais parlé à Josie, et n'envisageait pas de le faire, bien qu'il eût fréquemment eu envie d'en parler à quelqu'un. Qu'elles avaient été élégantes, ces deux femmes en noir ! Il regrettait à présent de ne pas être resté plus longtemps pour se donner une deuxième chance ! Il aurait dû obéir à cette impulsion presque impensable et rester, ne pas rentrer chez lui. Sauf que ne pas rentrer lui paraissait, à l'époque comme aujourd'hui, une décision contre nature. Ç'aurait été disparaître, et il n'avait jamais osé le faire. Ce chez lui, il l'avait tant désiré, y avait tant aspiré, qu'il n'aurait pas pu trouver le courage de le quitter, pas même en échange d'une vie entière de félicité. Cela aussi, c'était une illusion. Le simple bon sens exigeait de s'en tenir à ce qu'on connaissait.

Curieux que l'épisode de Nyon fût resté un secret. Non, pas un secret coupable ; au contraire, il s'agissait là d'une imprudence juvénile dont on est plutôt fier, alors qu'il était déjà entre deux âges à l'époque. La quasi-certitude que Josie ne comprendrait pas avait renforcé son désir de garder cette visite pour lui. Les dames dans leurs robes noires... Ce souvenir n'était pas communicable. Et il était superflu de se confier à Josie qui, certainement, n'attendait de lui aucune confidence. Moins il lui en disait, moins elle semblait avoir envie d'en savoir. Les morts dans sa famille, celles de ses parents, de Freddy, il gardait tout cela pour lui. Quand il avait mesuré l'étendue de sa solitude, il s'était tourné vers elle, et, un instant, il avait sollicité sa compréhension. Il avait davantage honte de cette démarche que de l'épisode de Nyon. Elle avait réagi, mais à sa manière, « positivement », l'exhortant à se lancer dans des activités qui le laissaient indifférent, et l'avait plutôt félicité d'être désormais complètement isolé, sans attaches. « Maintenant, tu es libre de faire ce qui te plaît », avait-elle dit, comme si c'était l'unique conclusion à en tirer. Il avait alors instauré la coutume de l'inviter à déjeuner deux ou trois fois par an. C'était pour lui une obligation à respecter, une obligation civilisée qui maintenait ouvertes les voies de la communication, même si celle-ci était pauvre. La mort de son père, d'un cancer, et le déclin de sa mère n'avaient pas besoin de parures de deuil : ils savaient l'un et l'autre, chacun à sa façon, que ces morts étaient une délivrance. Une délivrance qu'elle reconnaissait pour telle, mais pas lui. Il sentait encore leurs mains se relâcher dans la sienne, il se tenait encore, métaphoriquement, à leurs chevets. Par définition, si on n'était pas avec lui à ces moments-là, on lui était étranger. Quant à son chagrin et à sa solitude ultérieure, ils ne méritaient pas de félicitations.

Au café, ils s'adoucirent tous les deux, conscients que cette rencontre plutôt décevante touchait à sa fin. Il se sentait contrit, pourtant ce n'était pas sa faute si leur échange habituellement amical n'avait pas eu lieu, leur avait échappé. Il savait que Josie n'avait aucune raison de se le reprocher ; il est vrai qu'elle évitait de se faire des reproches, et à juste titre. Le remords n'était pas seulement une faiblesse, il vous égarait, il faisait planer le doute sur une vie entière. Julius pouvait difficilement, à ce stade de leur relation, s'expliquer auprès d'elle. Il restait émerveillé qu'elle l'eût jadis accepté tel qu'il était, ou plutôt tel qu'elle le voyait, quelqu'un d'exotique, en tout cas différent des hommes qu'elle connaissait. Son statut d'exilé, auquel elle était sans doute plus sensible que lui en ce temps-là, l'avait intriguée et lui avait prêté une aura romantique, seul élément romanesque conféré à un personnage sur lequel lui-même était sans illusions. Et comment aujourd'hui rattraper le temps perdu ? Il préférait qu'elle n'ait pas été présente pour assister à ces agonies dont, en vérité, elle n'avait rien su. Il lui avait téléphoné pour lui apprendre que ses parents étaient morts. Elle l'avait vivement invité à reprendre courage, comme si c'était la réponse adéquate à donner à de tristes nouvelles. Il ne pouvait pas lui expliquer, et n'allait pas tenter de le faire, qu'il avait tenu la main de sa mère mourante, sachant que la fin était proche, et gardé le silence lorsqu'elle avait murmuré : « Freddy ? Freddy ? » Et quand tout avait été fini, quand la dernière mort avait frappé, quand il avait su que Freddy était enfin retranché de sa vie, il avait en effet éprouvé un soulagement qui avait quelque chose de définitif, comme si lui‑aussi était mort. Il avait donc continué à se sentir, non pas un survivant, même s'il l'était aussi, mais un assistant de la mort, destiné depuis l'enfance à être présent lors des rites de passage qui ne contenaient aucune promesse de renaissance. Il ne détestait pas sa solitude actuelle, elle lui paraissait une chose méritée, un dû qui, de surcroît, ne le décevrait pas. Seul, il saurait mieux s'arranger de sa propre vie qu'il ne l'avait jamais fait en compagnie de personne.

Il la vit jeter un coup d'œil à sa montre – elle l'avait déjà fait une ou deux fois pendant le repas – et se secoua : il fallait conclure ce tête-à-tête. Il fit signe au serveur de lui apporter l'addition, l'examina de près et ajouta un généreux pourboire. Ils devaient se quitter sur une note agréable, même s'ils se rendaient compte tous les deux qu'ils ne se reverraient peut-être pas de sitôt. Il lui demanda quels étaient ses projets de vacances, conscient que c'était maigre comme apport dans une conversation. Ils allaient en Grèce, apprit-il, mais seulement pour une dizaine de jours ; c'était délicat de confier la jardinerie à d'autres, et elle n'accordait pas toute sa confiance au directeur adjoint. Il s'efforça d'imaginer Tom, qu'il avait rencontré, exposant son visage déjà écarlate au soleil de la Grèce, vit les cheveux rebelles de Josie s'ébouriffer encore plus dans la chaleur, fut heureux, un instant, d'être au centre de Londres et d'avoir de bonnes chances d'y rester.

« Je me demande pourquoi tu as cessé de voyager, Julius, maintenant que tu n'as plus à te soucier de la boutique. »

Il lui sut gré de cette manifestation d'intérêt, même s'il reconnaissait une réaction familière : elle ne pouvait lui offrir mieux sans compromettre son indépendance, sans s'écarter de ses encouragements mêlés de reproche. Ne viens pas me parler de ta solitude, voilà ce que le reproche sous-entendait. Personne n'est forcé de rester seul ! Il y a des voyages organisés ; tu pourrais même partir en croisière ! Elle n'avait pas besoin de le dire à voix haute puisqu'elle l'avait déjà dit auparavant, mais il voyait bien, à la lueur combative de ses yeux, qu'elle le répéterait aussi longtemps que nécessaire.

« J'ai déjà fait tout ça, dit-il doucement. J'en ai bien profité, même si c'était à ma façon, pas à la tienne. Jamais de ma vie je n'ai été à la plage.

— Non, ce n'est pas ton style, n'est-ce pas ? Alors qu'est-ce que tu faisais ?

— J'allais dans les villes. D'abord, j'ai visité les plus prestigieuses : Venise, Rome... Mais je m'y sentais plutôt seul. Alors j'ai compris que je n'étais pas obligé d'aller dans ces endroits, que j'étais plus heureux dans de petites villes sans intérêt particulier. Et j'ai choisi celles où je pouvais vaquer comme il me plaisait, sans témoins. En France, surtout. Il me suffisait de faire tranquillement le tour de l'église ; ensuite je m'asseyais, je buvais un café et je lisais le journal local en écoutant à moitié les conversations des autres.

— Vraiment désopilant.

— Oh, tu détesterais. Mais ça me convenait. Et les endroits que je choisissais avaient leur charme, même si ce n'est pas celui qui t'attire.

— As-tu jamais envisagé de t'installer quelque part à l'étranger ? »

Il lui sourit. « Je me sens déjà à l'étranger. Londres me dépayse toujours, alors que j'y vis depuis l'âge de quatorze ans. Je ne m'y sens pas chez moi. Et maintenant que j'ai cessé de voyager...

— C'est une erreur, Julius. Tu vas te replier sur toi-même. » Elle se tut un instant. « D'après ce que je comprends, tu vis seul ? »

Il sourit de nouveau. « Bien sûr, je vis seul. Je suis un vieil homme. Qui voudrait de moi maintenant ? »

Elle regarda autour d'elle, ramassa son sac, ayant fait de son mieux, une fois de plus, pour lui remonter le moral.

« Tu étais bel homme, dit-elle. Des femmes pourraient encore te trouver séduisant.

— Je ne rêve plus de compagnie féminine.

— La mienne t'a suffi, je suppose ? » Le ton était moqueur, mais un peu nostalgique.

« Tu me suffisais. J'étais très heureux avec toi. Je regrette seulement que ça n'ait pas été réciproque.

— C'était l'ensemble de la situation, non ? Tes parents, et cette drôle de bonne femme qui venait le samedi et n'enlevait jamais son chapeau. Je n'en pouvais plus, au bout d'un certain temps. Et Edgware Road était pire. » Elle frissonna. « Je ne sais pas comment tu as pu le supporter.

— Je devais le supporter. Maintenant je suis content que tu te sois fait une vie à toi, que tu aies trouvé quelqu'un qui puisse t'emmener en vacances, te sortir… Je me débrouille. Je ne suis pas mécontent. Ne t'en fais pas pour moi, Josie. »

Il tendit la main vers la sienne, heureux que ce bref échange ait allégé l'atmosphère entre eux. Mais à présent, il était fatigué. Elle devait l'être elle aussi, même si, dans son cas, elle pouvait se sentir soulagée qu'il ne lui ait rien reproché. Si elle était prête à proclamer la justesse de sa décision de mettre fin à leur mariage quand on la sommait de le faire, elle n'aimait pas beaucoup s'attarder sur ce point. Elle montrait là des signes de maturité tardive, ce qu'il regrettait pour elle, en un sens. D'après son expérience, la maturité apportait rarement des révélations réconfortantes. Mieux valait l'ardeur de la jeunesse, avant que le monde sévisse. Son sourire se dissipa. Il pressa sa main, puis la relâcha. Ils ne s'étaient pas, après tout, complètement déçus. Et il était temps de se quitter, avant que d'autres réminiscences ne viennent troubler leur fragile équilibre. Il jeta un regard entendu à la table voisine, où les deux femmes qui avaient retenu son attention tout à l'heure se disputaient avec véhémence. Josie suivit son regard et hocha la tête.

« Elles vont se gâcher l'après-midi, dit-il en la guidant vers la rue. Et elles avaient tout si bien prévu. De toute évidence l'une des deux s'était réjouie de cette sortie, mais pas l'autre. Je parie qu'elle vont couper court et rentrer à Weybridge. Oh ! ta voiture. Où m'as-tu dit que tu l'avais laissée ?

— Au parking ; ne m'accompagne pas. Je sais que tu détestes ça.

— Eh bien, si tu en es sûre… J'ai toujours peur de me retrouver enfermé.

— Au revoir, Julius. Merci pour le déjeuner. Donne-moi des nouvelles.

— Oui. Je te donnerai des nouvelles. Heureux de t'avoir vue, Josie. Et bonnes vacances. »

Il la vit s'éloigner à grands pas, remarquant avec un peu de tristesse les changements qui l'avaient frappée : ses épaules s'étaient épaissies, elle se voûtait légèrement. Avec un effort il se redressa, rejeta en arrière ses épaules récalcitrantes. Ils étaient vieux ; tout était fini. Elle lui aurait conseillé de ne pas être aussi défaitiste, rappelé que, comparé à tant d'autres, il avait de la chance. Il le savait, mais ça ne changeait rien. Son équilibre personnel reposait sur des fondations si fragiles que trop de réflexion suffirait à les ébranler. Maintenant, il était vraiment fatigué et n'avait plus qu'un désir : rentrer chez lui où personne, sauf lui, ne ferait attention à son déclin.

Il décida de rentrer à pied à Chiltern Street, sachant que c'était imprudent, mais désireux de se mettre à l'épreuve. Il resta un moment sur place, irrésolu. La journée était belle, venteuse, avec un léger soleil. Il prit d'abord St Martin's Lane, puis, d'instinct, il tourna dans Cecil Court pour feuilleter les livres d'occasion et passer quelques minutes reposantes loin de la foule. Il n'avait plus l'habitude de la compagnie, voilà son problème; il se fondait mal dans une atmosphère de discussions, d'activité. Même les plaisirs du restaurant l'avaient fatigué, autant que la compagnie de Josie. Pourtant il n'était pas mécontent qu'elle revendique le beau rôle de nouveau. Bien sûr, on aurait eu du mal à reconnaître en elle l'infirmière au teint frais dont il avait désiré si fort la présence dès qu'il avait eu le loisir de l'étudier, assise devant lui à une table de café, lors de leur première entrevue. Les choses auraient dû se poursuivre ainsi, se dit-il : des rencontres dans un café certains soirs, comme s'ils étaient des acteurs dans un film en noir et blanc, français de préférence. Ils auraient alors pu introduire un élément de romanesque dans leur association fortuite. Il se rendait compte qu'il avait été trop pressé de conduire cette relation à sa conclusion logique pour se pencher sur les aspirations d'une femme. D'ailleurs, ce qu'il savait des femmes était si mince que tout se situait dans le domaine de la pensée abstraite. Pour lui, elles se divisaient en deux catégories : les Fanny Bauer qui vous tourmentaient, et les Josie qui vous offraient un refuge contre ces tourments. Maintenant, il s'apercevait que ce n'était pas équitable. Au fond, elles étaient semblables, avec un cheminement différent. Toutes deux étaient opportunistes, au meilleur sens du terme, disposées à tourner les choses à leur avantage, même par la voie la plus traditionnelle : le mariage. Il les avait peut-être déçues l'une et l'autre, en refusant à Josie tout élément de romanesque, en ne mettant aucun frein à l'élan romantique qui le jetait vers Fanny au lieu de lui offrir une vraie position sociale. Il avait mal choisi son moment pour jouer les amoureux alors qu'en cette occasion il aurait dû se présenter comme un citoyen raisonnable. Quant à Josie, elle avait vu son avantage dans une perspective solide : le cadre respectable d'une famille qu'elle ne tarderait pas à quitter, le confort bourgeois d'un appartement qui bientôt n'aurait été qu'un refuge provisoire. Et quel romanesque, se disait-il, aurait pu survivre à Edgware Road, à cet espace exigu, à peine suffisant pour un couple, sans parler de deux ? La tension avait très vite été sensible, et il avait été presque soulagé lorsqu'elle avait pris sa décision. À cette époque, Fanny n'était plus qu'un mirage. Curieusement, il la voyait encore jeune fille, comme si les années intermédiaires n'avaient pas eu de substance.

Il reprit St Martin's Lane en flâneur, pensant qu'il pourrait passer une demi-heure à la National Gallery pour voir les Lorrain et les Turner. Il le faisait de temps à autre, s'adonnant à un plaisir qui avait survécu à tout le reste, sans oublier pourtant que l'art resterait indifférent à tout ce qu'il pourrait en attendre. Il avait encore en tête le mépris de Freddy pour sa vocation première, la négligence dont celui-ci se glorifiait et la façon dont il avait répudié sa carrière. Pour lui, l'art s'était montré trompeur ; il valait mieux ressembler à la terreur de la cour de récréation, à un ruffian, plutôt qu'à l'esthète souffrant qu'il avait été dans sa vie antérieure. Herz espérait qu'il n'était pas nécessaire de choisir entre ces deux extrêmes, mais peut-être se leurrait-il ? Il était instructif qu'après avoir vu Josie il éprouve le besoin de quelque chose de plus éthéré, comme si leur rencontre appelait son contraire. Pourtant, après une demi-heure de paix, il entendrait le son de ses propres pas et rêverait de la compagnie la plus simple. La vue d'enfants, assis jambes croisées sur le parquet, écoutant un conférencier leur expliquer un tableau, lui donna envie de se joindre à eux, ne fût-ce que pour une minute ou deux. Mais dans le triste climat actuel, un adulte qui s'approchait d'un groupe d'enfants n'offrait plus une image d'innocence, même si un homme de son âge pouvait être jugé au-dessus de tout soupçon. Malheureusement, de nos jours, personne n'était au-dessus de tout soupçon. Il valait mieux se conduire avec la plus extrême circonspection, comme si le péché et la folie, accumulés pendant la vie entière, pouvaient en un instant être exposés à la vue du public. Et comment pourrait-on survivre à une honte pareille ?

Finalement, encore plus hésitant, il décida de quitter la National Gallery. Il garderait ses tableaux préférés pour un autre jour, meilleur ou pire, peu importait. Il allait rentrer chez lui, mais pas à pied. Il avait remarqué qu'il n'était plus très ferme sur ses jambes. C'est la raison pour laquelle il avait renoncé à voyager. Il se voyait s'effondrant dans une ville étrangère, gisant sur un trottoir, entouré de visages inconnus. Rien de tel ne s'était produit, mais il s'était mis à appréhender le jour où cela pourrait arriver. Ces derniers temps, il se sentait plus en sécurité dans son appartement, qui était devenu son ultime refuge. Assis dans le taxi, il décida de téléphoner à Josie le soir même pour la remercier de leur déjeuner et lui souhaiter une fois de plus des vacances agréables. La note juste pour mettre fin à cette journée, pensa-t-il, avant de se demander avec angoisse pourquoi cette nécessité de songer à une fin. Rien n'était terminé. Dans deux ou trois mois, ils se reverraient et ils en seraient heureux. C'était ce qui convenait le mieux à la situation dans laquelle ils se trouvaient. D'une certaine façon, c'était le mieux qu'il puisse faire pour elle et pour lui.

5

Le temps que Herz atteigne Chiltern Street, le soleil s'était voilé, le vent avait fraîchi, la soirée s'annonçait maussade. Il mit sa clef dans la serrure et resta un moment dans le petit vestibule, éprouvant comme d'habitude un mélange de soulagement et de déconvenue. Il ne s'était toujours pas habitué au silence qui l'accueillait, même s'il l'avait tant souhaité, ce silence, à différentes heures d'une journée qui s'était révélée épuisante. Il entra à pas lents dans la cuisine et remplit la bouilloire puis, abandonnant l'idée de se faire du thé, il gagna tout aussi lentement le salon où il s'installa avec délice dans un fauteuil. Des aventures comme son déjeuner avec Josie le décevaient à présent, pourtant le souvenir de leur conversation avait bien occupé son après-midi. Ce soir, il n'y aurait plus de conversation. Il promena autour de lui un regard neuf, conscient pour une fois des limites de l'appartement. Il était trop petit, mais ses dimensions pouvaient parfaitement convenir à un célibataire. Par cette froide soirée de mai, il prenait les proportions d'une cellule qui, suivant le décret d'une instance invisible, correspondait à un mode de vie solitaire. C'était sûrement ce qui lui était jamais arrivé de mieux, pensa-t-il, tout en se demandant pourquoi, à des moments pareils, à la fin du jour, il n'en tirait plus de plaisir. Le travail était fait : il ne lui restait plus qu'à se contenter de ses modestes agréments et à se dire qu'il était stupide d'attendre de simples conditions de vie un degré de contentement que seuls des humains pouvaient donner.

Et pourtant il l'aimait, cet appartement. Sa matérialisation lui semblait pour le moins miraculeuse. Il se souvenait des événements qui l'avaient provoquée comme s'ils s'étaient passés la veille. Une fois encore, Ostrovski y avait pourvu, improbable organisateur de leurs destinées, eût-on dit. Un jour, il était venu à la boutique avec cet air qu'il avait toujours eu, d'opulence et de négligence à la fois, son manteau trop grand jeté sur les épaules, jouant avec l'un de ses nombreux trousseaux de clefs. Même en hiver il était très bronzé. Herz l'avait accueilli avec son mélange habituel de déférence et de résignation. En cet instant où il ne se doutait encore de rien, Ostrovski demeurait son employeur, voire son protecteur.

« Préparez-nous du café, Julius. Il faut que je vous parle. »

Il avait fait ce qu'on lui disait, prêt à entendre la diatribe habituelle contre la dureté du climat économique et l'évolution irritante du marché immobilier, avec lequel Ostrovski entretenait de mystérieux rapports. On racontait qu'il possédait plusieurs boutiques dans différents quartiers de Londres, qu'il achetait et revendait quand la fantaisie lui en prenait. Il était toujours à l'affût d'une fin de bail ou d'une affaire en difficulté, dont il avait eu vent au cours de ses allées et venues, ou bien en buvant un café avec des amis de son âge dans les bars qu'il fréquentait, ou encore dans ces drôles de clubs où les jeux de cartes tiennent lieu de journée de travail. Herz ne savait rien de concret à son sujet, il supposait qu'il vivait toujours à Hilltop Road, mais il l'avait vu devenir plus sombre avec l'âge, différent du risque-tout d'autrefois avide de repérer une brèche dans le marché. Il n'y avait aucun doute qu'il brassait des fonds considérables, pourtant ses revenus avaient quelque chose d'abstrait et donnaient l'impression de pouvoir s'évanouir du jour au lendemain. Il ne semblait jamais pressé, mais son regard était aigu, observateur. On l'aurait dit prêt à disparaître n'importe quand, à quitter la ville, ses forfaits l'ayant rattrapé. En vérité, Herz n'avait jamais entendu l'ombre d'une réclamation contre lui, ni la moindre allusion à des illégalités. Il se comportait comme un financier au petit pied, mais quelque chose en lui laissait deviner une jeunesse passée dans l'indigence. Ses agissements étaient toujours obscurs. Pour autant qu'on le sache, il opérait seul, tirant le meilleur parti de débuts incertains, qu'il avait réussi à compenser par une astuce innée. Il appartenait, qu'on le veuille ou non, au décor de leurs vies et même si la mère de Herz ne l'aimait guère et son père pas davantage, ils avaient bien dû lui faire confiance. Cette position n'avait jamais été confortable ; ils le soupçonnaient de diverses irrégularités qui pourraient ou non le conduire en prison mais, à leur connaissance, sa réputation, qu'ils croyaient compromise, ne l'avait jamais mis en difficulté.

Dans cette période noire, après la mort des parents et du frère, après le divorce, après Nyon, Herz avait dû compter sur ses occupations dans la boutique pour remplir ses journées, et en un sens il en avait été soulagé. La monotonie de ces heures avait racheté la dureté des années précédentes. Tous les matins, il descendait de l'appartement pour ouvrir ; tous les vendredis, il portait l'argent de la semaine à la banque. Toutefois, ce n'était plus le petit commerce sur lequel son père avait veillé si longtemps ; il était devenu actif, presque prospère. Herz avait cru qu'il en aurait la charge tant qu'Ostrovski serait content de lui. Il ne songeait pas à en devenir propriétaire, mais il s'était fait à l'idée que c'était sa vie. Il servit son café à Ostrovski et se prépara à écouter ses sempiternelles réminiscences au sujet des soirées à Hilltop Road, où il était un visiteur assidu, mais son adresse dans l'art de dissimuler ses vrais motifs pouvait laisser douter de la sincérité de son amitié, à moins que, comme Herz le soupçonnait, il ne se sentît seul.

« J'irai droit au but, avait-il dit. Inutile de vous tenir en haleine. Voilà ce qui se passe : j'ai vendu l'affaire. Tout l'immeuble en fait. J'ai eu une offre excellente et je l'ai acceptée.

— Mais pourquoi ? Tout marchait si bien. C'est ce que je croyais du moins.

— Ne vous y trompez pas, vous avez fait merveille. Non, ça n'a rien à voir avec vous. » Il rejeta son manteau d'un coup d'épaules. « Regardez-moi, Julius. Quel âge me donneriez-vous ?

— Je n'en ai aucune idée.

— Quatre-vingt-un. » Il attendit une protestation. Aucune ne venant, il perdit ses manières embarrassées et parut soudain morose. « J'arrête, dit-il d'un ton lugubre. Ça suffit. Toutes ces années de manigances ne m'ont jamais rendu heureux. Je me demandais sans cesse pourquoi. Maintenant, je sais. Je ne vais pas bien, Julius. » Il posa une main hésitante au-dessous de sa cage thoracique. « J'ai voulu l'ignorer, comme on le fait tous, mais il n'y a plus de doute à présent. Je pense à la fin. Le dernier voyage.

— Le dernier voyage ? » avait répété Julius.

Ostrovski ne l'écoutait pas. « Vous savez, j'ai une maison en Espagne. À Marbella. Autant passer mes derniers jours au soleil qu'ici, dans ce climat désastreux. Je pars, je liquide mes actifs. Et donc, vous serez seul, mon garçon, libre, pour la première fois de votre vie. Vous avez été un bon fils, je n'en ai jamais douté, trop bon peut-être. Navré que votre mariage n'ait pas tenu, mais c'était une conséquence du reste, non ? Aujourd'hui, vous avez une chance d'être votre propre maître. J'y ai pourvu.

— Vous voulez dire que vous allez me donner des références ? avait-il rétorqué, s'appliquant à garder un ton neutre.

— Je veux dire que je vous donne ce que j'ai payé pour cette boutique au départ. Bien sûr, les prix ont grimpé depuis. J'en ai tenu compte. » Il cita une somme qui semblait irréelle. « Vous pouvez vous chercher un appartement. Emportez d'ici ce que vous voulez, sauf si rien ne vous tente. À vrai dire, j'ai toujours eu mauvaise conscience à cause de vous. Vos parents faisaient plus de cas de votre frère, n'est-ce pas ? Eh bien maintenant, vous pouvez rattraper le temps perdu.

— Je ne peux pas accepter tout cet argent…

— Vous le pouvez et vous le ferez. Vous aurez de quoi vous acheter un logement petit mais confortable. Et il restera une certaine somme. Bien investie, elle devrait suffire à vos besoins jusqu'à la fin de vos jours. Consultez mon neveu là-dessus. Il s'appelle Simmonds, Bernard Simmonds. C'est un notaire, le genre de type parfaitement correct et sacrément ennuyeux. Il vous conseillera. Je le contacterai dès que possible. À propos, il aura l'appartement de Hilltop Road.

— Je ne peux pas prendre cet argent, avait-il répété.

— Tout est parfaitement légal, si c'est ce qui vous inquiète. Et pourquoi ne pas le prendre maintenant, au lieu d'attendre ma mort ? » Julius fit une grimace. « Simmonds a eu la même réaction, il ne pouvait pas croire que je faisais ce qui s'imposait, pour une fois. Mais j'ai toujours voulu le faire. Les temps ne l'ont pas permis, inutile de chercher plus loin. Pour arriver, j'ai dû me battre bec et ongles et j'avoue que, par moments, ça ne m'a pas déplu. Seulement ça finit mal, Julius, rappelez-vous ça. On devient un spectateur, réduit à même pas la moitié de ce qu'on était. Je me débrouillerai de mon mieux là-bas, à Marbella. Au soleil, on a moins besoin de penser. Et je veux me débarrasser du passé, vivre dans le présent, ou ce qu'il en reste.

— Vous en êtes sûr ? Vous risquez de vous sentir seul.

— Bien sûr, je me sentirai seul. Mais il y a une solitude qui vient avec l'âge, quoi qu'il arrive. Je n'y peux rien. Et il y a une espèce de club là-bas, tous des expatriés, tous en bout de course, et ils s'en tirent plutôt bien. Ce sera comme un retour à l'école. Absurde ! » Il eut un rire dur. « Bon, vous êtes au courant. Vous avez à peu près un mois pour vous retourner. Le nouveau propriétaire disposera du stock ; je lui ai donné quelques adresses. Il compte ouvrir un salon de coiffure, je crois. Je n'ai pas voulu entrer dans ses projets ; ça ne m'intéresse plus, de toute façon. Je veux seulement ma place au soleil pour le temps qui me reste. Comme je l'ai dit, prenez ce que vous voulez ici. Les deux fauteuils sont encore bons. Et cette petite table. Ils venaient de ma mère. » Les larmes lui vinrent aux yeux. « Ne me décevez pas, Julius. Faites ce que je souhaite. Ainsi, tout n'aura pas été vain.

— Je ne sais comment vous remercier, avait-il répondu, perplexe.

— Inutile. Je ne peux pas l'emporter avec moi, hein ? » Il s'essuya les yeux. « Je pense que c'est notre dernière rencontre. Voyez Simmonds si vous avez besoin de quoi que ce soit. Maintenant, appelez-moi un taxi, vous serez gentil. J'ai des bagages à faire. »

Sur le trottoir il semblait frêle, différent de ce qu'il avait été. La transformation était déjà à l'œuvre. « Hilltop Road », dirent-ils en même temps au chauffeur de taxi. Puis il leur sembla naturel de s'embrasser – ils ne l'avaient jamais fait dans le passé – et il sembla naturel à Julius de rester là, à faire des signes de la main jusqu'à ce que le taxi et Ostrovski disparaissent.

La soudaineté de l'annonce l'avait privé de toute réaction. Il retourna à son petit bureau et éplucha les factures et les comptes, dont il connaissait le contenu par cœur. Mais cela ne servait à rien ; il n'y comprenait goutte. Sa vie active, apparemment, était révolue. Pas vraiment ce à quoi je m'attendais, s'était-il avoué dans le courant de l'après-midi. En fait, il ne s'était attendu à rien et s'était vu gratifié de la liberté, une liberté à laquelle il n'était pas préparé. Et il était plutôt riche, sous réserve de vérifier auprès de ce Simmonds que le don était régulier. Il prit le téléphone et composa le numéro familier de Hilltop Road. Pas de réponse. La prochaine démarche était de se procurer l'adresse de l'étude de Simmonds et de prendre rendez-vous avec lui. Ensuite, il devrait se trouver un logement. Cette perspective posait encore plus de problèmes ; il n'avait jamais eu à exaucer ses propres vœux en la matière. De Berlin à Hilltop Road et à Edgware Road, on avait choisi pour lui tous ses domiciles. Et l'idée d'un chez-soi était si chargée d'émotion qu'il doutait d'être à la hauteur, de sa capacité à se faire une place dans un monde où les autres exerçaient des choix. Impulsivement, il accrocha la pancarte FERMÉ sur la porte et monta à l'appartement. Il s'y était habitué avec une résignation presque philosophique ; à cheval donné, on ne regarde pas les dents, même si ce cheval-là était porteur de changements indésirables. On lui avait dit de prendre tout ce qu'il voudrait, mais il ne voulait rien. Il remarqua que l'endroit présentait un aspect négligé qu'il n'aurait même pas vu en d'autres circonstances. Le papier peint des murs était fané ; les fenêtres avaient besoin d'être nettoyées. Il prendrait les deux fauteuils et la petite table qui avaient appartenu à la mère d'Ostrovski, plus dans l'intérêt d'Ostrovski que dans le sien. Ainsi, il y aurait une certaine continuité. Le reste, il faudrait l'acheter. L'idée d'un nouveau lit, vierge de tout occupant avant lui, lui insuffla un plaisir timide. Ostrovski avait parlé d'un mois. Dans ce bref délai, il devait se trouver un point de chute. Plus grave, il lui faudrait apprendre de nouvelles habitudes, imaginer des moyens de passer le reste de son existence. Après tout, à son âge, la plupart des hommes prenaient leur retraite et, sans doute, tous étaient confrontés à la même perspective déprimante. Tout ce temps ! De quoi diable le remplir ?

À huit heures du soir, il rappela Hilltop Road et Bernard Simmonds lui répondit. Donc il existait ; c'était de bon augure. Et Simmonds fut encourageant. Pour l'argent, aucun sujet d'inquiétude :

c'était un don en bonne et due forme avec attestations légales à l'appui. « Particulièrement généreux, j'en conviens, et presque inouï à notre époque. Mais il était plus riche qu'aucun de nous ne le soupçonnait. Je parle vraiment de fortune. Je sais, je sais ; il faut le temps de s'y faire. Si j'étais vous, je chercherais un appartement avant que les prix montent encore. N'hésitez pas à me contacter si vous avez besoin d'un conseil. Nous sommes dans le même cas, vous savez. Je payais un loyer ici ; maintenant, je possède le bail. Incroyable.

— Où est l'argent ? demanda Herz en plein désarroi, un souvenir qui le faisait encore rougir plusieurs jours après, quand il y repensait.

— À votre banque. Intégralement, ne vous inquiétez pas. Maintenant, vous aurez à en faire bon usage. Entre nous, je pense qu'il serait préférable que vous déménagiez au plus vite. La situation ne va pas être commode à Edgware Road. Nouveau propriétaire, et ainsi de suite.

— Mais le commerce ? Les comptes ? Le stock ?

— Le nouveau a désigné un cabinet d'experts-comptables pour s'en occuper. Des liquidateurs, je suppose. Mais tout est en règle. En fait, vous êtes libre de partir. »

Mais il ne se sentait pas libre. Il se sentait abandonné. Tandis que le soir tombait et que les ombres s'épaississaient dans le petit salon où il avait été chez lui, il se trouvait en quelque sorte déshérité, privé de son droit au travail. De nouveau seul au monde, il rêvait d'une famille, une famille imaginaire, comme un public plutôt, composé de personnes qui applaudiraient et approuveraient tous ses actes. N'ayant jamais connu d'êtres semblables, il sentait que cette chimère lui venait de l'adolescence ou d'avant, de l'enfance. Il alla se coucher, dormit par intermittences ; il aurait aimé faire un rêve, même déplaisant. Il se leva avant cinq heures, impatient d'être dehors, à l'air libre. Il prendrait son petit déjeuner au café du coin ouvert jour et nuit et tâcherait d'élaborer un plan d'action. Dans la lumière du petit matin, la rue familière donnait l'étrange impression d'être inhabitée, malgré les signes discrets d'activité lorsque les boutiquiers ouvraient leurs portes pour prendre livraison de leurs marchandises. Le café avait un goût d'adieu ; Julius n'était pas d'humeur à manger. Comme le soleil se levait lentement sur ce qui, *a priori*, promettait de devenir une belle journée, il paya, échangea distraitement quelques mots avec le propriétaire du café, et revint vers la maison qui, désormais, n'était plus la sienne. Levant les yeux du trottoir qu'il avait paru étudier, il découvrit avec un coup au cœur qu'une camionnette était garée devant la boutique, dont la porte était déjà ouverte ; à l'intérieur, des hommes s'affairaient à l'on ne savait quoi, et l'un d'eux, apparemment, fouillait son bureau.

« Bonjour, dit un individu jovial qui semblait mener les opérations. On a préféré commencer de bonne heure. Faites pas attention à nous. Fini le commerce pour vous, je crois. On devrait être partis ce soir. Mais on aimerait entrer en possession dans les dix jours, disons. Ça vous laissera le temps de prendre vos dispositions, si vous ne l'avez pas déjà fait, bien sûr. Maintenant, si vous voulez bien nous excuser… » Il lui tourna le dos. L'entretien était clos.

Herz était ressorti, avait bu d'autres cafés et attendu l'ouverture de l'agence immobilière la plus proche. La fille, qui avait plus ou moins l'air d'une secrétaire, n'avait pas encore enlevé son manteau et comptait visiblement se préparer une tasse de thé. Il n'y prit pas garde. « Il me faut un appartement, dit-il, plus laconiquement qu'il ne s'en était cru capable. Deux pièces, cuisine et salle de bains. Chauffage indépendant. Balcon. Aussi tôt que possible. Aujourd'hui, en fait. »

Elle le regarda, surprise. « Vous êtes pressé, observa-t-elle. Un thé ? Sinon je ne peux pas démarrer. Asseyez-vous. »

Il obéit. Derrière la vitrine, la journée avait bel et bien pris son essor : des jeunes gens à l'air résolu marchaient d'un bon pas, porte-documents sous le bras. Julius n'était plus de leur espèce, ne l'avait jamais été, d'ailleurs. Il s'était toujours borné à accepter ce qu'on avait décidé pour lui, et il continuerait. Le fait d'acheter un appartement lui paraissait une aberration monstrueuse, mais apparemment les gens faisaient ça tous les jours. Acheter et vendre, gagner et dépenser, c'était dans l'ordre des choses aujourd'hui.

« Je m'appelle Mélanie, dit la fille. Tenez, voici ma carte. Je peux vous montrer deux affaires ce matin, si vous êtes libre. J'ai Clarence Court et Chiltern Street. Les deux en plein centre, les deux en bon état.

— Clarence Court ne me dit rien, dit-il, retrouvant un peu de calme. C'est trop maniéré. J'aimerais visiter Chiltern Street, si ça ne vous ennuie pas.

— Pas du tout. C'est un très joli appartement. Le dernier propriétaire y a fait beaucoup de travaux.

— Pourquoi est-il parti ?

— Elle. Elle a trouvé une situation aux États-Unis et elle est partie précipitamment. Ce n'est libre que depuis deux semaines. Nous traitons la vente : elle s'en est complètement remise à nous. Donc, si ça vous plaît, pas de problème. On y va ? »

Dès qu'il vit l'appartement, tous ses doutes s'envolèrent. Il était situé au second étage d'un immeuble étroit et bien entretenu. Le rez-de-chaussée était occupé par une boutique de vêtements féminins, le premier par ce qui devait être un atelier, d'où s'échappait un bruit de bavardages. L'appartement lui-même était petit, certes, mais clair et calme. Quelqu'un, la propriétaire précédente sans doute, avait fait poser un parquet en bois et installer une kitchenette. Les fenêtres de devant donnaient sur Chiltern Street et, derrière, sur un petit patio ; en jetant un coup d'œil, il vit deux filles s'y installer avec des tasses de café. Cela donnait une illusion de compagnie qui pourrait être bienvenue. Il y avait peu de place pour ajouter des meubles : il n'aurait besoin que d'un lit et peut-être de deux chaises encore. Le lit était le plus urgent ; le reste pouvait attendre.

« Je le prends, dit-il simplement.

— Parfait. Si vous revenez avec moi au bureau, mon patron devrait être arrivé à cette heure. Je vous ai parlé du bail, non ?

— Le bail ?

— Plutôt court, hélas. Huit ans. »

Il calcula. Avec un peu de chance, il serait mort avant l'expiration du bail[1]. « Je le prends », dit-il sur un ton décisif qui les convainquit l'un et l'autre.

Il loua une camionnette, emballa ses vêtements et se prépara à partir, même si le vrai départ pouvait

---

1. Il s'agit d'un bail amphitéotique (ou emphytéotique) d'une durée pouvant aller jusqu'à quatre-vingt-dix-neuf ans. C'est une pratique courante dans le centre de Londres, où le sol appartient à quelques grandes familles de l'aristocratie. L'acheteur acquiert l'appartement et paie un droit correspondant à la durée restante du bail, lequel est renouvelable. (N.d.T.)

en fait prendre quelque temps. Edgware Road appartenait désormais au passé. Il entendait les hommes s'agiter dans la boutique au rez-de-chaussée, mais ils ne le dérangeaient plus. Il était pressé de s'en aller. Si nécessaire, il dormirait dans l'un des fauteuils avant l'arrivée du lit. Tout s'était passé plus rapidement qu'il ne l'avait prévu, comme par magie. L'après-midi du lendemain se passa en achats qui lui procurèrent le plaisir excitant de la propriété. « Articles ménagers », lut-il à l'entrée de l'un des rayons d'un grand magasin d'Oxford Street. Il était propriétaire, il avait droit à des articles ménagers ! Il éprouva la même émotion au supermarché, où, pendant des années, il avait fait ses courses dans l'indifférence la plus profonde. Le « Thé traditionnel de l'après-midi » et le « Café du petit déjeuner » lui garantirent qu'il faisait enfin partie de la communauté, avec thé et petit déjeuner dûment programmés. Sans se poser de questions, il retourna à Edgware Road et rassembla les draps, les serviettes et les tasses, qu'il fourra dans des sacs en plastique. Après un dernier regard circulaire, il déposa ses clefs sur son bureau dénudé et se posta, impatient, au bord du trottoir pour attendre un taxi. Dans son nouvel appartement, il ouvrit les fenêtres en grand et observa Chiltern Street, qui lui parut agréablement civilisée après le vacarme d'Edgware Road. Là encore, il entendit des bruits de voix venant du patio, qui, supposa-t-il, était réservé aux couturières. Leur conversation, dans une langue qu'il ne reconnaissait pas, était le seul signe qu'il n'était pas totalement seul.

À la fin de la semaine, la table et les deux fauteuils de la mère d'Ostrovski avaient trouvé leur place contre le mur ensoleillé du salon. Rayonnant de ce succès, il se rendit chez John Lewis, où il acheta deux autres fauteuils, un téléviseur, un meuble de chevet et trois lampes. Chez *lui*, le terme qui lui venait à l'esprit désormais, il fit le lit – que les employés du magasin avaient été obligés de retirer de la vitrine – et suspendit ses vêtements dans le petit placard. Autant qu'il pouvait voir, il n'avait besoin de rien d'autre. Il était presque déçu d'en avoir fini aussi rapidement. Il téléphona à Bernard Simmonds pour lui donner sa nouvelle adresse, et, n'obtenant pas de réponse, il s'assit dans un fauteuil pour lui écrire. Il lui fallait donc un bureau. C'était un sursis. Avec bonheur il repartit pour une autre journée d'achats. De nouveau, il eut de la chance. Apparemment, tout était accessible à ceux qui avaient du temps et de l'argent. C'était pour lui une nouvelle dimension, autrefois insoupçonnée ou, si elle était concevable, hors de sa portée. À présent, les règles avaient changé : il avait retrouvé des droits. Le temps de la déférence était révolu. Il consacra une pensée à Ostrovski, se promit de rester en contact avec lui. Puis il effaça le passé, s'émerveillant que ce soit si facile, se demandant pourquoi ce passé l'avait si longtemps maintenu sous sa coupe. Dans son euphorie, il avait l'impression de renaître. Avec un certain manque de réalisme, il espérait se faire de nouveaux amis. Déjà le paysage était familier. À lui de prendre la prochaine initiative. Quelle forme elle aurait, il n'en avait aucune idée, mais il savait que l'occasion ne manquerait pas de se présenter.

Mais la mélancolie, une fois qu'on lui a donné asile, est difficile à déloger. Au bout de deux mois, après avoir dîné avec Bernard Simmonds et salué Mme Beddington, la propriétaire de la boutique de vêtements, après avoir souri timidement aux couturières, qu'il entendit pouffer derrière son dos, il replongea dans le rêve et le souvenir, comme s'ils étaient seuls à pouvoir lui fournir des informations. Sans toutefois regretter ses occupations antérieures, il déplorait d'avoir si peu à faire. Les sorties destinées à meubler ses journées étaient artificielles : le journal et le supermarché le matin et, dans l'après-midi, une librairie ou une galerie. Il se répétait que beaucoup d'autres étaient logés à la même enseigne, mais il les plaignait. Il songeait avec nostalgie à des familles idéales, avec des jardins à cultiver et des petits-enfants à chérir. Même les tableaux du Lorrain et de Turner qu'il avait tant aimés commençaient à le trahir, n'éveillant plus qu'une réaction à demi oubliée. Cela rappelait de façon troublante l'évolution de Freddy et, au-delà, l'apathie de ses parents, que maintenant il aimait et critiquait dans la même mesure. Il vivait en reclus, croyant ne pouvoir faire autrement ; sans doute son destin l'avait-il rattrapé. Avec le temps, l'avenir paraissait moins engageant, la continuité n'allait plus de soi. Il révisait ses espérances, se résignait à vivre dans un présent inquiet. Le passé, revêtu d'une splendeur nouvelle, devenait précieux tout à coup. Il était reconnaissant de toute réminiscence que son cerveau pouvait lui offrir, à demi conscient de s'engager dans un processus obligatoirement restreint, et se souciant de moins en moins, jour après jour, qu'il pût en être ainsi.

6

La coutume voulait que Herz parte en vacances.
Du moins le croyait-il, car les bribes de conversation surprises au supermarché ou dans le bar où il
prenait désormais son café du matin lui révélaient
un monde inconnu composé de villas, d'appartements, de *gîtes*[1], de bateaux et de familles à l'étranger. La ville se dépeuplait, il l'avait observé au cours
de ses modestes promenades. Même Mme Beddington, la propriétaire de la boutique de vêtements,
était montée l'informer qu'elle allait rejoindre sa
sœur et son beau-frère dans le midi de la France, et
le mettre en garde au sujet de l'alarme, dont il
serait à présent responsable, semblait-il. Les bavardages de l'atelier avaient décrû, ce qui laissait penser que certaines des filles étaient rentrées chez
elles, dans des familles qu'il avait du mal à se
représenter. Lui-même se sentait isolé au milieu de
tous ces projets, échafaudés au long d'un hiver
rigoureux et d'un printemps encore plus froid.
Faute de partir, on eût dit qu'il manquait de monnaie d'échange : pas de récits de voyage, pas d'inci-
dents drôles, pas de visage bronzé à présenter à

1. En français dans le texte.

81

l'ensemble de ses vagues connaissances. Il en était réduit à questionner les autres sur leurs vacances. Celles-ci lui paraissaient épuisantes, mais elles permettaient d'insuffler du courage aux travailleurs en leur donnant un objectif. Lui s'en tenait au rôle utile de public. Son sourire dûment posé sur les lèvres, il jouait les auditeurs intéressés, mais commençait à en être las.

Ses vacances d'autrefois auraient eu du mal à trouver place dans ce dialogue. Les journées tranquilles dans de petites villes, ou même des faubourgs au bout d'une ligne d'autobus, se prêtaient mal aux anecdotes intéressantes. À Amboise, il avait entendu une famille discuter des dernières volontés d'un parent ; à Auteuil, il avait discrètement sympathisé avec un homme âgé qui allait à un rendez-vous chez le médecin, mais il restait extérieur à tout cela, il n'y participait pas ; or qu'étaient des vacances sans une fervente participation ? Depuis peu, il mesurait ses faiblesses face à toute entreprise importante : de nouveau, l'image de son corps gisant, les yeux levés vers un cercle de visages attentifs, s'imposait, toujours plus obsédante. Il s'accrochait à son train-train quotidien, même s'il l'ennuyait et si les jours lui paraissaient longs. Son oisiveté des plus enviables aux yeux des autres, il ne savait pas en profiter. Il avait trop de temps à sa disposition et se retrouvait fréquemment debout à sa fenêtre, scrutant Chiltern Street en quête d'un signe de vie. N'ayant de goût à rien, il essayait de faire la sieste, mais sans grand résultat. Ces petits sommes ne servaient qu'à ramener le passé, si bien que, lorsqu'il en sortait, un mauvais goût dans la bouche, son emprise sur le présent paraissait amoindrie, sa volonté très affaiblie. Pourtant, au cours des longs après-midi silencieux, il était difficile de ne pas succomber, et bien que cette évasion des préoccupations quotidiennes fût malaisée, elle devenait une habitude envahissante qui se passait de son accord. Et s'il était facile de glisser dans le sommeil pendant les journées ensoleillées de l'été, comment ferait-il en hiver, quand l'obscurité tombait tôt et que le monde extérieur se retirait ?

Pour lutter contre cette descente par trop symbolique dans les ombres de son esprit, il prit l'habitude de marcher le soir pour se fatiguer, rendant ainsi son repos plus légitime, plus excusable. Après sa collation (difficile de parler de dîner), il sortait dans Chiltern Street et commençait à explorer au hasard son voisinage immédiat, espérant saisir la vie au vol et donner de lui-même l'image d'une vieillesse distinguée que d'autres trouveraient acceptable. Mais il n'y avait pas de spectateurs, seulement des jeunes qui buvaient et riaient devant les pubs ou qui mangeaient des pizzas entre copains. Personne ne lui manifestait le moindre intérêt tandis qu'il s'engageait dans Gloucester Place, puis Baker Street, ou même marchait jusqu'à Oxford Circus dans un vain espoir de compagnie citadine. Le parc l'attirait, mais cela l'entraînerait trop loin de chez lui et il serait surpris par l'obscurité. Il n'était pas sûr de l'heure à laquelle on fermait les grilles et s'imaginait avec effroi prisonnier là-dedans, obligé de passer la nuit sur un banc, les cheveux hirsutes, comme un vagabond.

Ces promenades du soir l'épuisaient, certes, mais il les accomplissait sans plaisir. Pour cette raison, il commença à envisager de s'aventurer plus loin, perspective inutile sans l'espoir d'une personne à ses côtés. La patience l'avait usé, mais il savait pourtant que son mode de vie solitaire était le seul qui convînt à son tempérament. Il pouvait, avec un peu de courage, repartir à l'étranger, s'asseoir dans une église ignorée par les guides ou explorer l'étage généralement désert d'un musée peu fréquenté, et s'il le faisait, comme si souvent par le passé, il tirerait sans doute une légère satisfaction de l'expérience. Mais ensuite, il devrait regagner le petit hôtel où une propriétaire au visage fermé lui tendrait sa clef sans le mot de bienvenue auquel il aspirait, sans une question sur la manière dont il avait passé sa journée ou comptait passer sa soirée, et il lui faudrait ressortir chercher un endroit où dîner seul et s'appliquer, une fois de plus, à observer les autres. Et toujours, dans les petits groupes flânant près de lui dans les rues, il saisirait des bribes de conversation qui l'intrigueraient, lui donneraient envie d'en savoir plus et même d'interroger les passants qui l'avaient momentanément distrait ; il aurait peut-être alors une réaction inhabituelle – de frustration ? de colère ? – non à l'idée de son incapacité à participer mais à cause de son désarroi devant l'indifférence des autres, de tous ces gens qui ne voulaient pas écouter ses projets, connaître ses préférences, ses goûts, tant ils étaient absorbés par les leurs.

S'il était honnête avec lui-même, il reconnaîtrait qu'il n'avait réellement profité de ses vacances qu'une fois dans sa vie, à l'âge de huit ans. Une photographie en attestait. Il était à Baden-Baden avec sa famille, dans un fiacre qui suivait la Lichtenthalerallee en direction du Casino où ils allaient boire du café au son d'un petit orchestre. Il se rappelait encore le soleil brillant à travers les branches de grands arbres, et la taille fantastique – pour un enfant – des rhododendrons qui bordaient la route. Il entendait encore le grincement imposant du fiacre tandis qu'ils roulaient, sa famille et d'autres semblables à la sienne, vers le Casino pour l'accomplissement paresseux du rituel matinal. La photo, dont il avait étudié chaque détail, montrait un visage d'enfant rieur et une main serrant celle de sa mère. Il voyait, mais il s'en souvenait à peine, qu'ils vivaient dans l'aisance, la sécurité, l'harmonie ; une nurse était là, discrète, sans doute responsable de son frère, et il se rappelait son nom : Marie. Il savait, même s'il lui manquait sur ce point l'évidence immédiate de la photo, que d'autres plaisirs les attendaient : des marches dans le Schwarzwald, où ils échangeaient des saluts polis avec les autres familles en promenade, la lourde décoration de l'hôtel de luxe qui le ravissait, les airs sentimentaux joués par l'orchestre du Casino, le cigare de son père, les repas généreux, qui feraient froncer les sourcils aux diététiciens d'aujourd'hui, la foule de médecins soucieux de votre santé et de votre bien-être, qui prescrivaient de l'eau thermale au lieu de médicaments...

Ce monde n'existait plus, du moins tel qu'il l'avait connu ; il avait pris fin, en réalité, en même temps que son enfance. Un homme plus courageux aurait pu retourner sur place pour mesurer ces changements, mais il n'était pas sociologue ; le monde qu'il voulait était celui reflété par la photographie et par le visage rieur qui, aujourd'hui et d'aussi loin qu'il s'en souvienne, s'était un peu crispé. Le sourire avait pâli. Le garçon enjoué était devenu un adulte poli ; le sourire actuel avait quelque chose de consciencieux, comme si on l'exigeait de lui. Il continuerait de l'offrir mais sans conviction, sans enthousiasme. Prêt à écouter, à sympathiser, Herz sentait revenir son sourire d'autrefois, mais il constatait toujours qu'il manquait de joie. Qu'aujourd'hui il fût absent était même inconcevable. Il se pliait à la règle, de même qu'il acceptait la distance entre le passé et le présent, se demandait si ce sentiment était rare, regrettant qu'il n'y ait pas moyen de mener une enquête. Après avoir examiné la photo, il avait l'impression fugace de s'être trompé de pays. L'idée n'était pas agréable. Sa situation était banale. Mais, pour cette raison, il lui était parfois très difficile d'admettre qu'elle était normale.

Il avait peur de devenir comme cet homme qu'il voyait (et qui le voyait) chaque jour au supermarché, un homme à éviter malgré des dehors respectables. Il était toujours assis sur une chaise près de la caisse, la canne plantée entre les genoux, l'air désapprobateur. Il se plaisait à exprimer ses idées sur le gouvernement auprès de quiconque prêtait l'oreille et, en forçant la voix, auprès de ceux qui n'y tenaient pas. On avait essayé de l'éloigner, mais, puisque rien ne lui interdisait d'être là, ces tentatives étaient généralement restées infructueuses. On l'évitait, même si ce qu'il avait à dire, ou plutôt à proclamer, ne manquait pas d'intérêt, en raison de sa vigueur. Source inépuisable de critiques morales, il débitait des accusations d'hypocrisie, de mensonge, lancées avec autorité comme s'il était dans les rues de l'Athènes antique, entouré d'un cercle de jeunes gens impressionnables. Les femmes ne faisaient pas attention à lui, et les caissières, Herz l'avait remarqué, échangeaient fréquemment leurs places, acquiesçaient avec lassitude à ses philippiques ou riaient sans retenue, selon leur degré de générosité ou de complicité entre elles.

Avec cet homme, il n'y avait pas de complicité possible car sa folie était propre à exciter la terreur et la pitié, comme la tragédie est censée le faire. Herz détournait la tête en passant près de lui, conscient d'avoir été élu confident entre tous. En fait, il donnait à chaque passant l'illusion d'être l'élu suprême, mais sans succès. L'étendue de la solitude de cet homme ne relevait peut-être pas de l'évidence, sauf pour ceux qui s'écartaient de lui, incapables de supporter ce reflet de la leur. Pourtant, il était vêtu avec élégance, avec recherche, ce qui prouvait que quelqu'un prenait soin de lui. Dans la rue, on pouvait très bien le croiser sans lui jeter un regard. C'était seulement au supermarché, avec la perspective d'un public captif, qu'il se lançait dans ses accusations. Personne ne semblait à l'abri de son jugement : tous étaient la cible de ses commentaires cinglants. L'aspect le plus effrayant de ses diatribes, c'était qu'elles donnaient l'impression d'être plus ou moins méritées. Même ceux qui avaient bonne conscience en étaient gênés, peut-être pas pour eux-mêmes, mais pour tous ces ministres qui étaient dénoncés. Pourquoi n'y avait-il personne pour réfuter ces accusations ? Où étaient-ils en fait, ces ministres à qui l'on pourrait faire appel pour éclairer d'une lumière plus indulgente les problèmes du jour ? Une atmosphère de torts non redressés imprégnait le voisinage immédiat de cet homme dont la canne semblait prête à frapper, même si cela ne s'était jamais produit. On arrivait dans la rue avec un soulagement qui n'avait pas grand-chose à voir avec la satisfaction de s'être acquitté d'une tâche un peu ingrate. On y arrivait avec le désir de se fondre dans la masse, de trouver le réconfort dans la communauté, d'écarter le spectacle déconcertant d'une conscience morale toujours en éveil, refusant de s'assimiler et qui aurait pu, faute de contrôle, se laisser aller à des actes auxquels on ne tenait pas à assister.

Des rencontres de ce genre, infimes en elles-mêmes mais répétées presque journellement, faisaient sentir à Herz le besoin d'être protégé. Il se rappela ce médecin de Baden-Baden chez qui ses parents l'avaient amené à cause de sa maigreur. Celui-ci avait interrogé et examiné l'enfant de huit ans qu'il était avec une gravité et une compétence magistrales. Il l'avait pesé, tapoté, ausculté et avait enfin prononcé un verdict entièrement rassurant. Obtenir un certificat de bonne santé d'un tel sage était plus curatif que n'importe quel régime, même s'il avait eu à prendre les eaux thermales – qui n'avaient pas d'effet perceptible mais au moins ne faisaient pas de mal. À Baden-Baden et même à Berlin, le soleil brillait, et il restait assis dans le salon de sa tante Anna tout vibrant d'excitation, attendant que sa cousine Fanny apparaisse ; lorsqu'elle se montrait, c'était en général avec un air d'ennui et de dédain. En l'absence de ces sensations fortes, il était sans compensation et aussi sans but. Il paraissait enfantin, à l'âge qu'il avait à présent, de vouloir être récompensé de sa fidélité à des émotions de jeunesse ; pourtant, sa vie d'adulte avait été façonnée par le besoin de chérir les sensations qui avaient formé au moins en partie son caractère, et de regretter, jusqu'à en souffrir, qu'elles ne puissent jamais revenir. Maintenant, elles s'étaient atténuées ; c'était plus sage, s'il ne voulait pas devenir l'homme du supermarché, s'insurger contre son destin ou, peut-être, le destin en général, et s'avouer un désespoir qu'il tenait tant à surmonter.

Il aurait aimé débattre ces questions avec un sage du calibre du médecin allemand, ou avec un interlocuteur idéal, malheureusement introuvable. Les gens, de nos jours, se livraient à ce genre de confession à la télévision ou dans les journaux du dimanche. La télévision serait le média parfait. Il serait interrogé par un présentateur compatissant, dans des circonstances qu'il ne pouvait imaginer. En revanche, il se voyait discourant sur la persistance de la mémoire ancienne et des images qui l'avaient accompagné toute sa vie. Après le succès de cette prestation, il serait consulté en vue d'édifier le grand public et il poursuivrait – toujours sous les encouragements – en décrivant le Casino de Baden-Baden, le délabrement de sa riche décoration rococo, qui convenait si bien à l'esprit du lieu ou, plus ambitieux, il rendrait compte de ses voyages, de ses émotions artistiques – Schloss Brühl, près de Cologne par exemple, ou la maison que Wittgenstein avait conçue pour sa sœur à Vienne. À la demande générale, il se montrerait captivant à propos des Lorrain et des Turner de la National Gallery, sur lesquels son opinion serait jugée inestimable. Il avait songé à ces questions au cours de ses promenades vespérales, mais il se trouvait réduit au silence. L'existence d'un tel auditoire demeurait sa tentation la mieux ancrée. Son public réel lui devenait aussi étranger que ces clients du supermarché qui ignoraient l'homme à la canne. Pareille indifférence, à laquelle il était obligé de se conformer, restait à l'ordre du jour.

Au lieu de quoi il parlait de projets de vacances avec Bernard Simmonds, qu'il rencontrait pour dîner une fois par mois. Ou plutôt des projets de vacances *de* Bernard Simmonds, qui étaient vastes : il avait loué une maison près de Cortona, où il avait invité des amis différents pour chaque semaine, afin d'assurer le plus de variété possible. Pour Herz, qui ne tolérait qu'une personne à la fois, et encore de loin en loin, ce programme paraissait éprouvant. Il s'étonnait de l'endurance de Simmonds, qui semblait partie intégrante de sa jeunesse. Il faisait bien ses cinquante-cinq ans, mais il avait les goûts de quelqu'un de beaucoup plus jeune, comme ses dispositions estivales en témoignaient. Il avait une amie de cœur qui venait poser ses bagages à Hilltop Road quand ses différentes obligations professionnelles, qui la retenaient fréquemment à Hong Kong, le lui permettaient. Simmonds était fier d'elle, mais en fait aussi heureux en son absence que lorsqu'elle séjournait chez lui. Il était sociable, parlait de soirées, de week-ends, de ses projets pour les vacances suivantes. Bizarrement, il ne détestait pas la compagnie de Herz, avait même plutôt l'air de l'apprécier, mais consultait toujours sa montre pour s'assurer de ne pas se mettre en retard à un autre rendez-vous agréable qui, aux yeux de Herz, semblait avoir été prévu à une heure bien tardive. Ce n'était pas un compagnon intéressant, mais il donnait l'impression d'être affectueux. Dans son comportement souriant, Herz voyait quelque chose de la déconcertante loyauté d'Ostrovski envers ses chiens galeux de protégés. Mais leurs rapports étaient facilités par le fait qu'aucun ne demandait rien à l'autre. Simmonds était son notaire et se faisait payer très cher. Ainsi, il ne pouvait y avoir aucune idée de parrainage.

Herz aurait aimé que leur relation fût plus enrichissante, plus spéculative, plus proche de ces entretiens télévisés où son avis était requis sur un ensemble de sujets. L'idée qu'il remplissait pour

Simmonds une fonction quasi parentale, simplement en vertu de son âge, le radoucissait. Il était un aîné envers qui Simmonds éprouvait un respect à l'ancienne mode, presque naïf. Herz avait peu d'expérience des êtres plus jeunes, mais il comprenait instinctivement qu'on devait se tenir en marge de leur vie tout en leur manifestant curiosité et indulgence. D'où ses interrogatoires exhaustifs – les projets de vacances en étaient un exemple – et les réponses tout aussi exhaustives de Simmonds. Le tact interdisait de parler de soi. Ç'aurait été infliger à Simmonds la perspective de ce qui l'attendait.

Il était naturellement superflu d'en arriver là : il ne commettrait pas l'erreur de croire que Simmonds lui ressemblait, ni que ce déclin était le sort commun, la destinée où tous se rejoignaient. Cette perspective aurait pu, au moins, offrir une certaine compensation. Au lieu de quoi chacun partait à la dérive de son côté, à peine capable de laisser voir aux autres ce qui lui arrivait. La seule ressource, en pareille circonstance, c'étaient les jeunes, vos enfants quand vous aviez la chance d'en avoir ou, si vous n'en aviez pas, ceux qui, comme Simmonds, avaient la bonté de tolérer votre compagnie. Ici aussi, la circonspection était de mise : on devait peindre un tableau peu dérangeant, offrir de soi une version expurgée qui fût acceptable. On remplirait alors les conditions requises. La confession qui aurait voulu se faire entendre, les plaintes et les regrets inévitables, devaient être étouffés pour éviter d'inspirer du dégoût ou, plus souvent, de l'ennui voire de l'impatience. Mieux valait rester sobre et garder ses distances.

« Alors, quand partez-vous pour l'Italie ? questionna-t-il en prenant sa fourchette.

91

— À la fin de la semaine prochaine. Si vous avez besoin de quoi que ce soit, prenez contact avec Deakin. Il est au courant de toutes vos affaires.

— Le testament..., dit Herz. Le testament d'Ostrovski. Comment jamais l'oublier ? Je me sens indigne, honteux, même.

— L'argent qu'il vous a laissé ? Pourquoi ? J'en ai profité aussi, souvenez-vous. Nous étions les seuls légataires. Il n'avait pas de parents en vie, vous savez.

— Il parlait de vous comme de son neveu.

— Rien de tel. Un cousin au deuxième degré, que je connaissais à peine. Il passait parfois en coup de vent pour voir mes parents.

— Comme avec les miens.

— Il se sentait seul, bien sûr, malgré toutes ces affaires avec lesquelles il jonglait. D'un autre côté, il aimait être sans attaches, ou en tout cas à l'abri des curieux. Personne n'a jamais su comment il vivait.

— De quel milieu venait-il ?

— Rien de glorieux. Ostrovski n'était pas son vrai nom, bien sûr.

— Comment s'appelait-il ?

— Abramsky. Je me suis un peu renseigné. Un self-made-man dans tous les sens du terme. Pourtant, il aimait faire croire qu'il avait des amis : mes parents, les vôtres. Il n'avait rien d'autre. Et personne n'avait beaucoup de temps à lui consacrer. Ses façons étaient passablement déroutantes. Il admirait vos parents, d'ailleurs, il les trouvait aristocratiques.

— Ils ne l'étaient pas.

— Pour lui, si. Il ne vous reste plus personne, il me semble ?

— Non, personne. Mon mariage, vous le savez, s'est conclu par un divorce.

— Je ne commettrai pas cette erreur. J'ai vu trop de cas de ce genre. Helen et moi sommes d'accord sur ce point. Pas de mariage, pas d'enfants, pas de divorce.

— Je ne suis pas sûr que vous ayez tout à fait raison là-dessus. »

Simmonds haussa les épaules, l'air las, brusquement. « Je ne dirai pas que le sujet n'a pas été abordé quelquefois. Mais elle aime sa liberté. Les femmes y tiennent de nos jours ; elles n'ont pas l'air d'en souffrir. Je me demande parfois si les hommes ne souffrent pas davantage. Mais on est ensemble, on s'amuse.

— Vous vous amusez ?

— Les distractions ne manquent pas. Nous voyageons beaucoup. Et parce que nous ne sommes pas constamment ensemble, nous sommes toujours heureux de nous voir. » Il eut l'air nostalgique, comme s'il prévoyait un temps où elle pourrait lui manquer. Mais, pensa Herz, il leur resterait les distractions. Peut-être une perpétuelle agitation était-elle la réponse adaptée, tout comme une infinie vigilance était le prix de la liberté. Le repos ne viendrait pas seulement trop tôt, il ne serait pas le bienvenu.

« Votre génération est très différente de la mienne, dit-il en souriant. On dirait que vous avez tout planifié.

— C'est une question de communication aujourd'hui. On n'est jamais isolé : l'e-mail, les téléphones mobiles et le reste.

— Mais je me demande si ça vous aide vraiment à rester ensemble. Certaines choses ne peuvent pas être mises en paroles.

— Presque toutes.

— Je me disais que les plus légers changements sont souvent les plus subtils. La façon dont on revient sans le vouloir à ce qui était vos origines. Ces temps-ci, je me retrouve à manger le même genre de nourriture que chez moi dans le temps. Et ce n'est pas une décision consciente. Je le fais d'instinct.

— Vous devriez faire attention, vous savez. Vous êtes un peu mince.

— Oh, je vais bien.

— Vous auriez besoin de prendre des vacances. »

Il sourit. « Il me tarde de vous entendre raconter les vôtres. Me permettez-vous de vous inviter ?

— Non, c'est moi.

— Avec tout cet argent, c'est le moins que je puisse faire. »

Ils se séparèrent en bons termes, comme d'habitude, et Herz attendit sur le trottoir que la voiture de Simmonds se fût éloignée. Puis il marcha vers l'arrêt d'autobus, se souvenant malgré lui de Bijou Frank et de sa première expérience de la servitude. Il sourit. Comment avait-elle vécu, la pauvre Bijou ? Et quand était-elle morte ? Il n'y avait pas eu de faire-part dans la rubrique nécrologique du *Times*, mais pourquoi y en aurait-il eu ? Elle avait eu une vie obscure, ennoblie par une sorte de loyauté. C'était ce qui manquait à Herz, cette forme de loyauté observée par des gens qui avaient peu en commun en dehors de leurs origines, mais qui se comprenaient d'une façon plus profonde que les jeunes sans racines ne pourraient jamais l'appréhender. Il le voyait à présent, il aurait presque voulu retrouver ces anciennes relations. Il n'était pas préparé à la liberté, il n'avait pas été élevé pour elle, voilà son problème. Il n'avait fait que l'entrevoir.

Le paradoxe était de la posséder à présent en abondance, sans savoir réellement qu'en faire. Et il était sans doute trop tard pour l'apprendre.

À l'arrêt du bus, il fut soudain envahi par une sensation d'irréalité, qui l'enveloppa jusqu'au malaise. Il plaça une main tremblante sur son cœur, et, quelques secondes plus tard, il essuya un voile de sueur sur son front. Il resta là un moment, essayant de se ressaisir, content qu'il n'y ait pas de témoins. Il ne garda aucun souvenir de son trajet de retour dans un taxi providentiel. Une fois couché, il se sentit mieux et attribua sa défaillance au second verre de vin qu'il avait eu l'imprudence de boire, mais il dormit mal. Le matin arriva comme un soulagement inhabituel, presque inespéré.

7

« On aurait cru un nuage qui descend, dit-il au médecin. J'avais l'impression d'être enveloppé d'un nuage, ou plutôt d'une substance nuageuse. Opaque, vous voyez. Je ne pourrais pas l'expliquer autrement, pourtant il me fallait bien une explication. La seule idée qui me soit venue, c'est l'expérience de Freud sur l'Acropole.

— Pardon ?

— Freud décrit le sentiment d'irréalité qui l'a saisi alors qu'il visitait l'Acropole. Il avait peur tout en se sentant mal à l'aise, bien qu'il ne s'attarde pas là-dessus. Et puis, comme il était Freud, il a cherché une explication et il l'a trouvée : il était mal à l'aise parce qu'il avait dépassé le père. En d'autres termes, il avait accédé à une façon de vivre, dans l'aisance et la culture, qui avait été refusée à son père. Il avait surmonté les contraintes que celui-ci avait dû subir. Freud savait que son père n'aurait jamais pu se permettre le genre d'excursion qu'il s'offrait ; donc, en un sens, il l'avait trahi en accédant à une classe supérieure. Cette théorie est très belle, vous ne trouvez pas ? Moi aussi, j'ai dépassé mon père, un homme malheureux qui travaillait dur. Pensez-vous que j'ai pu expérimenter quelque chose de semblable ?

— Quand a-t-on pris votre tension pour la dernière fois ?

— Oh, il y a quelque temps. Votre prédécesseur, le Dr Jordan... Que lui est-il arrivé, à propos ? Un homme jeune...

— Il est parti à Devizes reprendre la clientèle de son beau-père. Il lui tardait de quitter Londres. Les généralistes, ici, ont des conditions de travail infernales.

— Oui, on en parle beaucoup.

— Je vais vérifier. Relevez votre manche, s'il vous plaît. »

Au mur, derrière le bureau, une mauvaise aquarelle représentait des bateaux au soleil couchant.

« C'est de vous ? s'enquit poliment Herz.

— De ma femme.

— Ah.

— Notre maison en est pleine. Elle est plutôt élevée, je trouve. Trop élevée. Je vais vous donner quelque chose pour ça. »

Il consulta son ordinateur. « Je vois que le Dr Jordan vous avait prescrit de la trinitrine. Est-ce que vous l'avez prise ?

— Ces comprimés qu'on met sous la langue ? Non. Je ne prends rien. J'aime mieux pas. Je crois que je ne l'ai vu qu'une fois. Le Dr Jordan, je veux dire.

— Ils vous soulageront si vous avez le même problème. C'est absurde de refuser les médicaments. Ils sont là pour vous aider.

— Oh, je les emmène toujours avec moi. » Il tapota sa poche. « Mais je préfère comprendre ce qui se passe. Qu'est-ce qui m'arrive, en fait ? Je ne suis pas vraiment malade.

— Vous n'êtes plus un jeune homme. Vous avez eu d'autres crises ?

« — Non. Un peu de faiblesse de temps en temps. J'ai consulté un médecin seulement une fois, je crois. »

Il songea de nouveau au docteur allemand de Baden-Baden qui lui avait littéralement imposé les mains. Il posa sur son cœur une main protectrice. Le médecin londonien ne vit pas ce geste, il était occupé à son ordinateur. En cet instant, Herz prit la décision de ne plus le revoir. Il était sûrement compétent, mais il lui manquait, à son avis, les affinités artistiques, poétiques même, qui lui auraient permis de comprendre le malaise d'autrui. Et le malaise de Herz persistait, non pas au sens physique, mais sous forme d'un nuage sur son horizon mental. Toute sa vie il avait été, sans pour autant être robuste, résistant à la maladie, dans son devoir d'épargner aux autres la connaissance de ses faiblesses. Et des faiblesses, il en avait eu, mais la volonté de les surmonter pour ménager ses parents, et même sa femme, avait été son premier souci. Il s'était ainsi construit sa propre immunité, jusqu'à un certain point, contre la détresse physique, tout en se rendant compte que de telles défenses n'étaient pas sans faille. Jusqu'alors, il n'avait pas succombé, ni à des maladies graves – pas de quoi s'en flatter – ni à d'autres, plus légères, ce qui était assez méritoire. D'après son expérience, une bonne nuit de sommeil devrait lui permettre d'affronter la journée suivante, et il se trompait rarement. Mais, depuis peu, il dormait mal et se réveillait parfois pris de panique, le cœur battant à tout rompre. À de tels moments, au lever du jour, il se félicitait de vivre seul, de pouvoir accomplir les rituels matinaux avec une lenteur qui permettait à son cœur de recouvrer son calme. À mesure que la journée avançait et que les palpitations disparaissaient, il les mettait sur le compte d'un cauchemar qui ne l'aurait pas réveillé, mais qui aurait été assez inquiétant pour se manifester sous la forme d'un trouble vague, un trouble des sens. Il se disait qu'une perception altérée, comme un cauchemar en provoque parfois, peut avoir des répercussions physiques. En même temps, il aurait bien voulu récupérer l'information dont ce rêve oublié avait peut-être été porteur.

La crise de la veille l'avait suffisamment alarmé pour qu'il prenne rendez-vous avec un médecin, mais, à présent qu'il l'avait vu, il décida que l'incident était clos. Cette consultation l'avait déçu : l'ordinateur, l'aquarelle, le curieux manque d'attention du médecin lui déplaisaient au point de lui inspirer une certaine colère. C'était inhabituel : il n'était pas coléreux. Mais il sentait sa politesse menacer de l'abandonner. Il aurait aimé davantage de dialogue. Conscient de demander plus qu'il n'avait de chance d'obtenir, il reconnaissait là une part de son vain désir de proximité, d'intimité. Sa comparaison freudienne était tombée dans l'oreille d'un sourd, alors que pour lui la question était importante. S'il pouvait imputer le malaise de la soirée précédente à quelque profonde cause métaphysique, il y puiserait le courage de poursuivre la lutte. Mais s'il s'agissait d'une défaillance physique, il se trouverait en terrain plus glissant. Malgré toute sa foi dans les causes lointaines, de préférence aux causes immédiates, il savait que l'esprit ne peut pas toujours tromper le corps et que ce corps sur lequel on croit pouvoir compter est susceptible, n'importe quand, de révéler ses fragilités ou, pis, ses traîtrises. Il préférait attribuer ses battements de cœur à l'irritation que lui inspirait une prestation qu'il jugeait médiocre. De nouveau, il regrettait la gravité patriarcale du médecin allemand – il y avait si longtemps ! – et même son stoïcisme premier, qui risquait aujourd'hui de lui faire défaut. Il ne voulait pas mourir, et encore moins tomber malade, mais c'était l'occasion de chercher de l'aide. Et l'aide disponible était à son gré mal adaptée. Surtout, il se rendait compte qu'il ennuyait cet homme, il lui faisait perdre son temps, non seulement en présentant des symptômes ordinaires, communs, supposait-il, à toutes les personnes âgées, mais en voulant l'intéresser à des réflexions tombées en discrédit. Freud était passé de mode : les jeunes, en particulier les jeunes médecins, n'avaient plus une minute à lui consacrer. Il retourna sa colère contre lui-même, se sentit confus, stupide, et se prépara à partir, sachant que la consultation était terminée, que l'ordinateur, en ce moment même, lui crachait son ordonnance. Il se trouvait en territoire étranger, où seul comptait ce qui était physiquement vérifiable, toute théorie écartée.

« Je veux que vous preniez un comprimé quotidien contre l'hypertension, et que vous reveniez dans deux semaines. À votre âge, on ne doit pas prendre sa tension à la légère.

— Donc, vous pensez que c'est tout ?

— À ce stade, je n'en sais rien. Vous avez l'air plutôt en forme. »

Mais comment pouvait-il le savoir ? Cet examen laissait beaucoup à désirer. Et surtout, il avait été bizarrement ennuyeux. Il essaya de se représenter le docteur chez lui, avec son aquarelliste d'épouse, mais les images requises se dérobèrent.

« Vous allez partir en vacances ? demanda Herz, dans un dernier effort pour établir un semblant de réciprocité, sur les bases du médecin si nécessaire.

— J'ai déjà pris deux semaines. Je préfère partir en hiver. Pour échapper à toutes ces maladies hivernales. » Il eut un rire complice.

Brusquement Herz comprit cet homme. Il n'était pas fait pour être médecin : il abhorrait la médecine, l'attention qu'elle exigeait, et il s'en voulait de ne pas être à la hauteur. De quoi expliquer son attitude morose, sa préférence pour l'ordinateur aux dépens du corps humain, son application par trop manifeste.

« Une famille de médecins ? questionna Herz pour tester son hypothèse.

— Oui. Vous avez touché juste, bravo. Il était convenu que je continuerais quand mon père abandonnerait.

— Difficile de le décevoir, n'est-ce pas ?

— Oh oui. » Dans sa voix, Herz perçut toute une vie de désirs contrariés.

« C'est vrai qu'il est difficile de s'opposer aux attentes de sa famille. »

Et toi, tu préférerais faire autre chose, n'importe quoi, pensa-t-il. Tu aurais voulu ta liberté et on te l'a refusée. Tu as fait contre mauvaise fortune bon cœur. Tu soignes les patients à ta façon. Mais en fait, il ne s'agit guère de soins. Ni d'art. Or la médecine est le plus grand de tous les arts. Ce que Le Lorrain et Turner ne peuvent pas nous dire est entre vos mains. C'est un sacerdoce. Et un homme de goût aurait refusé l'aquarelle de sa femme, même au risque de provoquer un conflit dans le ménage.

« Gardez les autres comprimés sur vous, dit le médecin. Placez-en un sous votre langue si vous avez un nouveau malaise. »

Il se leva, soulagé, et tendit l'ordonnance. « Mon infirmière vérifiera votre tension. Vous n'avez qu'à repasser dans deux semaines. »

Herz mit le papier dans sa poche. Il prendrait les comprimés, ou plutôt il les essaierait. Dans l'intérêt de la science, il ferait prendre sa tension par

l'infirmière. Après quoi, il s'en tiendrait là et compterait sur sa vieille connaissance de lui-même pour
faire face aux épreuves qui pouvaient l'attendre.

« Je suppose que Freud est complètement démodé
à l'heure actuelle ? demanda-t-il en arrivant à la
porte.

— Complètement. Au revoir, monsieur Herz.
Prenez soin de vous. »

Dehors, dans la rue ensoleillée, il se sentit moins
exaspéré, même si la déception persistait. Il se souvenait d'avoir remarqué un petit jardin public du
côté de Paddington, le seul agrément du quartier,
exception faite du parc, trop éloigné. Il irait
s'asseoir sur un banc et ferait le point, en compagnie d'autres vieux messieurs, de vieilles dames
aussi peut-être. Le temps s'était montré étonnamment stable : après un printemps sans éclat, les
jours chauds se fondaient dans des soirées merveilleuses, même si l'obscurité tombait plus tôt, à
présent que l'on était en août. Il devenait difficile
d'ignorer les feuilles éparpillées sur le sol, les articles
de journaux sur la sécheresse. Mais qui aurait pu
souhaiter la pluie ? Il suffisait de sortir le matin
dans la lumière du soleil pour écarter l'idée de ce
qui allait suivre. L'hiver qui viendrait, il refusait d'y
songer. Il se laissa tomber sur un banc de bois et
l'ordonnance craqua dans sa poche. Il l'apporterait
au gentil pharmacien dont il avait toujours trouvé
les conseils rassurants. Pour l'instant, il resterait là,
avec les vieux messieurs et la vieille dame qui lisait
le *Daily Mail*, dont il se sentait solidaire. Il échange-
rait peut-être, tôt ou tard, quelques remarques avec
eux, sur le temps, naturellement : il ne commettrait
pas l'erreur de remettre Freud sur le tapis, ni
d'autres sujets du même ordre. Ç'avait été une
erreur. Il se sentait confus, se demandait si d'autres

103

le remarquaient, se reprochait de s'être aventuré en terrain inconnu, d'avoir manifesté une curiosité indue. Mais comment vivre sans elle ? Après des années d'obéissance sourcilleuse, de soumission à la volonté des autres, il voyait ce timide examen des idées comme une possibilité d'émancipation. Il n'avait plus besoin d'arranger les choses pour tout le monde ; c'était sa conclusion. Il pouvait lire, réfléchir, nourrir des pensées impies et parvenir ainsi à des conclusions qui lui auraient paru téméraires au temps de son obéissance – car il s'agissait bien d'obéissance plutôt que de servitude, et il y avait là comme un reste de douceur. Il ne regrettait pas que ce fût terminé, mais le contraste entre sa vie de travail et cette liberté troublante était difficile à assimiler, à gérer.

Il aurait, comme toujours, aimé en discuter, pour essayer d'y voir clair, avec l'une ou l'autre des personnes âgées qui prenaient le soleil en sa compagnie et, comme toujours, il déplorait que ce soit impossible. On le prendrait pour un intrus, pis, pour quelqu'un dont la soif de se faire des amis trahirait le collégien attardé. Pourtant, s'il avait eu le courage de briser cette barrière invisible, quelles richesses n'aurait-il pas pu découvrir ! Mais il semblait convenu, dans ce petit espace, de pousser la réserve à l'extrême. Il ne voyait que des mines sévères ; personne ne se laissait aller à un demi-sourire au gré de quelque réminiscence. Le silence observé lui rappelait celui des joueurs d'échecs, plus précisément ceux qu'il avait remarqués à Nyon, dans un état de confusion analogue, alors qu'il allait prendre son train, après sa rencontre si courtoise avec Fanny et sa mère au Beau Rivage. Il se rendait compte que la tristesse et l'humiliation éprouvées ce jour-là l'avaient préparé à toute une vie d'échecs répétés. C'était l'essence de son éducation sentimentale.

Mais ce qu'il remarquait à présent, assis au soleil, ressemblait davantage à une frustration nouvelle, à une incapacité de parler vraiment des choses, ou plutôt à une interdiction. Il avait l'habitude de passer des heures seul et il ne pouvait pas dire qu'il en souffrait, mais il avait conscience de manquer d'idées qui auraient pu servir de monnaie d'échange entre esprits de même disposition. Et ceux qui l'entouraient n'entraient-ils pas dans la même catégorie que lui ? Peut-être ne leur manquait-il qu'un lieu de rencontre approprié, un café, par exemple, qui se serait trouvé à proximité de ce type de jardin public dans n'importe quelle ville du continent. Il eut faim tout à coup, regarda autour de lui, ne vit qu'un pub, qui ne le tentait pas. Il n'avait jamais aimé se remplir l'estomac de boissons froides comme les jeunes le faisaient. Avec un soupir, il se leva, décida de déjeuner dans un restaurant italien de George Street, puis se dit que ce serait trop loin à pied et opta pour un sandwich et un verre de vin. Il achèterait un journal et reviendrait s'asseoir sur son banc dans l'après-midi ; il y passerait la journée. Il n'avait pas envie de rentrer chez lui.

Le souvenir de son trouble de la veille s'était estompé jusqu'à devenir presque supportable. Était-il une manifestation occulte, un message de l'inconscient ? Lui n'en doutait pas. C'était le médecin qui avait cherché une explication banale et, de ce fait, il l'avait dépouillé du mystère qui dans le passé avait été la source de tant d'associations fécondes. Et en fin de compte, il n'avait pas pu fournir d'explication plus satisfaisante que Herz lui-même : s'en tenant à son rôle, il lui avait prescrit des médicaments. Mais Herz savait qu'au-delà de sa vie, de cette vie qu'il menait actuellement à Chiltern Street, à Paddington Street, dans ce jardin, s'étendait un territoire inexploré, composé en grande partie d'erreurs, les siennes, mais aussi celles des autres. Supposons que Fanny ait consenti à l'épouser. Comment auraient-ils vécu ? Sur son salaire ? Impossible. Lui aussi aurait aimé habiter le Beau Rivage, un cadre qu'il trouvait digne de sa vie d'exilé. Son malaise avait été un rappel de cette impossibilité : inutile de lui attribuer une autre cause. Et, à moins de consulter un spécialiste de ces questions, il n'existait aucun moyen par lequel ce phénomène extrêmement intéressant – du moins pour lui – pouvait être élucidé.

Qu'il ait été disposé à prendre l'incident suffisamment au sérieux pour consulter un médecin, il l'attribuait à une sensibilité inquiète qu'il avait plutôt l'habitude de masquer par un sourire. Le sourire était son déguisement et aussi sa défense : il proclamait qu'il était quelqu'un d'inoffensif, de bien intentionné même, à qui l'on pouvait aisément s'adresser, demander des services, et qui en rendait. Voilà l'homme qu'il était devenu ; il ne s'en plaignait pas, mais certaines questions restaient sans réponse. Il aurait pu, il le savait, être différent. Il se souvenait d'avoir dit à Simmonds que, sur le tard, on revenait à ses origines. Il avait été un jeune homme romantique, il était resté romantique dans sa maturité : comment expliquer autrement son équipée à Nyon, cette fidélité à un mirage de sa jeunesse ? Et cela après un mariage par trop prosaïque, qu'il considérait néanmoins avec indulgence. Il se sentait encore en affinité avec Josie, avec ses appétits, et la manière dont elle l'avait accepté, pour l'abandonner si vite. Et si facilement ! C'était la différence entre eux. Même à présent, il cherchait à

106

obtenir d'elle une étincelle de reconnaissance, tout en admettant qu'elle ne la lui accorde pas. L'attention qu'il lui portait était sans contrepartie ; il acceptait qu'il en soit ainsi, de même qu'il acceptait qu'elle pense rarement à lui, qu'elle soit contente de la vie qu'elle s'était faite, et voie dans son mariage une étape qu'elle avait traversée comme d'autres traversent leur adolescence, le laissant parmi ceux de son espèce, un vieil homme assis au soleil. Sans éprouver de rancœur, il s'étonnait d'avoir obtenu si peu en regard de la continuité qu'il avait ardemment désirée. Il n'en avait pas été trop diminué ; la réalité n'était plus, mais l'illusion résistait au changement. Il aspirait toujours à partager avec une compagne idéale un paysage idéal, qu'il s'imaginait sous la forme d'une retraite à l'écart du monde, une condition privée qui resterait secrète, entre désir et rêve. Même si elle s'était estompée, cette aspiration ne l'avait jamais quitté. Dans la partie la plus primitive, la plus archaïque de son esprit, il la chérissait encore, se demandait même comment la faire renaître, bien qu'il sût qu'il avait eu sa chance. Il ne voyait pas, à ce stade, ce qui aurait pu le faire agir autrement. Ses défaites avaient été honorables, sans doute, mais il se demandait quel honneur il avait pu gagner de ses expériences. Il éprouvait de la tristesse et même de la honte, du regret à coup sûr, tout en ayant l'impression que son rôle avait été écrit d'avance, que certaines lois cosmiques s'étaient mises en œuvre. Tout simplement, il était inaltérable. Le nuage qui l'avait enveloppé la veille était un rappel, pensait-il, du fait qu'il avait gâché sa vie.

Dans l'après-midi, le jardin se peupla de nouveaux visages. Deux filles, sur un banc en face, avaient l'expression absorbée, animée, de femmes

qui parlent des hommes. Leur préoccupation le ramena à la sienne. Josie avait été le principe de réalité, Fanny le principe de plaisir. Freud, encore. Dommage que ce jeune médecin en ait fait si peu de cas, mais de toute manière son travail n'avait pas d'arrière-plan idéologique. C'est ce qui avait manqué à cette consultation : un contexte. Puis il se dit qu'il était ridicule. Un médecin londonien surmené n'avait pas le temps de discuter ; si une discussion pouvait avoir lieu, quelle contribution, lui, Herz, avait-il à apporter ? Mieux valait parler des conditions de travail, du manque de ressources, qui semblaient être les principaux sujets de plaintes, d'après ce qu'on entendait. Les médecins étaient toujours interviewés aux infos du soir sur leurs conditions d'exercice, ils annonçaient des crises, des urgences à venir. Il semblait impossible d'ignorer ces questions ; on vous demandait de sympathiser avec les médecins plutôt qu'avec les patients. Cet appel à la sympathie du public agaçait Herz qui était, comme toujours, en quête d'une autre forme de sympathie, moins indignée, plus intuitive. Il soupira. Un homme à l'autre bout du banc (on gardait ses distances) leva les yeux et demanda :
« Ça va ?

— Oh, à merveille, répondit Herz, ravi. Et ne vous inquiétez pas. Je ne troublerai pas votre lecture. »

L'homme – vêtu de façon plutôt voyante d'une chemise bleu foncé et d'un pantalon crème – mit de côté son exemplaire du *Telegraph* et reprit : « En fait, j'ai lu presque tout ce que je voulais lire. De toute façon, le soleil est trop fort. Mieux vaut en profiter, je crois ; on annonce de la pluie.

— Oh, sûrement pas. La journée a été magnifique. Je n'avais jamais remarqué ce petit jardin jusqu'ici.

— Ces jardins publics sont une bénédiction pour ceux d'entre nous qui vivent en appartement.

— Vous avez raison. J'y reviendrai sans doute.

— Vous pourriez faire pire. Le matin est le meilleur moment. Mais le matin, on a toujours quelque chose à faire.

— J'ai passé toute la journée ici, constata Herz avec étonnement.

— Vous en avez tiré le meilleur parti, en ce cas. Excusez-moi, si ça ne vous fait rien, je vais terminer ça avant de rentrer chez moi. » L'homme reprit son journal, après quoi Herz resta figé sur son banc, désireux de ne pas déranger.

Il regrettait de ne pas avoir apporté un livre ; il le ferait s'il revenait. Mais ses pensées avaient été trop absorbantes, trop déroutantes pour être altérées par les perceptions d'un autre. Il se rappela que les nouvelles de Thomas Mann l'attendaient à la maison : des histoires certes démodées, mais elles étaient ses préférées ces temps-ci. Et il fallait passer chez le pharmacien avec son ordonnance. Il soupira, se prépara à partir, même s'il n'était pas pressé de se retrouver seul. L'homme au journal leva les yeux et lui fit un signe de tête. « J'ai été heureux de vous rencontrer, dit Herz, ce qui, estimait-il, était la formule attendue pour prendre congé. Bonne soirée.

— Vous aussi », répondit l'autre, surpris. Aucune allusion à une prochaine rencontre.

Lentement, à contrecœur, Herz reprit le chemin de chez lui. Les façades de brique de Chiltern Street rougeoyaient au soleil couchant. Il était fatigué maintenant, alors qu'il n'avait rien fait de la journée. Il avait envie de remettre à plus tard les achats de comprimés et autres emplettes, et de passer une demi-heure tranquille avec Thomas Mann. Dans l'appartement, il se fit du thé, trouva quelques biscuits, conscient que, s'il voulait se prendre en main, il lui faudrait se nourrir davantage. « L'incident », comme il l'appelait, s'imposait de nouveau à son esprit, mais le souvenir sinistre de s'être senti perdu dans la rue, et l'idée déplaisante que, sans l'arrivée presque accidentelle du taxi, il aurait pu être incapable de rentrer étaient pires que l'impression de maladie. Cela coïncidait fâcheusement avec la dernière nouvelle de Thomas Mann qu'il avait lue, dans laquelle un pauvre aliéné se dirige d'un pas incertain vers le cimetière pour aller voir les tombes de ses proches et excite sur son passage la gaieté des badauds, qui le voient finalement s'effondrer et appellent une ambulance. L'histoire reste en suspens, mais le lecteur sait que le destin de l'homme est scellé.

C'était très triste, inquiétant même, et pourtant la nouvelle ne couvrait que quelques pages. En fait, toutes ces histoires étaient tristes ou inquiétantes, et il était difficile de discerner l'art qui les sous-tendait. Seule leur autorité l'emportait. Il ne serait pas raisonnable d'en lire davantage ce soir-là : l'angoisse qui se dégageait de ces lignes risquerait de l'envahir. Herz comprit qu'il était vulnérable. Lorsqu'il tenta de revivre la colère qui l'avait saisi dans le cabinet médical, il n'y parvint pas. Il savait que cette consultation avait été un échec ; elle avait blessé sa fierté. Il n'y avait pas eu de véritables dommages, mais il savait qu'il n'y retournerait pas. Quoi qu'il lui arrive ensuite, il lui faudrait l'affronter seul. Cette pensée était embusquée derrière toutes les autres.

Il termina son thé et, l'air déterminé, il apporta son ordonnance au pharmacien. « Ça sert vraiment à quelque chose ? demanda-t-il au moment où on lui tendait les boîtes.

— Eh bien, j'en prends moi-même. Des tas de gens en prennent. »

Il n'en fallait pas plus pour le rassurer. S'il ne faisait qu'un avec les autres, nul mal ne pouvait l'atteindre. Il retourna chez lui en boitillant de fatigue ; il avait hâte de se coucher. Mais se coucher, c'était succomber. D'ailleurs, il n'était plus soutenu par ses rêves, qui avaient tendance à devenir menaçants. Le passé, de nouveau, remontait dans sa conscience et tous les visages remémorés – morts ou absents, il ne faisait pas de différence – revenaient le hanter. Perdus dans leurs préoccupations, ils ne pensaient plus à lui, ils l'abandonnaient à une fin solitaire. Pourtant il aurait voulu que l'amour revienne, car il lui semblait être resté fidèle. Du début à la fin, il avait été celui qui aimait, et pourtant l'amour l'avait trahi. Il craignait de se retrouver face à face avec cette idée dans les longues heures d'une nuit sans sommeil.

Il alluma la télévision, regarda une émission de jardinage, une autre sur la cuisine, un épisode d'une série policière et une histoire de pompiers. L'exercice avait fait son effet ; il était de retour dans le présent. Il éteignit le poste avec soulagement, prit un long bain, se laissa tomber sur le lit avec gratitude. Le sommeil viendrait tôt ou tard, et toute information qu'il apporterait serait examinée rationnellement, sans apitoiement sur lui-même, mais pas avant que la lumière de l'aube n'annonce une journée ordinaire et ordonnée.

8

Herz rêvait de partir. Pas la nuit, dans la sécurité de son lit, alors qu'il n'y avait aucune possibilité d'aller quelque part, mais au cours de ses promenades matinales, ou encore le soir, quand il commençait à sentir l'été décliner vers l'automne. L'année avait pris un tournant ; plus moyen de rester assis dans le jardin public. Ce jardin, il s'en rendait compte, lui avait tenu lieu d'horizons plus vastes, avait remplacé les paysages qu'il avait connus au cours de ses voyages, quel que fût le souvenir qu'il en gardait à présent. Les gelées matinales et un crépuscule chaque soir plus précoce laissaient présager des journées d'hiver sans lumière où il lui faudrait supporter sa propre compagnie pendant des heures d'affilée. Il se disait que rien n'avait changé, qu'il restait libre d'aller et venir à sa guise ou, à d'autres moments, qu'il n'avait pas besoin d'opérer des changements. L'appartement lui semblait étouffant quand il songeait au temps qu'il devrait y passer ; une fois dehors, il percevait les altérations de la lumière et le soir surtout, quand il entendait les passants se hâter de rentrer chez eux, il avait un frisson d'angoisse en pensant aux dispositions qu'il avait prises, à son emploi du temps si soigneusement aménagé, à la journée si longue, à la nuit encore plus longue, où le sommeil se faisait de plus en plus rare. Pourtant les soirées étaient belles. Les rues bleutées annonçaient la nuit à venir avec une intensité poétique qu'il ne pouvait qu'admirer, d'une manière abstraite, comme si le rideau allait se lever sur quelque intrigue classique dont il était exclu, non seulement parce qu'il n'y était qu'une ombre effectuant des gestes machinaux en vertu d'impulsions dont l'origine était presque oubliée, mais aussi par manque d'empathie.

Dans la vitrine de l'agence de voyages, il vit des publicités pour de grandes équipées à l'autre bout du monde. Ces affiches si trompeuses lui montraient des jeunes gens buvant sur la plage ou faisant du trekking, sac au dos, en terrain difficile. Leur jeunesse constituait une part essentielle de la séduction, mais il pouvait voir, ou savoir, que des gens plus âgés partaient pour les mêmes voyages, peut-être dans une version modifiée. Ils dépensaient leur argent, après une vie d'économies scrupuleuses, et retrouvaient une confiance en eux qu'ils croyaient avoir perdue. Tous ces vacanciers aventureux allaient par deux. Les couples grisonnants semblaient lui jeter un défi personnel tandis qu'il s'attardait, tentant de pénétrer leur univers silencieux. Ce genre d'entreprise n'était pas pour lui, ne l'avait jamais été ; il avait suivi un chemin solitaire où il avait croisé des familles, et elles l'avaient attiré. Non qu'il eût recherché leur compagnie à tout prix. Elles lui étaient apparues comme des objets dans un musée, des œuvres d'art qu'il pouvait contempler, y cherchant la clef de l'énigme du passé, et de celle, encore plus profonde, du présent. Il avait mené sa vie du mieux qu'il avait pu, il le savait. Il avait été un travailleur sérieux, un fils dévoué, un mari pas plus mauvais qu'un autre ; malgré tout, cette vie lui avait refusé l'accomplissement suprême, et à présent il avançait en âge avec l'impression d'avoir tout à recommencer, d'être encore un jeune homme indécis qui cherche sa voie à travers des expériences capables de l'enrichir. Alors il pourrait presque accueillir de bon cœur la fin, sachant qu'il avait tenté tout ce qu'il y avait à tenter, et n'avait pas à regretter des chemins qu'il n'avait pas suivis.

À présent, il ne souhaitait plus le charme banal de contrées lointaines, mais la fuite des préoccupations qu'il connaissait trop bien. Il s'imaginait au soleil, dans une variante du jardin public où il avait passé ses après-midi d'été. Il entrevoyait même la possibilité de rester là-bas indéfiniment, sachant qu'il ne manquerait à personne. De temps en temps, il enverrait une carte postale à Bernard Simmonds, à Josie, à Mme Beddington dans sa boutique, assurant : « Les vacances se passent bien », pour brouiller sa piste tout en se préparant à disparaître de la scène. À cette idée, dissimulée derrière les autres, il prit peur : ce n'était tout de même pas son intention réelle ? Il pouvait sûrement s'éloigner de façon moins radicale, non de la vie qu'il connaissait, mais d'une situation qu'il jugeait maintenant irritante. Après tout, on pouvait trouver un plaisir simple à s'asseoir au soleil, à lire le journal local ou à boire un verre de vin, et il avait certainement droit à ces plaisirs. Son oisiveté ne lui pesait plus, simplement elle ne lui donnait pas autant de satisfaction qu'il l'aurait cru. Et, à mesure que les journées se refroidissaient, que le soleil brillait d'une lueur fugitive entre des nuages de plus en plus nombreux, il se disait qu'il n'était pas prêt pour la plus grande éclipse de l'hiver, qu'il devait emmagasiner une chaleur purement animale pour se préparer aux longs mois à venir.

Il aborda la question, en termes convenablement voilés, auprès de Ted Bishop, son homme d'entretien, qu'il empruntait une fois par semaine à Mme Beddington, pendant qu'ils prenaient leur thé. Ted Bishop n'entretenait pas grand-chose, mais son offre d'aide avait été irrésistible. De toute façon, Herz le trouvait sympathique et il n'était pas incommodé par l'odeur de cigarette qui envahissait l'appartement après son départ. Parfois, il amenait son petit-fils de deux ans, mais l'enfant ne tardait pas à s'ennuyer, ce qui signifiait qu'ils partaient de bonne heure. Herz se savait un employeur trop timide pour poser ses conditions ; il se rendait compte que Ted Bishop le voyait comme un être pratiquement sans défense, incapable de protester quand l'enfant trépignait d'un air ravi sur le parquet. Peut-être même le soupçonnait-il de vouloir prendre le petit dans ses bras pour le calmer. Il l'observait alors de cet œil paresseux auquel rien n'échappait. Ce matin-là, après une mauvaise nuit, Herz avait été heureux d'accueillir cette présence humaine, tout en sachant qu'il laissait ainsi se brouiller la distance entre eux, en même temps que leur différence de statut : cette façon d'agir n'était pas tout à fait souhaitable et, d'ailleurs, ni l'un ni l'autre ne l'appréciait vraiment. À Berlin, les domestiques avaient connu leur place : la bonne, qui servait à table, la femme de ménage, le gardien. Même à Hilltop Road, il y avait eu une femme agréable qui venait trois fois par semaine et se montrait très peu. Il n'attendait pas de Ted Bishop qu'il se conforme à ces modèles, et l'homme ne se sentait pas tenu à la moindre loyauté, même s'il était grassement payé pour le peu qu'il faisait. Il souffrait d'un assortiment de maux qui le dispensaient de trop travailler. Ce qui avait deux conséquences : Herz pouvait comparer ses propres symptômes avec ceux de Ted et, mieux, tirer un certain encouragement de l'arthrite de celui-ci (qu'il ne partageait pas), de sa dyspepsie (dont il était également exempt) et de son essoufflement, dont Ted offrait une illustration dramatique quand on lui demandait de nettoyer les vitres. À Ted, et à lui seul, il avouait manquer de souffle certains jours. Il était conscient, toutefois, de s'engager sur une pente dangereuse, mais il était tenté d'abandonner les grands principes pour sombrer dans une mélancolie malsaine ponctuée de hochements de tête, qui ne manquerait pas de leur apporter, à l'un et à l'autre, un certain réconfort.

« Vous avez passé de bonnes vacances, Ted ? En Corse, c'est bien ça ?

— On ne m'y reprendra plus. J'y ai été à cause de ma fille, comme je vous l'avais dit. Je m'occupais du petit. Je n'étais pas contre. C'est dur pour elle, d'être seule ; elle est encore assez jeune pour vouloir s'amuser. Mais les soirs où elle sortait, c'était quand même un peu trop. Et la nourriture ne me réussissait pas. J'ai été content de rentrer, de savoir ce que je mangeais, de lire mon journal, de faire un tour au pub. Pour être franc, je ne me sentais pas si bien, là-bas. Je ne le disais pas à ma fille, et le petit s'amusait, mais il faudra qu'elle trouve quelqu'un d'autre pour s'occuper de lui si elle veut partir l'année prochaine, mère célibataire ou pas.

— Je songeais à partir moi-même.

— Ce n'est pas que je ne comprenne pas son point de vue. Mais il faut aussi que je pense à moi, hein ? Je ne me porte pas bien et j'ai des responsabilités, vous voyez ce que je veux dire ? Elle a une bonne place au salon de coiffure, mais elle ne gagne pas des mille et des cents. Et elle aime sortir le soir en me laissant le gosse sur les bras. Alors est-ce que ça valait vraiment le coup de partir si loin pour faire la même chose ? D'accord, elle avait besoin de vacances, je m'en rendais compte. Vous avez dit que vous partiez ?

— Eh bien, j'y ai pensé.

— Vous êtes sûr que c'est bon pour vous ? » Il se tapota la poitrine. « Vous avez intérêt à faire attention. Je ne sais pas si c'est bien raisonnable de voyager à votre âge. Il y avait un type dans l'avion du retour qui a eu un genre d'attaque. On lui a donné de l'oxygène. Dans vos âges, il avait. Et puis, la nourriture, ça vous détraque toujours plus ou moins. Vous êtes bien ici, non ? Vous vous reposez quand ça vous chante, vous faites un peu de courses. Si j'étais à votre place, je préférerais rester peinard. Les ennuis qu'on connaît ne sont pas les pires. »

À cet instant, Herz décida d'aller à Paris.

Cette décision, qui semblait hasardeuse, resta fermement établie dans son esprit. Elle prit davantage forme au long des heures vides de sa journée, une journée nuageuse qui lui inspirait soudain une exaspération irrésistible. Sur le chemin du supermarché, elle gagna en force et en précision. Il était tenté par l'idée d'un nouvel exil, puisque tel devait être son lot. Il irait à Paris rechercher le petit hôtel où il avait jeté sa gourme autrefois. Paris, en ce temps-là, avait été pour lui l'endroit où il pouvait échapper aux contraintes familiales et à la surveillance de sa mère. Ses brèves vacances n'avaient pas rencontré chez ses parents d'opposition sérieuse, ni d'encouragement, mais, une fois arrivés, lui et ses compagnes du moment avaient profité d'une véritable liberté. Tout cela lui revenait en mémoire tandis qu'il choisissait son pain, le plus petit, son jambon sous plastique, son fromage. Pas besoin de longs préparatifs. Il prendrait son imperméable, un léger sac de voyage, et monterait dans le train comme n'importe quel innocent passager. Une fois à Paris, il se rendrait à ce petit hôtel où il aimait à penser qu'il serait reconnu et accueilli par un sourire. Mme Roux : c'était le nom de la propriétaire. Elle avait eu pour lui la gentillesse que seuls les étrangers sont capables de vous prodiguer. Il n'était pas nécessaire de s'expliquer auprès d'elle : elle avait paru regarder avec bienveillance sa jeunesse et celle de ses compagnes – dont il se souvenait à peine ; elles n'étaient que les cosignataires, avec lui, d'une courte trêve dans l'éternel conflit avec les tracas quotidiens. Elles avaient été gentilles, elles aussi : ni reproches ni récriminations, elles ne demandaient rien qu'il ne soit disposé à offrir. Des égards mutuels avaient été observés, comme entre des partenaires égaux qui connaissent les limites du contrat. Au retour, son euphorie s'était dissipée, mais cela avait plus à voir avec la vie qu'il retrouvait chez lui qu'avec le fait que la fête était finie.

Un peu de ce sentiment le poursuivit ce jour-là. Des attentes plus modérées réapparurent. Il lui était difficile d'incriminer les conditions de la vie familiale, cette fois ; il n'y avait plus de famille pour le recevoir, pour ignorer ostensiblement sa courte absence, pour insister sur la fatigue de son père tandis qu'on se réunissait autour d'un dîner qui n'avait rien d'une fête. Rentré à Chiltern Street avec ses modestes achats, il révisa ses plans. Il irait d'abord à Paris pour un jour, histoire de reconnaître les lieux ; il irait voir son ancien hôtel et se renseignerait sur les tarifs au mois. Il éprouverait l'ambiance, verrait s'il était le bienvenu. Ce serait une expérience qui ne l'engagerait à rien. Les heures passant, cette vision faiblit tandis que d'autres préoccupations surgissaient. L'hiver approchait. Qu'allait-il faire de lui-même là-bas du matin au soir, loin du confort de son appartement ? Les avertissements de Ted Bishop résonnaient dans sa tête. On ne pouvait exclure la possibilité d'un accident. Pourtant, il persistait à vouloir se libérer de contraintes pas moins réelles qu'elles ne l'avaient été dans le passé. Ce n'était pas la mémoire qui le retenait : de vieilles habitudes de pensée étaient restées fâcheusement intactes. Il aurait presque voulu avoir une famille à retrouver en rentrant, car son expérience passée et aussi sa conviction intime l'assuraient que ce retour serait la partie la plus pénible de toute l'entreprise. Ne serait-il donc pas plus sage d'en finir une bonne fois avec l'idée de retour ?

Le matin du départ, il se réveilla d'un sommeil inhabituellement lourd, avec un seul désir : ne pas bouger. Il quitta enfin son appartement pour se rendre à la gare de Waterloo avec une détermination quasi somnambulique. La même insensibilité protectrice l'aida à monter dans le train, à s'offrir un journal et un café, à se rappeler qu'il pourrait faire tout ce qu'il lui plairait. La paisible campagne anglaise défilait derrière la vitre. La même douceur avait autrefois accueilli les siens et, sans leur faire vraiment sentir qu'ils étaient bienvenus, ni jamais les inviter à se sentir chez eux, les avait du moins acceptés sans résistance, sans examen. Il en était venu à apprécier le manque de curiosité des Anglais, qui peut-être – assimilation ? – expliquait son indifférence actuelle.

Une fois arrivé, il prit le métro pour Saint-Germain-des-Prés, où il avait amené ses jeunes amies. À l'époque, ils s'émerveillaient de l'effervescence, du raffinement qui les entouraient, assis au Flore ou aux Deux Magots, au début d'une soirée magique. Leur grande chance, en ces temps lointains, avait été de partager les mêmes attentes ; la naïveté de leur âge les avait préservés d'éventuelles désillusions, non seulement concernant leur escapade, mais aussi vis-à-vis de l'autre. Et la gentillesse instinctive de ces compagnes, une gentillesse dont il n'avait pas trouvé d'autre exemple depuis, garantissait qu'ils se quitteraient sans reproches. Humbles salariées comme lui, elles faisaient un signe de la main en partant au travail, saluaient d'un sourire et passaient leur chemin. Ainsi, elles accédaient à un degré d'élégance refusé à bien des femmes plus averties et, mieux encore, à une espèce de grâce, née de leurs espérances intactes et de la brève expérience de quelque chose qui ressemblait au bonheur véritable.

Il commanda un café, regarda autour de lui sans émotion particulière, comprit que la véritable malédiction de la vieillesse était l'incapacité de ressusciter les souvenirs, de rendre au passé l'intensité qu'il avait sûrement eue. À présent, il se retrouvait assis, sans déplaisir, dans un cadre connu, attentif au temps qui lui était imparti, regardant fréquemment sa montre, sentant l'air se rafraîchir mais hésitant à enfiler son imperméable. Il fit signe au serveur d'apporter la note et se leva, rassemblant ses esprits avec un peu de difficulté. Soudain, cette excursion lui parut pure folie. Impossible, épuisé comme il l'était déjà, de passer d'autres jours pareils à celui-ci. Il n'aurait jamais dû quitter son chez lui, il aurait dû se rendre compte, au contraire, qu'il ne devait pas perdre de vue la continuité de son existence, qu'il avait eu raison, tout ce temps, d'être prudent et circonspect, de se promener sans but, de s'asseoir au jardin, d'économiser ses énergies déclinantes, son temps, sa vie. Il n'était plus d'âge à prendre des risques. Il avait eu un rêve de jeunesse ; il avait eu un souvenir de soleil, de vitalité, de visages aussi frais que le sien à l'époque. Mais ces visages, s'il devait les revoir, seraient vieux, abîmés et, pis, indifférents. La même indifférence qui l'enveloppait maintenant. Pourquoi ne pas regagner la gare, prendre un train plus tôt que prévu, et rentrer chez lui ? Car c'était bien dans son appartement, avec tous ses menus conforts, qu'il se sentait chez lui. Il resta sur le trottoir, indécis, bousculé par les passants. Le ciel s'était assombri pendant le temps qu'il avait passé au café. On aurait dit qu'il allait pleuvoir.

Finalement, obéissant à un instinct obscur, il quitta le trottoir et, au lieu de descendre dans le métro, il traversa la rue, marchant à présent d'un pas plus rapide, l'imperméable sur le bras. Il se dirigeait vers Saint-Sulpice et l'image obsédante qu'il avait gardée de sa toute première visite à Paris : deux hommes luttaient ou dansaient dans une clairière, un chapeau avait été jeté à terre par l'un des protagonistes, une cohorte poussiéreuse de cavaliers et de chevaux disparaissaient dans le lointain. Jacob et l'ange. La scène ne perdrait rien de sa puissance ni de son mystère d'avoir été vue et revue tant de fois. Et, en effet, Jacob, tête baissée, butait toujours contre la poitrine de son étrange adversaire ; il semblait bestial, obtus, mais vaillant. Il lui fallait du courage pour affronter l'ange, lequel avait la grâce et la stature d'un adulte accompli, qui gagnerait inévitablement le combat. Il ne l'emporterait pas par sa plus grande vigueur, pourtant manifeste, mais par l'ardeur de son regard dirigé vers la tête aveugle de Jacob. Qu'est-ce que ce regard exprimait ? Pas la réprobation, encore moins la promesse du châtiment. Il évoquait plutôt une surveillance éternelle. Dans l'histoire, telle que Herz se la rappelait, la lutte s'achevait par une égalité. Jacob s'en était tiré plutôt mieux que l'on aurait pu s'y attendre, il avait montré de l'intelligence en demandant à être béni. En soi c'était un signe de reconnaissance, et même de grâce. Rien de plus n'était à prouver.

Pourtant, l'ange restait le vainqueur, en vertu de sa beauté, de sa force, de l'accomplissement de sa tâche, qui était sûrement, comme à présent, de respecter les termes de son contrat. Ce qu'il avait fait pour le bénéfice du spectateur, sinon de Jacob lui-même. Aucun témoin du combat (les pauvres voyageurs qui s'éloignaient sur leurs chevaux ne s'étaient rendu compte de rien) ne pouvait rester sceptique et douter qu'à une époque, dans un passé lointain, hors du temps peut-être, il y avait eu des certitudes mythiques, des apparitions, des prophéties, mais que, même alors, ces interventions n'avaient pas été tout à fait claires. Herz, devant cette fresque dans la pénombre de la chapelle, restait immobile dans un mélange de respect et d'effroi : s'il avait porté un chapeau, il l'aurait retiré, comme Jacob l'avait fait pour se préparer à la lutte. Ainsi, certaines confrontations étaient bénéfiques – ce que Jacob avait reconnu en demandant une bénédiction au lieu de mourir de peur. Mais la peur qu'il aurait pu éprouver n'était pas perceptible sur la fresque. On n'assistait même pas à une correction aimante – qui viendrait beaucoup plus tard. On remarquait surtout la parité, l'égalité des conditions, et une absence d'étonnement. Cette lutte prosaïque semblait ne faire qu'une avec les certitudes de ces temps extraordinaires. Et le combat s'était conclu sans rancune de part et d'autre. Pourtant, cet ardent regard angélique, ce déploiement de force pacifique, dénotaient des pouvoirs que Jacob ne pouvait même pas concevoir. Malgré sa victoire facile, il était marqué pour la vie.

Perplexe, satisfait et plus ou moins revigoré, Herz s'attarda pour rendre hommage. Il avait peu de croyances et aucune, à coup sûr, n'était susceptible de le conduire à une conclusion apaisante. Jacob, cependant, était son ancêtre à plus d'un titre. Il regrettait de ne s'être jamais engagé dans une lutte semblable, d'avoir négligé les incitations d'une antiquité si lointaine. Pourtant la foi, telle qu'il ne l'avait jamais possédée, même enfant, devait sûrement engendrer un optimisme facile, l'idée qu'il y avait un responsable quelque part, que lui, Herz, était digne d'être éclairé, ne fût-ce que par des admonitions. Il voyait la grâce salvatrice de la religion, qui était de secourir, de consoler, de fournir une illusion de réciprocité dont tous étaient avides. Mais mieux valaient un pessimisme stoïque, un regard dur sur les réalités de la vie et, avant tout, la détermination de profiter de cette vie, de l'apprécier à sa juste valeur. Jacob avait eu l'avantage d'être l'objet d'une visitation qu'il ne comprenait pas, ne pouvait, n'était pas destiné à comprendre. Il avait fait ce qu'il fallait, demandé une bénédiction, un peu comme celui qui accepte un compliment inattendu. Et l'ange, mission accomplie, rejoindrait des collègues aussi athlétiques que lui et attendrait d'autres ordres incompréhensibles, à l'image d'un soldat d'élite obéissant à son supérieur et à l'éthique de la compagnie dans laquelle il a été enrôlé. Seul son regard d'un autre monde révélait en lui un être d'une autre espèce. Dans son royaume, qui sait, tous avaient les mêmes dons.

De façon peut-être aussi mystique, la visite se concluait, son objectif atteint et dépassé. Cette fois, Herz n'avait plus qu'à rentrer, toute idée de prolonger son exil rayée de son esprit. Absurde de penser qu'il aurait pu s'installer à Paris ; absurde d'imaginer que l'hôtel serait tel qu'il se le rappelait, que la propriétaire d'alors serait toujours en vie. Absurde, par-dessus tout, cette persistance du souvenir dans des conditions radicalement altérées. Il ne pensait plus à ses retours à contrecœur, ni aux soirées moroses qu'il avait retrouvées au sortir d'aventures si brèves. Ses anciennes amies seraient devenues de vieilles dames, qui reverraient avec indulgence leurs frasques de jeunesse, si elles y songeaient encore. Dans le présent, l'ici et le maintenant envers lesquels il avait un devoir, de telles rencontres n'étaient pas souhaitables et les désirs inconvenants devaient être étouffés. En cet instant, pénétré de l'esprit de la chapelle, il acceptait la perspective d'une solitude sans fin et, dans un état de lucidité accrue, il l'embrassait. Il n'y aurait pas de révélation, pas de combat avec un envoyé divin. Il durerait, aussi longtemps qu'il en serait capable. C'était le seul message qu'il fût susceptible de comprendre.

En route vers la gare, il s'arrêta pour boire un verre de vin et s'appliqua à observer la vie autour de lui. Mais cette recette familière resta inopérante. Exception faite de l'heure passée à Saint-Sulpice, l'exercice avait été vain. Les initiatives nouvelles n'étaient plus à sa portée ; il lui fallait vivre sur les anciennes. Il ne restait à prévoir qu'un seul autre événement digne d'intérêt, et il présumait que Bernard Simmonds s'en occuperait. Il ne devait pas négliger de prendre des dispositions. Autour de lui, le soir commençait à tomber, des gens faisaient une pause après leur journée de travail : ils rencontraient des amis, ils parlaient dans leurs portables. La mondialisation sur laquelle il avait tant lu était ici en évidence : Paris avait perdu la douceur paradoxale qu'il avait connue, c'était une ville aussi affairée, aussi bruyante que Londres ou New York. Même la population semblait différente, plus énergique, moins hiérarchisée, les distinctions sociales plus floues qu'elles ne l'avaient été trente ans auparavant. Son Paris pittoresque et, croyait-il, celui de l'imaginaire de chacun, était érodé par une nouvelle génération plus intéressée par le marché et la réussite que par les idées. Il avait été d'âge, jadis, à sympathiser avec des étudiants, même s'il n'avait jamais été étudiant lui-même. C'était l'état d'esprit de cette époque ancienne, les années de ses courtes évasions. Aujourd'hui, les bohèmes d'hier étaient devenus des hommes en costume-cravate, un attaché-case en métal à la main. S'ils incarnaient le passage du temps, il les trouvait tristement dénués de poésie.

Il regarda sa montre et sursauta : il était déjà cinq heures et son train partait à six. Il se dépêcha de descendre dans le métro et se retrouva dans la foule, épaule contre épaule, sentant dans sa gorge la palpitation familière, comme si son cœur cherchait à s'échapper. Arrivé à la gare du Nord avec seulement dix minutes d'avance, il fut pressé par les employés d'aller prendre son siège et, une fois assis, il s'adossa avec précaution, une main sur la poitrine. Le train partit à l'heure. Derrière la vitre obscurcie, les lumières de Paris fleurirent puis se fanèrent ; bientôt, le paysage filait dans la direction opposée à celle du matin. Sa faculté d'expérimenter s'était éteinte au cours de cette journée décousue. Il se demandait maintenant ce qui lui avait pris de partir sans raison et se félicitait de n'en avoir parlé à personne, de ne pas avoir à s'expliquer. Plus tard, il le savait, il s'en remettrait. Il pourrait alors laisser entendre, sans y attacher une importance exagérée, qu'il était allé à Paris renouer connaissance avec une peinture murale qui l'avait autrefois impressionné. Il conférerait ainsi à sa pauvre escapade une certaine dignité. Mais il savait qu'il ne ferait plus de tentative de ce genre à l'avenir. Il avait beau se reconnaître des appétits encore plus vastes, il savait qu'il ne pouvait plus les satisfaire. La silhouette silencieuse de Jacob aux prises avec celle de l'ange était encore présente, vivante dans son esprit. Elle s'offrirait à sa réflexion dans les jours prochains, pensa-t-il.

À Chiltern Street, il se laissa tomber avec soulagement dans un fauteuil, son imperméable toujours sur le bras. Il était trop fatigué pour manger ou même pour aller se coucher, trop fatigué pour faire des projets, heureux que d'autres tâches ne l'attendent plus. Dans la nuit, allongé sur le dos, il se dit qu'au moins il avait été jusqu'au bout de son idée et il essaya d'en tirer quelque fierté, mais en vain. Il se tourna sur le côté et songea que le courage, ce serait de répéter l'expérience et de pouvoir ainsi s'enorgueillir des difficultés, comme si le voyage était simplement – et pourquoi pas ? – une épreuve de caractère. Il n'était pas tout à fait éveillé, mais pas non plus somnolent. « Vous connaissez le Delacroix de la chapelle des Saints-Anges à Saint-

Sulpice ? pourrait-il demander à Bernard Simmonds à leur prochaine rencontre. Une de mes œuvres préférées. J'ai fait un saut là-bas pour le revoir il y a quelques semaines. Je m'aperçois que je l'aime toujours autant. »

9

Herz disposa les photographies sur son bureau, bien décidé à examiner quel rôle le passé avait joué dans son présent si étrangement triste. Il inspecta la pièce du regard pour voir si elle était prête à faire bon accueil à un improbable visiteur inconnu, constata qu'elle paraissait, comme toujours, impeccable et, avec un soupir, revint à ces rectangles muets qu'il conservait d'habitude dans une chemise cartonnée enfermée dans une valise obscure, et qu'il était maintenant résigné à dissimuler à jamais. Il éprouvait la curiosité mais aussi le déplaisir qui accompagnent toujours ce genre d'examen : les photos, sans rapport possible avec les gens qu'il connaissait aujourd'hui, lui rappelaient douloureusement ceux dont l'emprise sur son cœur s'était réduite à presque rien.

Pourtant, il était lié à ces personnes, il avait été formé par elles ; il avait à présent épuisé leur héritage, bon ou mauvais, et il se donnait pour mission d'être le dépositaire de leurs griefs, auprès desquels les siens paraissaient plutôt légers. Un sentiment d'indignité, comme s'il s'en était tiré à bon compte, qui contribuait à son ambivalence. Les photos elles-mêmes constituaient l'aide-mémoire d'un malheur familial complexe. Il n'avait pas l'intention de les regarder encore ; il allait les mettre de côté pour qu'on les jette après sa mort avec le reste de ses possessions, mais il se sentait tenu de les passer une dernière fois en revue. Ensuite, il les reléguerait dans la valise qu'il descendrait au sous-sol, dans la pièce qu'il partageait avec d'autres à l'arrière de la boutique de Mme Beddington. Il espérait à moitié que des mains inconnues en disposeraient quand, juste avant Noël, des éboueurs en quête de leurs étrennes viendraient vider les caves. Ce serait un tel soulagement de savoir cette valise partie qu'il s'abstiendrait de demander où. L'acte de la déposer au sous-sol aurait un rôle catalyseur. Il l'aurait ainsi abandonnée et, avec elle, le passé. C'était l'essentiel.

Là, sa mère, en robe du soir, se préparait à assister au dîner annuel donné à l'entreprise paternelle ; elle se tenait hautaine et parée, une expression triomphale sur le visage, qui avait été beau. Il se rappelait bien cette expression de triomphe que, pourtant, il n'avait vue qu'en de rares occasions. Sa mère avait été une femme déçue, insatisfaite, trop longtemps prisonnière de parents religieux. Elle avait dû se marier pour s'assurer une survie affective et elle enviait sa sœur, plus réaliste, qui s'était libérée des entraves familiales avec une apparente facilité et ne semblait pas s'en trouver plus mal pour autant. Consumée de désirs contrariés, elle avait maintenu une façade sophistiquée ; après avoir raté une carrière de pianiste, elle avait donné dans son salon des concerts improvisés, contraignant ses visiteurs à l'écouter avec respect, à la complimenter. Herz se souvenait de sa gêne, petit garçon, lorsqu'elle enlevait ses bagues et s'asseyait pour jouer, ce qu'elle faisait même à l'intention de ses camarades de classe, qui devaient rester assis dans un silence contre nature.

Et là, une photo d'elle au piano, tournée vers son auditoire invisible avec un sourire sur son beau visage, où l'on pouvait deviner de la mélancolie sous le masque qu'elle n'ôtait jamais, de sorte qu'il lui devenait presque naturel de traiter de haut ses rares amis. Elle avait supporté l'exil vers l'Angleterre plutôt mieux que la plupart d'entre eux. Elle écrivait à sa sœur Anna pour lui dépeindre le confort de leur nouvelle demeure de Hilltop Road en taisant à dessein la gêne cruelle à laquelle son père était réduit. À cette époque, elle avait déjà placé tous ses espoirs en Freddy, dont la virtuosité allait enfin lui assurer une position où elle serait en mesure de triompher de nouveau. Tous ses rêves étaient, Herz le savait à présent, dirigés contre sa sœur, source d'irritation permanente, qu'elle soupçonnait de connaître le bonheur qui lui avait toujours échappé. La voici avec Freddy, une main possessive sur l'épaule de son fils. Comme ils se ressemblaient ! Leurs grands yeux solennels paraissaient obéir à des instructions occultes. Or la notoriété de Freddy s'était effondrée lorsque sa santé l'avait lâché. Ainsi, en Angleterre, il resta inconnu. Cette réalité avait été négligée par sa mère, qui prévoyait pour eux un avenir sublime dès qu'il se serait remis d'une maladie qu'elle imputait à ses nerfs délicats, dans l'acception la plus légère possible. Il ne s'était pas rétabli et n'avait pas semblé souffrir de sa déchéance. Son étrange déclin n'avait été saisi par aucun objectif. Il avait été éclipsé, ou il s'était éclipsé lui-même.

Ici, sa mère, fillette, posait avec sa sœur, bras dessus, bras dessous, comme il ne se rappelait pas les avoir jamais vues pendant leur vie adulte. Elles avaient cet air maladif qu'ont les enfants sur les photos de l'époque, les yeux agrandis, leur abondante chevelure attachée en arrière. Elles étaient condamnées à rester à la maison jusqu'à ce qu'elles soient libérées par un homme, car en ce temps-là la délivrance prenait la forme d'un mari, soigneusement choisi et présenté par un tiers, en l'occurrence les parents, qui en savaient long sur la question. Impossible de lire sur ces visages enfantins empreints de sérieux que l'une des sœurs, la moins jolie des deux, allait échapper à ces règles et rencontrer tout simplement son futur mari en traversant la rue – la rue ! – alors qu'elle était encore à l'école, et que, en dépit des fureurs et des condamnations familiales, elle l'épouserait à l'âge de dix-huit ans, après Dieu sait combien de rencontres clandestines, pour une vie de bonheur, jusqu'à ce que leur exode d'Allemagne les sépare pour toujours. Mais auparavant, un léger rapprochement entre les sœurs s'était produit. Il avait sûrement eu lieu à l'époque où Herz était amoureux de sa cousine Fanny. Il gardait le souvenir plus vif qu'aucune photo de ces après-midi dans le salon de sa tante, où il attendait que Fanny vienne le retrouver, comme elle le faisait si rarement, conscient du contraste entre la luminosité de cette villa et l'obscurité de l'appartement qu'il devait regagner, et qui résonnerait, il le savait, du piano de sa mère et du violon de son frère.

Ici son père, jeune, lui aussi solennel, extrêmement beau, longtemps avant que le mariage ne l'ait condamné à célébrer un culte impossible et à se soumettre à la fois à ses parents et à ses beaux-parents ; il ne s'était jamais autorisé à profiter de sa vie d'homme, l'esprit déjà brisé par trop d'obéissance. En vertu de cette même obéissance, il s'était laissé entraîner dans un mariage qui allait se révéler malheureux et tortueux du début à la fin. Ce jeune et beau visage n'avait pas tardé à paraître un peu trop désireux de plaire, marqué par le souci de se plier aux humeurs changeantes de son épouse et par le fardeau de savoir la sécurité de la famille compromise et l'exil inévitable. Ses craintes réprimées l'avaient rendu bien trop indulgent vis-à-vis de ses enfants, surtout de Freddy. Parfois, les larmes lui montaient aux yeux en le regardant s'exercer. La maladie de son fils pesait sur lui si lourdement qu'il ne pouvait supporter de lui rendre visite, trop heureux de déléguer cette tâche à Julius. Ainsi, père et mère avaient-ils abandonné Freddy, de peur (ou était-ce une certitude ?) qu'il ne leur revienne pas, ne les rachète pas, ne compense jamais ce qu'ils avaient perdu, y compris Freddy lui-même. Pourtant, sur ce jeune et beau visage de son père à vingt ans, Herz ne lisait aucune prémonition, aucun sentiment d'être condamné. Il ne l'avait jamais connu sous ce jour, face à un avenir inconnu. Il se rappelait un être exténué qui devait dormir beaucoup et le revoyait avec une affreuse pitié prendre congé des heures du jour, soulagé, et monter lourdement les marches qui menaient à l'appartement au-dessus de la boutique d'Edgware Road pour y faire la sieste et reparaître deux ou trois heures plus tard, dépeigné et débraillé, l'image même de l'échec. Cependant, il y avait là une photo de ses parents à une soirée, sans doute ce même dîner annuel pour lequel sa mère composait son apparence avec tant de soin. Ils semblaient à leur fait, et même complices, et le sourire enthousiaste de son père mettait en valeur la beauté de sa mère, saisie dans l'un de ces rares instants de plaisir qui seraient bientôt perdus pour toujours et presque oubliés dans le maelström de leurs fortunes fluctuantes.

Et voilà encore les parents de sa mère, le couple sombre qui mettait sa foi dans chaque interdit religieux et observait des règles encore plus nombreuses que celles qu'il avait reçues en héritage. Tous deux présentaient, par la grâce du photographe, une apparence de dignité qui était fallacieuse, l'homme en costume austère se tenant respectueusement derrière la chaise de son épouse et celle-ci, monumentale dans sa robe noire, regardant droit devant elle sans l'ombre d'un sourire. Pas une seule fois, dans les années dont Herz gardait le vague souvenir, elle n'avait eu un geste d'affection spontané à l'égard d'un membre de sa famille, même si elle déplorait la désertion d'une de ses filles et retenait fermement l'autre à ses côtés, comme s'il avait été décrété que cette dernière ne quitterait jamais la maison. Si le grand-père, apitoyé, n'avait pas introduit chez eux un jeune homme bien sous tous rapports, elle serait restée célibataire pour le reste de ses jours. Herz examina les deux visages revêches, reconnut l'aversion qu'ils lui inspiraient, mais remercia intérieurement ses grands-parents de s'être éteints chez eux de mort naturelle, un sort refusé à tant de leurs coreligionnaires. Avec le recul, il comprenait ce qui les avait rendus si antipathiques : ils n'avaient jamais connu le plaisir. Ces vêtements empesés recouvraient des corps raides qui avaient appris à garder leurs distances, ne se rejoignant que dans des buts réglementaires, retrouvant aussitôt après leur attitude rébarbative, sans doute avec soulagement.

Il y avait la photo de Baden-Baden, la plus précieuse de toutes, enfin une de lui enfant, en culottes courtes à carreaux, la main sur le cœur comme si souvent à présent, mais qui ne trahissait aucune faiblesse. Lui aussi était solennel, quoique sa grande bouche fût prête à sourire, même en ce temps-là. Ce sourire, à mesure que le destin de sa famille se dévoilait, était devenu une forme de protection, une offrande propitiatoire. Il ne s'en était jamais départi, bien que son propre destin fût obscur à tous points de vue. Le sentiment d'en avoir réchappé l'étonnait encore. Dans la cosmologie personnelle de Herz, on ne s'en tirait jamais par hasard ; toute bonne fortune devait être justifiée en détail, et, surtout, rien ne devait jamais être tenu pour acquis. Être installé dans un appartement à lui, sans obligations à remplir, lui semblait une situation plus précaire qu'elle ne le paraissait. Il était conscient que seule la chance l'avait conduit là, et il s'en méfiait avec autant de ferveur que ses grands-parents dévots auraient pu le faire. Peut-être était-ce de ce couple déplaisant qu'il avait hérité sa croyance en un Dieu irritable : un bonheur immérité risquait fort de vous faire encourir le plus sévère des châtiments.

Le reste de leurs vies n'avait pas laissé d'images, à l'exception d'une photo de Hilltop Road déserté qu'il avait prise lui-même avec son appareil, ramené intact d'Allemagne on ne sait comment, et une de Freddy dans sa retraite piteuse, souriant béatement, toute trace des ambitions maternelles éliminée comme par un acte de pure volonté. Prise par un inconnu, elle le montrait assis sur la plage de Brighton, le pantalon roulé au-dessus des chevilles, ses manches de chemise dépassant d'un vieux pull-over. Et ce sourire... Herz le jugeait différent du sien en ce qu'il sous-entendait une absence de mémoire elle aussi volontaire. Freddy était heureux ! Herz n'avait qu'à confronter cette photo à une autre qui montrait son frère en tenue de concert pour comprendre à quel point son existence antérieure lui avait pesé et pour compatir. Il avait pu échapper aux reproches : le départ vers l'Angleterre avait fait table rase de sa réputation naissante, et bientôt il avait été atteint d'une maladie suffisamment imprécise pour lui offrir un espace de liberté. Il avait aussi échappé à la déception de ses parents, qui s'acharnaient à le croire au bord d'une guérison miraculeuse, d'une nouvelle maturité qui allait contribuer à leur renommée et les consoler de tout. Afin de nourrir cette illusion, ils lui rendaient rarement visite, déléguant cette tâche à leur plus jeune fils, qui avait vite compris qu'il n'y aurait pas de résurrection de leur ancien mode de vie, et aucune de Freddy. L'illusion n'était partagée que par ses parents, une *folie à deux*[1] dans laquelle le mari s'était surtout engagé par peur de sa femme. Cette photo, la dernière de Freddy, avec ses airs d'excursionniste, était le seul témoignage de sa vie d'homme adulte. Elle paraissait invraisemblable, et Herz la fixa avec étonnement avant de la mettre de côté, à regret.

Les autres photographies présentaient moins d'intérêt. Il y avait surtout des cartes postales de ses voyages, des souvenirs dont la séduction originelle s'était ternie, et des reproductions de ses œuvres préférées, qu'il n'avait pas toutes vues : un oiseau de la catacombe de Priscilla à Rome ; le portrait d'une dame anglaise coiffée d'un grand chapeau, de la collection Jacquemart-André à Paris, acheté en raison du contraste comique mais touchant entre son allure gauche et le cadre élégant du musée ; une femme vue de dos par Manet, une esquisse simple et raffinée, annonciatrice d'une plus grande nudité ; une frise sculptée, presque indéchiffrable,

---

1. En français dans le texte.

de la cathédrale de Parme ; l'image saisissante, en provenance de la National Portrait Gallery, d'une couturière fixant à l'aide d'épingles la jupe d'une cliente impassible qui ressemblait à Fanny Bauer (cheveux noirs, yeux sombres, bouche cramoisie aux lèvres charnues, expression irritée) ; et un portrait de Fayoum qu'il chérissait parce qu'il lui avait été envoyé par Josie et qu'il l'imaginait occupée à le choisir avec soin dans son effort pour s'adapter à lui. Cette carte postale l'avait ému aux larmes. Il y avait perçu un désir de plaire qu'elle était d'habitude bien décidée à ne pas montrer et peut-être l'ébauche d'une réaction à la beauté qu'il avait voulu lui insuffler. Ils ne se connaissaient que depuis quelques jours ; il l'avait emmenée à la Wallace Collection et se souvenait qu'elle s'y était ennuyée ; cette visite n'avait pas été une réussite. Mais deux jours plus tard, elle avait glissé la reproduction de Fayoum dans une enveloppe avec un mot pour le remercier de cet agréable après-midi. Il avait trouvé ce geste charmant, une sorte d'hommage à un sentiment qu'elle ne partageait pas, mais qui pour elle était associé à son esprit rêveur et que, sans le comprendre tout à fait, elle respectait.

Comme mémorial d'une vie, l'ensemble manquait de consistance ; il parlait de grandeur, de tragédie, et se réduisait finalement à cette silhouette au sourire béat sur la plage de Brighton. Herz avait été quasiment exclu de ce mémorial, sa vie après l'enfance s'étant déroulée sans témoin. Toute une préhistoire s'était évanouie, ses jours d'école et de vacances à lui tombés dans un trou noir. D'autres photos avaient dû être abandonnées ; mais celles-ci, peu nombreuses, avaient été sélectionnées pour présenter une image flatteuse de la vie de famille en masquant la banalité d'une existence qui désolait sa mère. C'était elle, il le voyait, qui avait fait ces choix, excluant sans pitié les aspects de la vie qu'elle supportait mal. Au moins, elle avait laissé une sorte de représentation qu'elle pouvait offrir au public. Car elle aussi avait besoin d'un public. Quand, assise au piano, elle se tournait avec tant de grâce vers l'objectif, elle imaginait autour d'elle un certain auditoire. Il tenait d'elle à cet égard, sauf que, dans son cas, le public se réduisait à ceux qui auraient joué le rôle d'observateurs fascinés ou celui d'amis qu'il n'avait plus, ou d'une impossible amante qui n'aurait eu d'yeux que pour lui. Cela ne s'était jamais produit, c'est pourquoi il n'y avait pas d'autres photos. Personne n'avait dit : « Par ici ! Souris ! » Il était aussi absent d'autres vies qu'il l'était de la sienne. Il avait sous les yeux ce qui lui avait été assigné : une existence d'assistance patiente et d'étude appliquée. Il avait hérité de la tristesse de son père, de ce père qui partait chaque jour docilement au travail, pour revenir le soir vers son épouse mythomane. Mais lui, Herz, s'était entraîné au pragmatisme et, ainsi, il avait accédé à une condition qui n'était pas précisément enviable, quoique sans doute nécessaire. L'absence de photos de lui-même l'avait fait paraître et se sentir invisible et c'est bien ce qu'il était, supposait-il, quand il s'appliquait à la tâche qu'il s'était fixée de rester en vie, se divertissant de son mieux, ne manifestant qu'un enthousiasme permis, une sensibilité admise ; pourtant, il savait que, n'importe quand, le désir pourrait renaître et l'inciter à commettre le genre d'imprudence qu'il n'avait pas commise quand il avait été possible de le faire. Le garçonnet en culottes courtes, la main posée si poétiquement sur le cœur, annonçait l'amoureux ardent qu'il ne demandait qu'à devenir, annonçait Nyon et son équipée absurde. Ces derniers temps, il avait un autre motif de porter la main à son cœur : s'assurer que les comprimés se trouvaient toujours dans sa poche de gilet. Jusqu'ici, il n'en avait pas fait usage. Ils étaient là en guise de protection contre l'imprudence qui pouvait, aujourd'hui encore, le détruire, le précipiter dans un gouffre dont on ne revient pas, le dernier voyage auquel Ostrovski avait fait allusion. En temps voulu, ce mystère serait résolu. Ou pas, comme il le pressentait.

Un coup à la porte le fit sursauter. En hâte, il glissa les photos dans un tiroir de son bureau où, pensa-t-il, elles resteraient jusqu'à ce qu'il décide de s'en débarrasser. Il ne comptait plus jamais les regarder.

« Laura ! Quel plaisir de vous voir ! Entrez, je vous en prie. Un verre de vin ? »

Mme Beddington ne lui rendait pas souvent visite, et ses visites n'étaient guère plaisantes puisqu'elle venait généralement pour lui demander un service : régler le système d'alarme, ou prendre et entreposer dans son appartement quelque paquet encombrant au cas où le facteur passerait avant qu'elle ait quitté sa maison de St John's Wood. Même si Herz, comme la plupart des hommes, avait soif de présence féminine, il aurait aimé la façonner à sa convenance. Il aurait choisi une personne douce et complaisante, alors que, après une première rencontre, il avait su que Mme Beddington était d'un égocentrisme achevé. Sa conversation à sens unique le confirmait. Elle avait beaucoup de sujets de plaintes, dirigées pour la plupart contre des gens qu'il ne connaissait pas, mais le ton, lui, était reconnaissable : si l'on ne parvenait pas à satisfaire ses exigences, on était diabolisé. Il devinait qu'elle avait employé cette méthode envers ses deux maris, « deux gredins », avait-elle affirmé, même si son sourire évoquait autre chose. C'était une belle femme, douée d'une forte présence. Elle avait dû être encore plus belle dans sa jeunesse. À présent, ses cheveux teints en noir ajoutaient de la dureté à une physionomie peu accommodante.

Il acquiesçait en général à ses demandes, n'ayant rien de mieux à faire. Il était conscient qu'elle ne le considérait pas tout à fait comme un homme, mais comme quelqu'un d'utile à ses projets ambitieux. Elle avait une réputation de femme d'affaires, même si sa boutique attirait peu de clientes ; sa sœur était là tous les matins, semblait-il, et ensemble elles se lançaient dans des bavardages à bâtons rompus, la même expression de dégoût peinte sur le visage. L'absence de clientes ne l'étonnait pas. La faute, selon lui, était imputable aux articles présentés dans la vitrine : deux ou trois tenues conventionnelles à faire peur, des pantalons de soie et des tuniques chamarrées de couleurs criardes, turquoise et vert émeraude, peu susceptibles de plaire à une femme de moins de soixante ans, et conçus pour piéger un amant plus jeune qui serait attiré par le seul bien que cette femme aurait à offrir : l'opulence. Il devait reconnaître que les broderies, les incrustations exécutées par les filles de l'atelier étaient de qualité hautement professionnelle, même si ces travaux avaient tendance à scintiller au soleil matinal et semblaient plutôt déplacés dans le voisinage paisible de Chiltern Street. Il ne voyait pas qui, dans ses connaissances, serait tenté de faire ce genre d'achat. Même essayer l'une de ces tenues relèverait de la corvée.

« Que puis-je pour vous, Laura ? » demanda-t-il. Sa main se glissa furtivement vers sa poche poitrine ;

les photos l'avaient bouleversé. En même temps, il savait qu'il n'était pas tout à fait prêt à les jeter.

« Je suis venue vous avertir, Julius. Je prends ma retraite. »

Bien qu'il ne se sentît guère concerné, comme elle estimait visiblement qu'il devrait l'être, il éprouva un certain malaise. Il n'aimait pas les changements.

« Prendre votre retraite ? Pourquoi cette décision ? Vous n'êtes pas d'un âge...

— Oh, je sais que je présente encore bien, c'est important dans le commerce. Mais je suis fatiguée, Julius. J'ai travaillé dur toute ma vie, j'ai vécu deux divorces, je mérite un peu de repos. J'ai vendu la boutique, à propos, et l'atelier. Il est déjà loué, à une jeune femme. Vous allez donc avoir une nouvelle voisine.

— Vous me faites penser que je n'ai pas entendu les jeunes filles, ces derniers temps. J'ai cru qu'elles étaient en vacances. »

Elle rit. « Ces filles-là ne partent pas en vacances. Ce sont surtout des clandestines, d'ailleurs. Elles étaient trop heureuses de trouver un emploi. Et vous admettrez, n'est-ce pas, que leurs conditions de travail étaient agréables.

— Que vont-elles devenir ?

— Je n'en ai aucune idée. J'ai fait ce que je pouvais pour elles. Maintenant, à elles de se débrouiller.

— Et la boutique ?

— Eh bien, ça va peut-être vous concerner. Je l'ai cédée à une entreprise qui vend des radios et des télévisions. Ils ont une chaîne de magasins. » Elle cita un sigle qui ne lui disait rien. « Alors, vous risquez de ne pas être aussi tranquille que vous en aviez l'habitude. Mais voilà : on m'a fait une proposition et j'ai dit oui. Je m'offre une croisière et j'en fais profiter ma sœur par la même occasion. Elle a des problèmes avec son mari, et je l'emmène aux Bahamas. Vous y êtes allé ? Non, je ne pense pas. Rien que nous deux. Nous allons nous amuser comme des petites folles.

— En quoi ce changement va-t-il m'affecter ? À part le bruit, je veux dire ? » Il imaginait la porte sur rue ouverte en permanence, plusieurs programmes sur autant de téléviseurs, des vendeurs hypnotisés indifférents aux locataires de l'immeuble – et notamment à lui –, les passants attroupés devant la vitrine pour assister à cinq minutes d'un match de foot. Il entendait déjà le rugissement de la foule.

« Vous avez un bail, non ?

— Il ne reste que trois ans à courir », dit-il avec un sentiment d'appréhension. Il prit conscience qu'il venait de passer cinq années paisibles. L'appartement avait représenté un nouveau départ quand il l'avait vu pour la première fois. Ce nouveau départ ne s'était pas concrétisé, ou plutôt il s'était concrétisé par une existence vide qu'il avait dû meubler lui-même. Cette tâche n'avait pas été tout à fait ingrate, mais il y manquait l'espèce d'engagement passionné dont il rêvait encore. À présent que son équilibre semblait menacé, il sentait son attachement à cet endroit prêt à s'exprimer, à proclamer son droit de rester dans la situation qui l'avait séduit au début de cette aventure.

« Vous devez pouvoir négocier un nouveau bail. Qui est votre notaire ?

— Un ami.

— Remarquez, ça va vous coûter de l'argent. Le nouveau bail sera sûrement plus cher que l'ancien. Pourquoi n'iriez-vous pas un peu en dehors de Londres, vous dénicher quelque chose avec un bout de jardin ? » Elle ramassa ses clefs et son sac. « Vous trouverez une solution, ajouta-t-elle. La vie est trop courte pour se faire du souci à propos de ce qui pourrait se passer dans les prochaines années.

— Ne partez pas, Laura. Parlez-moi un peu de cette nouvelle locataire. Ma voisine.

— Une jeune femme. Elle se dit consultante. Plutôt désinvolte. Jolie, si vous aimez ce genre. » Une haine subite éclatait dans ses yeux envers toute femme plus jeune qu'elle. Il était facile de la voir en croisière, se changeant tous les soirs pour porter l'une de ces tenues de harem qui n'avaient pas fait la fortune de sa boutique. Elle embarquerait tout le stock et s'inventerait un mode de vie assorti. Il ne savait pas précisément à quoi il ressemblerait, mais il imaginait sans mal des vacances lointaines dans des décors toujours plus exotiques. Elle soignerait son hâle, s'éclaircirait les cheveux ; sa voix, elle, s'assombrirait, ses ongles s'allongeraient. Elle consacrerait tout son temps à son apparence, mais perdrait peu à peu cet air altier qu'elle avait eu à la boutique ; elle se ferait des amies comme elle, rirait de bon cœur et avec dédain de chacun et de chaque chose. Elle serait à la recherche d'un homme, sans trop s'inquiéter s'il buvait trop, puisqu'elle aussi serait capable de boire beaucoup. Herz regrettait sincèrement le personnage digne, voire sévère, qu'il avait eu l'habitude d'apercevoir derrière la vitrine de la boutique.

Les femmes vieillissent du mieux qu'elles peuvent, pensa-t-il. Il n'avait guère réfléchi à la question. Mais l'âge était une question pénible pour tout le monde. Parmi les femmes qu'il connaissait, la seule à le supporter dans l'indifférence, c'était Josie, mais, pour elle, les jours les plus éprouvants restaient à venir. Fanny, il l'imaginait inchangée depuis ses quinze ans. Même à Nyon, pâlie et grossie, elle avait conservé quelque chose de sa jeunesse, à moins que cette impression naquît du regard qu'il portait sur elle. Elle tenait de l'icône. C'est le cas de certaines femmes et le secret de leur séduction durable. Elles possèdent une distinction rare, difficile à acquérir, qui leur est conférée par les autres, par le consensus de leur entourage, si bien qu'elles n'ont pas grand-chose à faire pour la justifier. L'opinion inchangée que Fanny avait d'elle-même la rendait justement insensible à celle d'autrui. Il y avait là une capacité – ou une incapacité – enviable. Ce qu'elle avait dans le cœur, il ne l'avait jamais su.

« Une consultante, disiez-vous ? Une doctoresse ?

— Non. Une de ces drôles de professions comme il y en a tant aujourd'hui. Elle s'appelle Clay. Elle pourrait vous conseiller. Je ne pars pas avant la fin du mois, alors vous me reverrez. Après, qui sait ? Qui sait quoi que ce soit, si on va par là ? »

Après l'avoir reconduite, il se rassit à son bureau, la tête dans les mains. Pas question d'abandonner son appartement, même s'il ne lui procurait plus de plaisir. Il pensait pouvoir en trouver un autre qui, à ce stade de sa vie, lui conviendrait sans doute aussi bien. Mais s'il décidait de rester, sa paix serait compromise par le bruit du magasin et les allées et venues d'une inconnue. Il était contrarié par la perspective de se retrouver en position de demandeur, ou même de suppliant. Et il redoutait des arrangements qui échapperaient à son contrôle. La nouvelle locataire aurait un bail plus avantageux. Le monde pouvait de nouveau conspirer contre lui, comme il l'avait peut-être toujours fait. Il lui restait trois ans. L'idée qu'il pourrait mourir dans l'intervalle avait cessé d'être une menace. Elle se présentait maintenant comme une garantie de sa sauvegarde.

10

« Je suis content que tu aies téléphoné, dit-il. Je t'aurais appelée de toute façon tôt ou tard, pour que tu me réserves un déjeuner.

— Je ne voulais pas déjeuner, dit-elle. Je n'ai pas beaucoup de temps. C'est pourquoi je t'ai proposé de nous retrouver ici. »

« Ici », c'était le Bluebird Café dans King's Road, moins éloigné de son domicile de Wandsworth, et moins bondé que leur restaurant habituel.

« Je n'ai pas pris la voiture, dit-elle. Je suis venue à pied.

— À pied ? Ce n'est pas tout près !

— J'avais besoin de temps pour réfléchir. J'ai beaucoup de choses en tête, Julius. »

Elle avait en effet une mine songeuse qu'il ne lui connaissait pas. Elle avait fait un effort pour être plus élégante, avec un tailleur en tweed qui avait dû être à la mode une quinzaine d'années auparavant. Au revers de sa veste, il eut la surprise, mais aussi la satisfaction, de voir la broche en grenat qu'il lui avait offerte le jour de leur mariage. Ce détail ajoutait à la nouvelle impression de maturité qui se dégageait d'elle, comme si elle avait étudié à quoi ressemblaient les autres femmes quand elles voulaient se donner l'air sérieux. Même ses cheveux étaient plus ou moins disciplinés. Elle fixait un point au-delà de lui, perdue dans ses pensées, oubliant son café.

« Quelque chose ne va pas, Josie ?

— Si on veut. En tout cas, il y a du changement. Je pars, Julius. Je quitte Londres.

— Pour aller où ?

— Je retourne à Maidstone. Chez ma mère. Elle ne va pas bien. Elle a quatre-vingt-six ans, Julius, et elle vit seule. À part une voisine, il n'y a personne pour veiller sur elle. Et elle n'a que moi. Alors je rentre à la maison. Je vais m'occuper d'elle.

— Mais ton travail ? Et Tom ? »

Elle soupira. « Je suis trop vieille. Le travail va me manquer, mais mes meilleures années sont sans doute derrière moi. Plus tard, je pourrais peut-être monter une affaire. Mais je n'y crois pas trop.

— Qu'est-ce que Tom dit de tout ça ?

— Il me remplacera, bien sûr. Chez lui et au travail. Il présente encore bien. Tu savais qu'il était plus jeune que moi ?

— Je n'en savais rien, non.

— De sept ans. Au début, ça ne compte pas, mais avec le temps… Et je n'étais pas heureuse.

— Je croyais…

— Non, répliqua-t-elle, plutôt âprement. Je voulais ce qu'ont d'autres femmes. Une maison à moi. Je voulais des enfants. Tu le savais ? De toute manière, piégé comme tu l'étais…

— Je suis désolé.

— Oh, il est trop tard pour tout ça, maintenant. Mère me laissera la maison à sa mort. Au moins, j'aurai ça. Une femme qui ne possède rien est dans une situation désespérée.

— C'est toujours une bonne idée d'être indépendante. Les autres femmes aussi recherchent leur indépendance. N'est-ce pas la position des féministes ?

— Je ne suis pas d'accord avec tout ce qu'elles disent. Ça se tient, je n'en sais pas plus. Mais le quotidien n'est pas si simple. Les femmes ne sont pas faites pour vivre seules. C'est plus facile pour les hommes.

— Je ne crois pas. Les hommes sont vulnérables.

— Je les ai vus faire. Ils se décident vite quand ils veulent une chose. »

Elle avait raison, il le savait, et il se sentit pressé de changer de sujet. Il aurait aimé disposer d'un moment pour étudier la question. Avec la détermination d'un homme en proie à une nouvelle obsession, il aurait voulu saisir l'occasion d'exposer ses propres sentiments, qui étaient inexpliqués, presque déplacés, mais vivifiants et attirants. Il les chérissait comme un père, sachant que, s'il devait s'en détourner, il renoncerait à quelque chose qui était de l'ordre du don. Après une existence de fidélité, il entrevoyait la possibilité alléchante d'abandonner ses grands principes et de céder à l'esprit d'imprévoyance, de subversion, l'esprit qui, pensait-il, animait la plupart des hommes et qu'il avait eu, il s'en avisait à présent, le tort d'ignorer.

« Comment vas-tu faire pour l'argent ? demanda-t-il.

— J'ai obtenu de Tom qu'il me verse une allocation jusqu'à ce que... Mère pourrait en avoir mis un peu de côté. » Elle se tut.

— Si je peux t'aider...

— Merci, Julius. Je savais que tu dirais ça. Tu as toujours été très généreux. Seulement jusqu'à ce que je retombe sur mes pieds, que je sache combien j'aurai pour vivre.

— Oui, bien sûr. Je ferai ce que je peux. Pourtant je dois t'avertir que je ne serai peut-être pas en mesure de t'aider pendant plus de deux ans. Mon bail va expirer ; il faudra en négocier un autre. Si je reste, bien sûr. » Mais il savait qu'il resterait, qu'il avait à présent d'impérieux motifs pour rester.

« Tu ne vas pas déménager à ton âge. Je n'ai pas tellement envie de le faire non plus.

— J'aime encore cet appartement, même si je l'ai pris sur un coup de tête : peu importait où j'étais, il fallait que je me sente chez moi. Mais tout se met à changer. Il y a un nouveau commerce au rez-de-chaussée, et il menace de devenir bruyant. J'ai aussi une nouvelle voisine, bien que je ne la connaisse pas très bien. Sophie Clay », ajouta-t-il pour le plaisir de prononcer son nom. « Tu auras ma nouvelle adresse, bien entendu. Tu ferais bien de me donner la tienne. Quand te reverrai-je ? Tu viendras en ville, je pense ?

— Je ne sais pas. Il vient un moment dans la vie d'une femme où elle n'a plus envie de faire d'efforts, où elle veut laisser ses cheveux libres, porter des chaussures confortables, cesser de chercher à plaire aux hommes. C'est triste à constater, bien sûr. On n'a plus d'avenir. Je l'ai remarqué chez les femmes qui abandonnent. Les hommes tiennent le coup plus longtemps, on dirait. Tu vois des hommes âgés regarder des femmes plus jeunes comme s'il leur restait quelque chose à offrir. Les hommes, je veux dire.

— Il y a des femmes qui savent en profiter.

— Les plus malignes. La plupart des femmes veulent de l'amour.

— Je t'aimais, Josie.

— Je sais. Ça m'a rendue heureuse au début. Mais...

— Je sais, je sais. Le passé me met en colère, moi aussi. C'est déjà bien que nous puissions nous voir de temps en temps. Nous avons l'air de mieux nous entendre à présent. Je ne peux pas me faire à l'idée de ne plus te voir.

— Tu me manqueras aussi. »

Il vit qu'elle disait vrai : il lui manquerait le statut qu'il lui avait autrefois conféré, l'assurance qu'elle avait accompli un destin qui, pour être parfaitement ordinaire, n'en était pas moins précieux, il lui manquerait la certitude reconnue de sa réussite lorsqu'elle traverserait des moments de doute, de dépression ou même de solitude. Jeune, elle avait paru déterminée, réaliste. Surtout réaliste. Il croyait qu'elle avait abordé leur mariage dans un esprit pragmatique, fatiguée d'être condamnée à la compagnie d'autres filles dans le petit logement qu'elles se partageaient. Aujourd'hui, il s'en rendait compte, elle n'était pas restée tout à fait à l'abri des interrogations sur elle-même, elle avait ruminé les fastidieux mantras des magazines féminins, rempli leurs questionnaires et découvert qu'elle était largement d'accord avec le point de vue majoritaire selon lequel tout était affaire de volonté : il fallait faire de son mieux, parfois sans succès, jusqu'au jour où le triomphe personnel serait acquis et pourrait être affiché à la face du monde. Ce point de vue avait sans doute été partagé par sa mère et sa grand-mère. Que la déception puisse succéder à ce moment de triomphe, il le savait aussi. Mais ce moment était essentiel. Même lui pouvait le comprendre.

Les hommes, pensait-il, se mariaient pour des raisons différentes, ils recherchaient une femme à leur convenance, plus ou moins du même milieu, ou alors ils étaient poussés par le besoin de s'établir.

Pourtant, il était disposé à croire qu'ils tombaient amoureux plus souvent, et quelquefois plus dangereusement. Son propre cas, qu'une pudeur tenace l'empêchait de tirer au clair, en était la preuve. Il était assez chevaleresque pour savoir qu'il ne devait pas en parler et il était resté seul trop longtemps pour ne pas savoir quelle perte décisive de dignité en découlerait s'il le faisait. Oui, mais les autres hommes n'étaient pas de bons confidents, et se confier à mauvais escient pouvait entraîner de stupides indiscrétions. Il ne pourrait pas s'offrir le luxe de dévoiler les sentiments qu'il éprouvait pour une autre femme à celle qui avait jadis été son épouse, avec tout ce que cela signifiait. Il pouvait même être assez fier de ne pas avoir cédé à cette impulsion. En même temps, il aurait aimé examiner son état émotionnel dans un cadre plus engageant que ce café à moitié vide, par une matinée maussade d'une saison de plus en plus froide. Ce n'était facile ni pour lui ni pour elle, mais il pensait avoir la meilleure part. Il aurait fait don à Josie de toutes ses possessions matérielles, et trouvé que l'échange en valait la peine si, en retour, il avait pu profiter de cette perspective nouvelle sans être censuré. Il était assez lucide pour savoir que la censure serait prompte, et pas seulement celle de Josie. Si ce public dont il avait rêvé connaissait ses dispositions, les moqueries seraient sans fin. Il était tenu par l'honneur de rester silencieux. L'aveu n'était pas envisageable.

Son secret le plus précieux, celui qu'il devait garder strictement pour lui, c'était que, après des années d'abstinence, il était de nouveau capable d'éprouver du désir. Il doutait qu'aucune femme puisse apprécier ce bienfait, ce don inespéré. Il comprenait pour la première fois que le monde n'était pas un ensemble bien ordonné dans lequel chacun était tenu de faire de son mieux, mais l'arène d'impulsions anarchiques qui défiaient le bien commun, et que les hommes et les femmes étaient divisés en deux catégories : ceux qui partageaient cette connaissance et ceux qui avaient tout bonnement échoué à l'examen. Il regardait avec dégoût les préceptes religieux conçus pour enchaîner les esprits, pour refréner des libertés qui faisaient partie intégrante de la personne humaine. Il s'émerveillait de pouvoir une fois encore apprécier la beauté physique, de sorte qu'un visage inconnu lui donnerait du plaisir, comme s'il pouvait partager ce plaisir avec quelqu'un d'autre. Qu'il n'y eût pour l'instant personne pour recevoir l'aveu de ces sentiments débridés ne le contrariait pas outre mesure. Il lui suffisait de savoir qu'ils avaient une cause extérieure pour lui garantir qu'il ne s'agissait pas d'une simple divagation.

Il vit Josie le regarder, perplexe. Il rit, rougit, but son café froid. « Excuse-moi, je rêvassais. J'ai beaucoup à penser. Cette histoire de bail…

— Où est le problème ? Tu peux te le permettre, n'est-ce pas ?

— Je n'en sais rien. Là est le problème, comme tu dis. Je suis un peu inquiet par moments. Je n'ai pas envie de déménager, je ne le ferai sans doute pas. Mais je ne suis pas à l'épreuve des changements. Personne ne l'est. Oh, je crois que je me débrouillerai. Mais toi ? Comment vas-tu vivre ?

— Eh bien, j'aurai une maison à moi, un jour. Je trouverai probablement du travail.

— Tu as un projet ?

— Dans l'idéal, j'aimerais créer une maison de repos. Je suis infirmière, après tout.

— Ça coûterait beaucoup d'argent ?

— Oh, ne t'inquiète pas, ce n'est pas à toi que je pense. Tu es déjà bien bon d'offrir de me dépanner.

— S'il m'arrivait quelque chose, contacte Bernard Simmonds. Il habite l'appartement de Hilltop Road. C'est drôle comme cet endroit ne sort jamais vraiment de la famille. C'est mon notaire. Il saura où me trouver. Si je déménage, je veux dire. »

Il y eut un silence. Il regardait d'un œil distrait les serveurs mettre la table pour le déjeuner. Au fond de lui, il sentait qu'il n'avait pas pleinement rendu justice à Josie et qu'elle en était consciente. Elle était venue à leur rendez-vous préparée à une discussion sérieuse sur l'argent et n'avait remporté qu'un assentiment rapide et négligent. Et il ne parvenait pas à lui accorder toute son attention. Ayant perdu son ancien désir d'arranger les choses, il faisait ce qu'on attendait de lui et il était prêt à s'en tenir là. Il voyait bien que Josie était un peu déçue de ses réactions. D'une façon générale, il voyait qu'elle était malheureuse et qu'il devrait s'efforcer d'en découvrir la raison. Sa décision de partir lui avait conféré une certaine dignité. Néanmoins, cette dignité était davantage liée au renoncement qu'à sa cause immédiate, la santé déficiente de sa mère.

« Qu'y a-t-il, Josie ? » demanda-t-il doucement.

Elle sourit avec tristesse. « Ça ne disparaît jamais, hein ?

— Pardon ?

— Ce désir d'être avec quelqu'un.

— Pas avec moi, je présume.

— Non, non, pas avec toi. Ni même avec Tom. Il y a un homme qui vient au bureau. Nous prenons un verre de temps en temps. Marié, bien sûr. Pourtant, nous nous entendons si bien… » Elle se tut brusquement. « Tu n'as pas envie d'entendre ça

— Pourquoi ne pas tenir bon ? Voir ce qui en sortira ?

— Regarde-moi, Julius. Je suis vieille. Je ferais aussi bien de l'accepter. Ce qui m'étonne, c'est que je puisse encore avoir des sentiments d'espoir, attendre de le voir, peut-être rien d'autre. Je ne pourrais plus me déshabiller devant un homme maintenant. Comme je viens de te le dire, je l'accepte. La maladie de Mère a dû être le choc dont j'avais besoin. Une fois ma décision prise, j'ai réalisé qu'elle m'avait épargné un tas d'incertitudes. L'humiliation, peut-être. Je garde ma dignité.

— Je t'admire. Je sais combien la dignité peut être incommode.

— Alors tu estimes que j'ai raison ?

— Sûrement. Je sais aussi ce que tu veux dire. Garder sa dignité est une besogne solitaire. Et comme on aspire à l'abandonner. » Ces derniers mots étaient peut-être imprudents. « Quand te reverrai-je ?

— Je n'en sais rien. Je te donnerai un coup de fil de temps à autre, pour garder le contact.

— Quand pars-tu ?

— Le week-end prochain. Et j'ai beaucoup à faire d'ici là. »

Elle prit son sac. « Je ne te dis pas adieu, bien que ce soit sans doute un adieu. Prends soin de toi. Pense à moi quelquefois.

— Tu fais partie de ma vie, Josie, c'est pour toujours. » Il savait que c'était vrai, il était ému, elle aussi. Ils s'embrassèrent avec plus de chaleur qu'ils n'en montraient d'habitude. Il la regarda s'éloigner, la vit courber la tête, puis, résolu à ne pas se retourner, il partit dans la direction opposée.

Elle avait raison : la dignité avait son importance. Mais pas plus que l'impulsion de s'en affranchir

– comme il l'avait appris de son récent réveil. La vision fugitive du monde païen qu'il se représentait était à la fois libératrice et troublante. Elle avait à voir avec le sexe, avec son attente même, et pourtant il préférait l'assimiler à l'amour tel qu'on le décrivait autrefois, ou simplement au libre arbitre, même si la volonté n'y entrait pas pour grand-chose. Il se savait en danger de perdre la tête, à moins qu'il ne l'ait déjà perdue, mais il se soumettait à l'expérience, l'accueillait même avec joie. Il se sentait à nouveau admis dans l'univers des hommes, mais sa place au palais était plutôt celle d'un eunuque ou d'un laquais. Depuis que la monotonie de ses journées avait été miraculeusement éclairée par l'arrivée de Sophie Clay, il avait pris conscience de phénomènes qu'il avait jusqu'alors tenus pour acquis : le mouvement, les images et les sons, le temps qu'il faisait, des visages auxquels il s'était habitué et sur lesquels il lisait une cordialité nouvelle. Il se disait que son intérêt pour elle était innocent, qu'il avait la chance de vivre par procuration la vie d'une personne jeune. Que cette personne fût une femme importait peu, puisque c'était la puissance de sa jeunesse qui le captivait : la force de vie, se disait-il pour se rassurer. Son arrivée avait été aussi spectaculaire qu'une apparition surnaturelle. Un fracas dans l'escalier l'avait précipité hors de chez lui, persuadé qu'on venait de forcer la porte de l'immeuble. Il avait trouvé, lui barrant la route, un sac pesant, et deux jeunes gens, un garçon et une fille, avaient fait leur entrée. Il eut le temps de noter qu'ils étaient très beaux et qu'ils se ressemblaient beaucoup : il les catalogua comme frère et sœur, mais un frère et une sœur sortis de quelque légende, vaguement incestueux. Il avait proposé son aide, avait traîné le sac

154

dans l'appartement du dessous, s'était redressé en essayant d'ignorer son essoufflement, avait tendu la main et s'était présenté. Julius Herz, avait-il dit ; nous sommes voisins, je crois. Sophie Clay, avait-elle répondu. Et voici Jamie. Votre frère ? avait-il demandé. Ils avaient ri tous les deux.

Eh bien, avait-il enchaîné, passablement confus, je vous laisse le temps de vous installer. Au cas où vous auriez envie d'un café, j'habite juste au-dessus. Un café, ce serait parfait, avait dit Sophie Clay. Il eut le temps de remarquer que son appartement était presque vide, à l'exception d'un grand lit et d'un téléviseur monumental. Nous devrions faire connaissance, avait-il suggéré, puisque nous vivons si près. Elle avait levé les yeux vers lui, surprise. Je ne pense pas être très souvent à la maison, avait-elle rétorqué, mais merci, je prendrais bien ce café. Je vous attends donc tous les deux. Pas Jamie, avait-elle précisé ; Jamie doit partir au travail. Elle avait embrassé passionnément le jeune homme avant de le pousser vers la porte. Heureux de vous avoir rencontré, lança poliment Herz à la silhouette qui s'éloignait, dont le pas bruyant avait résonné jusqu'à la rue. Quelques instants plus tard, il entendit claquer une portière, puis démarrer une voiture. Il s'aperçut que d'autres bagages s'étaient ajoutés à celui qu'il avait déjà porté à l'intérieur et il joua de son mieux les manutentionnaires. Habituellement, après de tels efforts, il serait resté assis sans bouger jusqu'à ce que son cœur reprenne son rythme normal. Mais ce jour-là, les mains à peine tremblantes, il entra dans sa cuisine pour préparer le café. Il posa avec prévenance une assiette de biscuits sur un plateau, n'espérant de cette visite qu'une agréable diversion. Il pourrait acheter son journal plus tard dans la matinée.

Lorsqu'ils furent assis, le plateau et les biscuits intacts entre eux, il eut le loisir de remarquer qu'elle était belle, d'une beauté sévère et sans apprêt qui le charma aussitôt. Il se dit que tout homme aurait éprouvé la même admiration pour ses traits réguliers, sa pâleur et ses cheveux tirés en arrière. On aurait cru qu'elle venait de se lever et comptait passer sa journée dans le même style dépouillé, qui différait complètement de celui des femmes qu'il avait connues et qui, toutes, avaient paru soucieuses de se présenter sous un jour favorable. Même Josie, au début de leur mariage, avait passé du temps devant son miroir, brossé sa chevelure rebelle, mis du rouge à lèvres. C'étaient les lèvres pâles de cette fille qu'il trouvait si attirantes, surtout lorsqu'elles s'écartaient pour révéler des dents impeccables. Elle s'était présentée, lui avait tendu une carte avec l'inscription : « Sophie Clay, consultante financière indépendante ». Ça tombe bien, avait-il dit ; vous pourriez peut-être me conseiller. Elle l'avait regardé sans sourire, lui avait expliqué qu'elle travaillait à la City, pour des sociétés, en free-lance ; elle ne traitait pas d'affaires privées. Oh, quel dommage ! s'était-il exclamé, s'étonnant de l'intonation joviale de sa voix ; j'aurais eu plaisir à vous consulter. Elle avait levé un sourcil. Puisque vous êtes ma voisine, avait-il ajouté, se sentant stupide. Si vous avez une question à propos de l'immeuble, n'hésitez pas à faire appel à moi. Je suis généralement chez moi le soir et, bien sûr, en début de matinée.

Il aimait penser à elle, dans son tailleur-pantalon noir, circulant parmi le genre d'hommes qui travaillaient dans les organismes financiers et qui levaient les yeux de leur bureau pour apprécier sa silhouette fine, nette, avant de revenir à leurs calculs. Il aimait penser à elle sortant chaque matin avec son attaché-case et regagnant le soir la maison qu'ils habitaient tous les deux. Il n'en était pas à régler ses heures de sortie sur les siennes, mais il était content lorsqu'elles coïncidaient. Et aussi, il se faisait un plaisir de lui rendre service : conserver un double de ses clefs, signer pour accuser réception d'une lettre recommandée, payer Ted Bishop. L'austérité de son maintien, qui était son trait le plus séduisant, se dissipait un peu en fin de soirée et, malheureusement, la nuit, quand Jamie, supposait-il, était là. Ces moments-là, il avait du mal à les supporter, beaucoup plus que les rires et les conversations du patio, à présent meublé d'une table et de chaises ; parfois on entendait la radio, réglée sur une station étrangère. Il n'avait rien contre les amis qu'elle invitait le soir, dont les éclats de rire étaient clairement audibles. Ils ne semblaient pas sentir le froid ; de temps à autre, ils s'attardaient quand lui était déjà au lit. Il acceptait volontiers ces rumeurs de vie, bienvenues dans un lieu qui avait été si longtemps, si tristement désert. Il supportait moins bien les bruits dérangeants dans la chambre juste au-dessous de la sienne. Pourtant, le matin, elle avait retrouvé son allure de femme d'affaires sérieuse et même sévère quand elle partait au travail avec son attaché-case et son exemplaire du *Financial Times*. Il entendait ses talons claquer sur le trottoir, puis le bruit s'estompait dans le lointain.

Il se disait que l'intérêt qu'il lui portait était paternel, même s'il était, comme n'importe quel homme, sensible à sa beauté. Il n'avait pas d'enfants, pas de petits-enfants, et cette jeune femme, qui devait avoir tout juste atteint la trentaine, aurait pu être sa petite-fille. Cette pensée en entraînait d'autres : des regrets pour sa conduite irréprochable dans le passé, en même temps qu'un désir fou d'en être récompensé avant qu'il soit trop tard. En quoi pourrait consister cette récompense ? Il n'en avait pas la moindre idée, et il n'était pas assez naïf pour se bercer d'illusions à ce sujet. Comme pour la première fois, il aspirait à l'amour ainsi que seuls les jeunes, il le savait, devraient le faire. Il se détournait de l'évidence de son déclin physique, avec son grand corps maigre, ses larges mains rouges, les veines épaisses qui marquaient ses bras desséchés. La présence d'un être jeune, si proche de lui sous le même toit, l'obligeait à maîtriser ses pensées mais, quand il sortait dans la rue, il se découvrait, amusé, des rêveries quasi lubriques. Elles ne se bornaient pas à la personne de Sophie Clay : il voyait partout des femmes qui offraient une possibilité presque oubliée de plaisir. Cette réaction bienfaisante le faisait se sentir plus viril. Il saluait de la main la femme derrière le comptoir de la teinturerie, et il était satisfait de la voir sourire et hocher la tête, comme pour répondre à une invitation qui la comblait d'aise. De même pour les filles au supermarché, qu'il se sentait maintenant porté à taquiner. Tout cela était nouveau, délicieux. Parfois seulement, il prenait conscience de l'absurdité de la situation. Il s'en prenait alors à lui-même : un vieillard s'essayant au badinage, c'était aussi ridicule que le cocu des comédies cruelles qu'il avait étudiées à l'école et qu'il se rappelait avec une pénible vivacité. La mélancolie faisait alors des incursions sournoises. Il la recevait comme une intime, tout en s'efforçant de garder son urbanité, son détachement, et même de s'amuser de son propre cas. Il se transformait en objet d'étude, et passait des soirées entières à disséquer sa conduite. De quoi lui rendre son objectivité, sans l'empêcher tout à fait d'appréhender les dommages possibles.

Dans ce déferlement d'émotions inaccoutumées, il importait de maintenir Sophie Clay hors d'atteinte. Ses impulsions, il pensait qu'elles seraient comprises par quiconque aurait vécu aussi longtemps que lui : le regret, mêlé à l'avidité, à la lubricité. Les vieux adoraient les visages lisses des jeunes, mais ils leur en voulaient aussi, ils auraient même aimé les ravager avant que leurs propres élans ne s'épuisent. C'est pourquoi ils échangeaient tant de remarques fielleuses pour condamner des comportements qui n'étaient plus à leur portée. Ceux qui avaient suivi les sentiers de la vertu étaient les plus implacables. Herz n'avait pas fait partie du nombre, mais il avait été marqué de bonne heure par une éducation qu'il trouvait à présent pittoresque, d'un charme suranné. Manifester du respect, se soumettre constamment aux devoirs qu'il imposait en avaient été l'élément-clef. Qu'il ait pu acquérir la moindre expérience dans ces conditions était déjà un sujet d'étonnement, mais il remarquait que la vie avait sa manière à elle de faire irruption dans les places fortes les plus jalousement gardées, introduisant une note d'anarchie que certains trouvaient intolérable et que d'autres, dont il faisait partie, voyaient comme un don du ciel. De ses lectures, il avait appris que la nature, impitoyable, ne condamnait pas les unions disparates, les encourageait même pour profiter de leurs ressources comiques, ainsi que l'avaient fait les dieux de l'antiquité, qui tenaient à tel point les mortels en dérision que la stupidité dont ces derniers faisaient preuve ne leur inspirait qu'une légère gaieté. Mais il était stimulant de partager un bref instant leur point de vue, de s'armer d'un cynisme qui n'avait jamais figuré au programme de son éducation sentimentale, de laisser tous les principes se perdre pour une fois dans les limbes, et d'effacer la minutieuse hiérarchie d'obligations que la société ne se plaît que trop à imposer. Il était merveilleux, ce dernier moment d'insouciance avant l'extinction finale de la conscience.

Cependant, lorsque, debout à la fenêtre, il guettait le retour de Sophie, il ne se sentait pas très à l'aise. Pourquoi, sinon, reculer dans l'ombre quand il la voyait attendre avant de traverser ? Pourquoi trouvait-il Jamie, son compagnon intermittent, tellement insupportable ? Quand Herz était couché et mêlé malgré lui à l'intimité de la chambre au-dessous, il se demandait comment y faire allusion avec tact. Rappeler, sur un ton guilleret, malgré tout pardonnable, que la maison était mal insonorisée ? Non, ça n'irait pas. Il aurait eu envie d'exprimer de la complicité, ce qui aurait été encore plus ridicule. Et Sophie ne modifierait pas son comportement, car il soupçonnait en elle une certaine cruauté, bien qu'elle n'en ait jamais manifesté. Tout ce qu'elle avait jamais montré était de l'indifférence. Elle le considérait comme un voisin empressé, utile pour la décharger de tâches ennuyeuses, et à qui elle ne portait pas davantage intérêt. Il dormait mal, se réveillait plusieurs fois, honteusement à l'écoute de signes de vie. Il était presque soulagé quand elle partait pour le week-end.

Même alors, il se retrouvait debout à la fenêtre, à attendre son retour.

11

Ses désirs allant grandissant, Herz se levait de plus en plus tôt. Tandis qu'il parcourait les rues encore obscures, dans l'air vide de toute résonance, et que ses sentiments atteignaient un fragile point d'équilibre, il se demandait combien de temps il pourrait supporter ce degré de tension, où le passé riait de sa sottise. Il restait assez lucide pour comprendre que, en s'autorisant cet interlude d'égarement, il serait capable de conserver pendant le reste de la journée un semblant de maîtrise. Parfois, il pouvait se moquer de ce vieux fou qu'il était sans aucun doute ; plus souvent, il retrouvait des bribes de cet élan qui l'avait initialement poussé à s'épanouir, à se libérer. Il savait que quelque chose lui avait été refusé, qu'il valait mieux que le pâle simulacre de vie qu'il avait reçu en partage, même si cette vie avait été édifiée sur les plus raisonnables des préceptes. Il n'avait pas négligé son devoir, ou ses devoirs ; il avait tiré le meilleur parti de ce qui s'était présenté. Il ne s'était jamais trouvé assez libre pour faire des choix. C'était, il le voyait, le problème sous-jacent à son présent dilemme. Une existence passée à observer les règles ne vous prédispose pas au bonheur irréfléchi.

Réaliste, il savait n'avoir rien d'autre à attendre que l'agréable stimulant d'observer une jeune vie de près, comme pourrait le faire un père, ou plutôt un grand-père. Irréaliste, il se souhaitait le plaisir qu'il méritait, ou simplement le plaisir pour le plaisir, modeste récompense après tant d'années de prudence. Des images inconvenantes se présentaient, qu'il goûtait de manière furtive. À de tels moments, il se félicitait de l'aspect banal des rues, encore désertes à cette heure, où s'activaient toutefois de mystérieux jeunes gens qui lavaient les vitrines des boutiques endormies. Sur le chemin du retour, il parvenait à réintégrer son moi habituel et, aidé par la fatigue physique, à redevenir un piéton quelconque parmi tant d'autres, qui émergeaient à présent de l'inconnu de leurs vies privées et adoptaient la conduite normale de ceux contraints de se joindre à la foule. Des voitures démarraient, les autobus se chargeaient de travailleurs ; bientôt, la journée battrait son plein, et il aurait revêtu son déguisement ordinaire. La routine l'y aiderait, et il comprenait qu'elle lui était nécessaire pour rester sain d'esprit. Car il était convaincu d'être passé près de la folie. Il ne s'était jamais abandonné à des sentiments d'une telle intensité. À présent, dégrisé, il percevait un écho de ce qui les avait inspirés : les exigences abyssales de son être.

Fidèle admirateur de Freud, Herz avait un profond respect pour l'inconscient et ses incitations, et savait fort bien faire entrer en jeu des considérations plus élevées. Celles-ci, néanmoins, tendaient à devenir éphémères. En approchant de l'immeuble, il se demandait simplement s'il pourrait croiser Sophie dans l'escalier, ou s'il était encore trop matinal pour elle. Il conservait assez de raison pour savoir qu'il devait s'abstenir de forcer le hasard, de s'attarder, de se répandre en salutations ou d'expliquer sa présence alors qu'on ne lui demandait rien ; il ne devait pas non plus aller et venir sur le trottoir le soir, à l'heure où elle était susceptible de rentrer chez elle. Le mieux qu'il pouvait espérer procédait de l'accidentel, de l'inattendu, comme les fois, assez fréquentes, où elle était à court de lait, de pain, ou d'une autre denrée de première nécessité dont lui était toujours pourvu. Bien qu'elle lui eût confié un double de ses clefs, il n'avait jamais commis l'indiscrétion d'entrer chez elle et il ne le ferait pas : en tant que copropriétaire, cette idée lui déplaisait. Jamie ne le dérangeait pas, il voyait plutôt en lui un adversaire indigne de se mesurer à ses vastes préoccupations. Elles le rendaient un peu plus brusque que d'habitude, même si parfois il levait des yeux surpris, comme réveillé en sursaut. Si on lui posait une question des plus prosaïques – le *Times* était en retard aujourd'hui, prendrait-il le *Telegraph* à la place ? – une seconde s'écoulait avant qu'il ne soit en état de répondre. Il estimait ainsi se conformer à un stéréotype acceptable : celui du vieillard inoffensif, distrait, qui perd un peu la mémoire. À de pareils moments, la tristesse le submergeait. Il n'avait plus envie de se confier, il était même soulagé de ne plus avoir l'occasion de le faire. Brièvement, il songeait à Josie, retranchée dans la petite maison de sa mère, gardant ses pensées pour elle. Ironie du sort : dans une période de nostalgie presque identique, il leur était impossible d'aborder ce genre de question avec sympathie, de reconnaître tristement un certain schéma commun à leurs deux solitudes, de retrouver une forme d'intimité.

Il ouvrit sa porte, se préparant à passer dans l'appartement la plus grande partie de la journée,

jusqu'à ce que la soirée s'offre à une autre promenade. Que celle-ci soit déterminée par le retour de
Sophie, il ne pouvait plus se le cacher ; il veillait seulement, s'il la voyait, à la saluer d'un simple signe de
la main, redoutant le flot de paroles qui pourrait
s'ensuivre. Cette promenade le calmait et l'aidait à se
préparer pour la nuit. Le matin, en revanche, le trouvait en pleine confusion, tel un jeune homme sous
l'emprise de son corps, presque effaré par ses manifestations. Par comparaison, ses journées étaient
presque paisibles. Il parcourait les papiers de son
bureau – archives, lettres reçues ou non expédiées –
comme s'il était sur le point de partir en voyage, de
s'absenter. Au fond de lui demeurait l'idée qu'il
serait peut-être contraint de déménager si, à l'avenir,
il perdait le droit de garder son appartement. Rien,
pour le moment, n'indiquait qu'il ne lui soit pas
possible d'acquérir un nouveau bail ; aucune
demande n'avait été formulée, aucun document ne
lui avait été adressé. En fait, personne ne paraissait
savoir qu'il était là. Mais il était suffisamment fami-
liarisé avec la dépossession – qui avait sans conteste
affecté ses jeunes années, avec des solutions de
fortune comme Edgware Road ou, pire, le foyer de
Freddy à Brighton –, pour pressentir la précarité et
être une fois de plus prêt à l'affronter. Pourtant,
lorsqu'il se mettait à étudier une coupure de journal, conservée pour d'obscures raisons, il n'imaginait pas de tâche plus urgente et se laissait presque
déconcerter par l'obscurité de la fin d'après-midi,
qui lui rappelait que des journées semblables pouvaient être menacées de changement. Alors, la perspective d'une autre promenade tardive et, plus
encore, la compagnie d'étrangers indifférents, le
rendaient à lui-même, de sorte que, à l'approche de la
nuit, il était suffisamment apaisé pour avoir oublié

les bouleversements du petit matin, ces heures irréelles de l'aube au cours desquelles un jumeau plus primitif, plus sauvage, pouvait quitter son abri et détruire jusqu'à la structure de sa vie.

Il n'avait pas l'intention de s'approprier Sophie Clay à ses propres fins, intéressées ou pas. Il voulait seulement l'image d'une amante presque abstraite pour lui tenir compagnie. Il ne savait pas s'il pouvait entretenir cette illusion ou si elle n'était qu'un fantasme réservé en principe à la jeunesse et aux désordres de l'adolescence. Pourtant, il avait lu assez pour savoir que le désir éternel n'est pas simplement un cliché romanesque mais aussi la substance de fictions classiques parmi les plus rigoureuses, et que, tout en étant une faiblesse, celle-ci conférait une sorte d'héroïsme. Il se sentait plus proche des autres hommes, ces petits matins troublés, qu'il ne l'était en restant assis devant son bureau, à trier des papiers sans importance qu'il ne pouvait se résoudre à jeter. Une fois de plus, il fut tenté d'examiner les photos, et, ce faisant, il leur découvrit un pathétique insoupçonné qui le désarma. Malgré ses dérèglements, le moi du petit matin était préférable, plus brutal, mais aussi plus honnête. La journée qui suivait était déjà celle d'un individu sombrant dans la vieillesse. À son réveil, il était presque rassuré par la liberté de ses pensées. C'était, il le savait, la façon dont l'esprit des hommes avait toujours fonctionné. Il ne se racontait pas qu'il était un danger pour les autres, ni pour lui-même, bien que ce ne fût pas si sûr. Il pensait s'en tirer plutôt bien. Il avait juste cessé de se sentir euphorique. Disparue, cette animation qu'il aurait accueillie avec joie, au profit d'une connaissance toujours plus sombre des plus lointaines régions de son esprit.

Quand le facteur vint livrer un colis pour Sophie Clay, il le prit sans réfléchir, à peine conscient du prétexte qui s'offrait ainsi de la voir le soir, mais heureux que cet événement prête un semblant de forme aux heures à venir. Il pourrait ainsi traverser paisiblement cet intervalle de temps sans faire grand-chose, en s'efforçant de contenir l'attente de la rencontre. Il s'avouait même être un peu lassé de son humeur changeante, revoyait presque avec tendresse ses après-midi lointains passés à la National Gallery, alors qu'il était parfois resté insensible à ses tableaux préférés. Il savait que ces instants étaient à jamais perdus, que s'il devait revenir sur ses pas, faire semblant d'être celui qu'il avait été, les tableaux perdraient leur puissance d'émotion. De manière inconcevable, ils présenteraient une surface vide à son regard absent. Ce serait contraire à l'ordre naturel ; ses réactions seraient limitées, amorties, ou du moins agacées. Il serait comme Freddy, laissant volontiers de côté ce qu'il avait en lui de plus noble pour satisfaire ses pulsions les plus accessibles. Il n'était pas aussi courageux que Freddy l'avait été en optant pour le provisoire et ses restrictions étouffantes. Il aimait toujours son confort et l'idée d'un nouveau déracinement le troublait. Mais il savait aussi que son agitation le mettrait en mesure de faire face à des exigences nouvelles si elles devaient se présenter. Le bénéfice entièrement imprévu de sa situation presque intolérable était cette capacité de vivre dans le présent, de calculer les avantages d'un bouleversement plus précieux que la paix et le calme, et ainsi de rester prêt, vigilant, actif et même impatient.

Le colis de Sophie était massif et encombrant. Il dut manœuvrer pour l'introduire chez lui, se demandant un instant si ces efforts pouvaient avoir un effet néfaste sur son cœur. Au milieu de la matinée, il était épuisé, incapable de bouger le petit doigt. L'arrivée de Ted Bishop accompagné de son petit-fils le tira d'un état second.

« Teddy ne vous embête pas, hein ? Je n'ai trouvé personne à qui le laisser.

— J'en suis ravi, dit Herz, heureux de la présence d'un enfant bien réel après tant de fantômes. Tu aimerais faire un dessin, Teddy ? » Un silence, suivi d'un signe de tête affirmatif. « Je vais préparer le thé. Pas grand-chose à faire aujourd'hui, Ted, ajouta-t-il par-dessus son épaule au moment d'entrer dans la cuisine. Juste un brin de ménage en vitesse. Peut-être les fenêtres ? Ou non, si vous ne vous sentez pas d'attaque.

— Non, vous tenez vraiment propre, je dois dire. Pas comme en dessous. Elle a un de ces bazars… » grommela-t-il, désapprobateur, en secouant la tête.

« Viens, Teddy, dit Herz, soulevant le petit corps lourd et l'installant sur une chaise à son bureau. Voilà un joli crayon rouge. » Il referma sa main sur le poing de l'enfant et le guida dans le tracé grossier d'un cercle. « Maintenant, tu essaies. » Mais les gestes hésitants étaient trop faibles ; le crayon n'appuyait pas bien sur le papier. Par chance, il constituait en lui-même une distraction suffisante ; il y eut des allées et venues sur la feuille jusqu'à ce que la rage de l'artiste, ou quelque chose d'approchant, expédie crayon et papier sur le sol. Derrière l'enfant, Ted Bishop expira la fumée de sa cigarette, toussa bruyamment, écrasa son mégot et s'engagea enfin dans une activité plus ou moins fructueuse. Herz emporta le plateau, le lava et le rangea à sa place attitrée dans le tiroir de la cuisine. Il était accablé à l'idée de devoir distraire ses deux hôtes, et il ne parvenait pas à s'y résoudre. Il voulait les voir partir, incapable de leur accorder la même attention que d'habitude, même si l'enfant, tout à fait chez lui, faisait en trépignant le tour du salon dans l'intention, Herz le savait, d'arracher de leurs étagères les livres de la chambre pour en faire un jeu de construction.

« Malin petit bonhomme, hein ? dit Ted. Bon, si vous y voyez pas d'inconvénient, j'en ferai un peu plus la semaine prochaine. Faut dire que mon dos, il va pas fort. » Le récital de symptômes que Herz appréciait d'habitude fut peut-être plus court qu'à l'ordinaire, et moins intéressant. Il était bizarrement distrait, n'arrivait pas à se concentrer sur ce qu'on lui disait ; de toute façon, il l'avait déjà entendu. Il sortit son portefeuille, le signe rituel que les travaux de la matinée lui avaient donné satisfaction, que ce fût vrai ou non. Il donna le crayon rouge à l'enfant, lui ébouriffa les cheveux et le conduisit fermement à la porte.

« À mercredi, alors », dirent-ils en chœur, comme toujours. Et il fut libre de refermer sa porte, de s'abandonner au petit intervalle de calme qu'il s'octroyait généralement en début d'après-midi, avant que la lumière ne commence à décliner, et le jour avec elle, ne laissant plus que l'ombre d'une paix envolée.

Il se leva avec un soupir, se lava la figure, se brossa les cheveux, et sortit pour sa deuxième promenade de la journée. L'animation de la rue, la banalité de la circulation à cette heure où les gens rentraient du travail, le rendirent quelque peu à lui-même. Cette apparente plongée dans la clandestinité, ses absences calculées pour coïncider avec celles de Sophie Clay, sa présence réduite à une forme d'espionnage, le consternaient bien plus que sa vaine obsession. La nature lui avait joué son tour classique : après l'exaltation, la honte et, pis, la conscience de sa propre absurdité. Cela provoquait en lui une tension insoutenable. Il avait le pressentiment qu'il allait atteindre, qu'il atteignait déjà, une sorte de paroxysme, qu'il serait emporté plus avant dans la folie par le pur besoin de faire quelque chose et que, tôt ou tard un désastre arriverait. Avec la partie rationnelle de son esprit, il voyait Sophie telle qu'elle était, ni plus ni moins : une fille séduisante sortie du moule contemporain, décontractée, efficace, indépendante, indifférente aux compliments et aux faveurs. Elle était capable de faire ses propres choix, connaissant ses droits, rejetant les obligations, mettant à profit des propositions spontanées, voyant son avenir sans complications comme une progression directe vers le but qu'elle s'était fixé, quel qu'il fût.

Son esprit lui était impénétrable : il n'avait pas idée de la manière dont cette génération fonctionnait. C'était lui qui se retrouvait à présent membre du sexe faible, privé des signaux auxquels il réagissait autrefois : ces légères modifications de l'attention, les réponses et les sourires plus engageants, les gracieuses indications de l'accessibilité physique qu'il avait appris à décoder. Maintenant, les règles avaient changé ; les hommes devaient se méfier de leurs impulsions les plus naturelles, de leurs avances et même de leurs gestes. Tenir une porte ouverte, donner son siège, passaient aujourd'hui pour de la condescendance, une main posée sur le bras pour une audace indésirable. Ou peut-être même les femmes avaient-elles adopté le solipsisme le plus extrême et s'étaient-elles cuirassées contre ce qu'elles percevaient comme superflu, une diversion, un besoin redondant de se montrer responsables – selon d'autres normes, qu'elles n'avaient pas définies elles-mêmes – de quelque objectif commun mystérieusement pressenti. Inaccessibles, des filles aux tenues strictes envahissaient le territoire des mâles et même s'en emparaient, faisaient l'amour sans se poser de questions. Elles évitaient de prendre de gros risques, vieillissaient différemment, sachant qu'elles n'avaient pas commis d'erreur, n'avaient souffert d'aucune atteinte à leur amour-propre, ne s'étaient pas encombrées de méthodes ou de procédures périmées, bref, étaient restées libres.

Les femmes de sa génération avaient été plus faciles à comprendre, les hommes aussi. Mais leurs bonnes manières, leur soumission à un ordre imposé par les parents, leur avaient laissé un héritage de dépendance gênante, et parfois leurs sentiments les trahissaient, entraînaient des écarts de conduite tel celui où il se perdait lui-même actuellement. Sa génération était capable d'accepter les compromis, d'en voir la sagesse ; on se mariait, on s'établissait avec quelqu'un souvent très au-dessous de l'idéal rêvé, qu'il s'agisse d'amour ou de vie commune. Au bout du compte, on devenait des personnes normales, on accédait aux aspirations de la majorité, comme Josie et lui l'avaient fait. Hélas, ils ne s'émancipaient jamais pleinement, son propre cas le prouvait, de sorte que sur le tard, aux moments les plus inopportuns, leur soif réprimée de liberté – au sens le plus général – se manifestait, les entraînant dans des complications dont ils n'avaient pas la moindre expérience. Cela présentait un danger, celui de mettre sens dessus dessous des vies menées jusqu'alors avec bon sens et correction, dans le respect et l'accomplissement des devoirs, dans le souci de bien faire, des vies où chaque projet était censé mûrir avant de porter ses fruits.

Ces dangers le menaçaient à présent de toutes parts. Une existence entière de bonne conduite l'avait précipité dans une folie peut-être incurable. Son point fort était sa capacité à voir cette folie pour ce qu'elle était : une aberration, l'abandon de tout sens commun. Son point faible était d'être dépourvu de tout moyen de la combattre. Pourquoi, sinon, aurait-il réglé ses déplacements de sorte qu'ils coïncident avec ceux de Sophie Clay, tirant un plaisir masochiste de ses absences calculées, de ses prévenances encore plus calculées, hideux déguisement d'une galanterie déplacée, derrière laquelle se dissimulait le triste sentiment d'avoir été trahi, déchu, d'avoir perdu l'innocence ? Ses journées avaient été façonnées par une idée fixe (car il admettait qu'il ne s'agissait pas d'autre chose) ; alors que précédemment il avait su se comporter avec une certaine dignité, il était devenu ridicule. Même si sa vie n'avait pas été remplie de satisfactions débordantes, l'absence de triomphes éclatants l'avait laissé sans rancœur. À présent, il n'avait conscience que d'une chose : le plaisir, et son manque. Toutes ses pensées en étaient littéralement imprégnées, et sa main se tendait malgré lui comme pour en saisir une autre, son bras s'incurvait autour d'une épaule imaginaire. L'absence de réciprocité ne le troublait pas outre mesure. Seul maintenant importait l'instinct qui s'emparait de cette main, de ce bras, comme si, malgré l'heure tardive, il pouvait libérer des désirs qui auraient dû peu à peu se détériorer en même temps que sa jeunesse, son apparence, et sa santé. Ces indices, ces gestes insatisfaits, témoignaient à

coup sûr de la farce cruelle que lui jouait sa vie no
vécue.

De retour à Chiltern Street, il alluma le
lumières, en vit apparaître d'autres dans les mai
sons en face, se fit un peu de cuisine, écouta le
informations d'une oreille et se rendit compt
qu'aucune lecture, aucun spectacle, ne pouvaien
dissiper cette humeur qui, au fil de la journée, avai
atteint le point critique. À huit heures, il décroch
le téléphone. « Sophie, dit-il, j'ai un colis pou
vous. Voulez-vous venir le prendre ou faut-il que j
le descende ?

— Vous pourriez le descendre ? Je sors de l
douche. »

Elle ne l'appelait plus par son nom, ce qui l
blessa plus que tout et lui renvoya de lui-mêm
l'image d'un simple factotum. Il s'empara du paque
et descendit avec précaution les marches de l'escalier
La porte de l'appartement était ouverte, la radio
jouait, des odeurs de café et d'essence de bain
flottaient jusqu'au palier où il se tenait gauchement
tâchant de caler son lourd fardeau sur un genou
levé. « Sophie ? appela-t-il. Je vous pose ça à l'inté
rieur, près de la porte. » Soudain, il en avait assez d
toute cette affaire. Elle apparut, venant de la salle d
bains dans un peignoir blanc en tissu éponge au
manches larges, les cheveux mouillés, le visage plu
animé que d'habitude, sans doute parce qu'elle sor
tait de la douche. Il laissa glisser son regard vers le
amples plis du peignoir et l'imagina telle qu'il n
l'avait jamais vue : nue.

« Navré d'arriver au mauvais moment, dit-il, tou
jours avec la même note faussement sincère dans la
voix.

— Demain aurait suffi, dit-elle. Mais merci quand
même. »

Avec la serviette qu'elle avait gardée à la main, elle se frotta les cheveux. La manche glissa d'un poignet qu'il trouva très fin. Sans le vouloir, il tendit sa main pour le saisir puis la laissa descendre le long de l'avant-bras jusqu'au tendre creux du coude, où elle s'attarda. Sophie le fixa sans sourire : confus, il retira sa main, chercha une petite plaisanterie pour masquer sa gêne, mais ne trouva rien à dire. « Une peau si douce », balbutia-t-il, aggravant son cas. Elle avait une expression glaciale. « Je vous ai vu me regarder, dit-elle. Je vous ai vu à la fenêtre. Vous avez intérêt à faire attention. Je pourrais me plaindre, vous savez. »

Rien ne pouvait être pire. Il repassa la porte, rentra chez lui le cœur battant à tout rompre. Il s'assit et resta immobile, attendant de retrouver son calme, tout en souhaitant d'être anéanti. Il dut rester ainsi un bon moment, incapable de bouger. Comment allait-il se remettre de cette humiliation ? À une heure tardive, ou ce qui l'aurait été dans son existence bien ordonnée, on sonna à sa porte. « Les clefs de Sophie, s'il vous plaît », demanda Jamie. Sans un mot il les lui tendit. Puis, comme par automatisme, il alla se coucher.

La brève maladie qui le frappa fut presque la bienvenue. Il ne la compta pas comme une affection physique, même si elle présentait les symptômes qu'on associe à une maladie infectieuse. Il diagnostiquait un choc psychique qui ne relevait pas de la compétence des médecins. Le désir avait implosé, le mettant en état de crise. Cela, il l'acceptait. Dans les intervalles de lucidité, il songeait que son comportement amoureux avait été façonné par le passé : il était sans rapport avec le présent. Il était aussi absurde d'improviser l'amour que de prétendre improviser la culture. Il avait commis une erreur de taille qui pouvait seulement attirer le mépris. Mais la colère ? Mais ce dégoût glacé qui le faisait encore frémir ? En même temps, il était en colère pour son propre compte. Une femme adulte aurait su comment traiter une avance indésirable. Cette connaissance aurait fait partie de son répertoire. Une femme adulte se serait contentée de sourire et de s'écarter, comme si l'incident n'avait pas eu lieu. En tout cas, elle n'aurait pas menacé de représailles – ce que Sophie avait fait en signalant de ce ton lourd de signification qu'elle « pourrait se plaindre ». Il se voyait déjà traduit devant une sorte de tribunal moral, composé de propriétaires potentiels auxquels il demanderait en vain une prolongation de son bail. Cela lui paraissait tout à fait vraisemblable. Il était sûr qu'elle avait traité avec « ces gens-là » (une entité encore nébuleuse) au moment d'acquérir son appartement ; pour ce qu'il en savait, elle était dans les meilleurs termes avec eux. Dans un pareil contexte, sa parole à elle prévaudrait inévitablement contre la sienne. Aucun homme ne pouvait rassembler assez d'arguments pour se défendre d'une accusation de harcèlement sexuel. Car son pauvre geste serait amplifié, il prendrait un poids considérable dans le récit et serait au mieux jugé indésirable. Son passé irréprochable compterait pour rien, ses activités seraient écartées comme étant sans valeur. Lui-même les trouvait sans valeur. S'il avait mené une vie plus répréhensible, il aurait su faire face à ce contre-harcèlement, car était-ce autre chose ? Elle avait le droit de le mépriser, d'afficher ce mépris, mais pas celui de le déposséder. Elle devait savoir aussi bien que lui qu'aucune autre imprudence ne se produirait. Il prendrait soin de ne plus la rencontrer à l'avenir ; il continuerait à régler ses sorties sur ses allées et venues à elle, mais cette fois pour l'éviter. S'il avait la malchance de la rencontrer dans l'escalier, il se contenterait d'un signe de tête et d'un sourire. Il n'aurait pas besoin de parler. Il resterait courtois, d'une courtoisie effrayante, comme s'il désapprouvait sa jeunesse du haut de son expérience. Cela, il était vraiment prêt à le faire. Il n'avait aucun mal à s'imaginer dans le rôle. Il s'y sentait déjà.

Mais quelque chose de plus sérieux devait être pris en compte : son désir s'était enfui, ne laissant derrière lui qu'un goût de lassitude amère. Il ne regarderait plus une femme d'un œil favorable, approbateur. Il ne blâmait personne à cet égard, il savait simplement qu'il avait interprété le présent, et même l'avenir, dans les termes du passé, quand il était encore jeune et vaillant. Il payait maintenant le prix d'avoir été une anomalie : un vieillard amoureux. Car il s'agissait bien d'une forme d'amour, à la fois nourri de lui-même et non partagé. De l'amour à l'état pur. Il n'avait jamais envisagé qu'il fût seulement reconnu ; cela devait, à son sens, le disculper jusqu'à un certain point. Il avait commis l'erreur de s'attendre à la sorte de civilité qu'il avait toujours lui-même observée en pareil cas, mais c'était trop demander. N'ayant jamais rencontré d'hostilité dans ses rapports avec les femmes, il devait maintenant accepter la réalité d'une situation différente, et même d'un changement historique. S'il brûlait encore de honte, c'était à cause de son ignorance plutôt que de son inconvenance. Il n'avait pas compris combien il paraîtrait coupable devant ce tribunal qui, il en était sûr, serait composé de femmes. Il imaginait la salle d'audience : des rangées de femmes avec des serviettes et, dans

les tribunes réservées au public, un homme so[li]
taire déchirant ostensiblement son bail.

Le mercredi, Tom Bishop, toujours au mie[u]
quand il était confronté à la décrépitude, lui appor[ta]
une tasse de thé. Il y avait un biscuit dans la so[u]
coupe. Ce petit don émut Herz aux larmes, mais [il]
parvint à les refouler jusqu'à ce qu'il fût seul. [Le]
jeudi il se leva, tremblant, prit un bain et s'habill[a.]
Il se rendit compte, à ses vêtements, qu'il ava[it]
perdu du poids. Il ne se sentait pas bien. Il pensa[it]
avoir mauvaise mine, mais il était difficile d'e[n]
juger car, en se regardant dans le miroir, il ne v[it]
que le dédain de sa mère, la moue amère de so[n]
père.

12

Le silence relatif qui suivit l'incident fut le bienvenu, même si Herz en voyait l'artifice. Il n'y avait pas eu de représailles. Quand il rencontrait Sophie Clay dans l'escalier, il esquissait le geste de soulever un couvre-chef inexistant et passait sans un mot. Elle faisait semblant de ne pas le voir, ce qui lui convenait assez, bien qu'il crût déceler l'ombre d'une réaction dans ses yeux inexpressifs. Il éprouvait maintenant vis-à-vis d'elle de la froideur, de la désaffection, alors qu'en fait elle lui avait rendu service : en mettant au jour ses sentiments les plus fragiles, elle l'avait transformé en ce qu'il aurait déjà dû être : un homme chez qui les principales impulsions vitales étaient mortes, de sorte qu'à présent il n'était plus que le spectre de lui-même. Consciemment, consciencieusement, il jouait son rôle, souriant, inoffensif, de bon citoyen respectueux des lois. Il ne craignait plus d'être démasqué, car celui qu'il était devenu n'avait aucun rapport avec celui qu'il avait été pendant si peu de temps.

Il comprenait cependant qu'un changement fondamental s'était produit. Il était détaché de ses amours antérieures, une rupture avait eu lieu. Il ne recherchait plus de compagnie, acceptant sa solitude comme la réalité qu'il avait tenté de fuir. Elle différait de l'impression de stagnation à laquelle toutes les personnes âgées sont sujettes. Elle était plus radicale, plus fondamentale. C'était un état dominé par l'ironie, un consentement railleur totalement dissocié de la réalité du désir. En même temps, il savait qu'il devait cultiver cette condition posthume et, dans ces limites, il avait parfois la chance d'accéder à un sentiment de mépris distant qui lui permettait de considérer son présent insipide avec une sorte d'amusement amer. On en est donc là, se disait-il : une vie de ferveurs mal placées s'achevant dans l'indifférence, des femmes qui n'avaient pas été les bonnes, des services jamais sollicités, une conformité aux règles qui passait inaperçue parce que les efforts gigantesques à déployer pour les respecter ne présentaient d'intérêt pour personne à part lui. Ce public dont il avait jadis rêvé était resté obstinément absent. Même à présent, il avait peu de relations, mais c'était plutôt un soulagement. Il les saluait par de simples signes de reconnaissance et un code régissait ses rapports avec le reste du monde : un sourire, une main levée, une inclinaison de tête, rien de plus.

L'hiver était si doux que les gens hochaient la tête et prédisaient des inondations, un printemps froid, un été encore plus capricieux que celui de l'année précédente. Il pouvait passer ses journées dans le jardin public, bien emmitouflé dans son manteau et son écharpe, immobile sur son banc, un journal posé près de lui. Souvent, il avait l'endroit pour lui seul ; on n'y voyait personne à l'exception, vers l'heure du déjeuner, de quelques enfants qu'il prenait soin de ne pas regarder afin de s'éviter un regain de sensibilité. Leur apparition lui donnait le signal de se retirer dans un café de Paddington Street où les autres clients, certains connus, d'autres non, avaient les mêmes gestes de salutation. Même ce simulacre de société lui pesait et, quand il estimait que les enfants étaient retournés à l'école, il regagnait son banc et se concentrait de nouveau sur des phénomènes observables : une feuille morte glissant lentement en travers de l'allée ou, plus engageante parce que évocatrice du printemps, l'empreinte sur le sol humide d'un pétale écrasé en provenance de l'un des parterres, pour l'instant plutôt dénudés. Dans ce mois de novembre presque toujours baigné d'une brume laiteuse, passer son temps de cette manière n'avait rien, à son sens, de terriblement excentrique : c'était, après tout, une façon de prendre des vacances, dans la lignée de celles d'autrefois – des vacances en grande partie consacrées à cette passivité qu'il savourait maintenant, ou du moins qu'il acceptait.

Il ne regrettait même pas leurs horizons plus vastes, mais il aurait aimé une autre vue que celle de la maigre végétation qu'il était réduit à contempler. Dans l'idéal, il imaginait une large allée peuplée de couples en promenade, dont l'intimité lui aurait inspiré de l'affection. Ces couples passaient devant son œil intérieur dans un lieu de villégiature, un espace purement conceptuel empli de figures du passé qui, sorties de ses lectures, lui étaient familières. Au lieu de cette brume de novembre, il envisageait un soleil léger, pas le soleil du sud mais une lumière qui adoucirait le tranchant d'une réalité très éloignée de l'espace autorisé du jardin, avec ses sièges en bois, ses poubelles et son silence, interrompu seulement par l'arrivée des enfants ou, parfois, du jeune homme à l'attaché-case. Il s'asseyait sur le banc d'en face,

passait sur son portable quelques appels indis
tincts, se levait, puis repartait, au bureau san
doute. Herz aurait aimé lui demander quelle éta
sa profession, mais il comprenait que cet intér
aussi appartenait à son passé respectueux de
conventions. La réponse ne lui serait parvenu
qu'à travers un brouillard d'indifférence. Mieu
valait ramener son attention à cette dernière feuill
frémissante, solitaire, accrochée à une branche d
grand arbre dégarni tout proche, ou à ces traces d
pas humides laissées par un passant. À présent, i
aimait la nature, il s'était dépris de l'art. Les signe
de vie qui se présentaient l'impressionnaient pa
leur caractère discret, isolé ; la feuille était san
rapport avec les empreintes de pas et pourtant,
cause de leur humilité même, les deux spectacle
étaient profondément absorbants.

Le crépuscule était précoce et sa douceu
compensait l'absence de soleil. Alors, Herz se leva
avec raideur, ramassait son journal à présent humid
et, rassemblant son courage, prenait la direction d
sa rue. Une pluie légère tombait presque toujour
vers cette heure-là, et il pouvait goûter certain
signes de la ville : la lumière des réverbères tom
bant sur les trottoirs humides, son reflet dans un
flaque, l'animation du supermarché où il devai
acheter les ingrédients d'un modeste repas, les écla
boussures, plus loin, d'une voiture qui manœuvrai
trop près du caniveau. Sa rue, encore vide, l'impres
sionnait par la bizarrerie abstraite de ses brique
rouges, ses bords rectilignes, sa symétrie impla
cable. En introduisant sa clef dans la serrure, i
saluait d'un geste les jeunes gens de la boutique
Mike et Tony ; l'un d'eux levait une tasse pou
l'inviter à venir prendre le thé avec eux ; du mêm
geste, il refusait avec un sourire. Il les aimait bier

tous les deux et veillait donc à ne pas les encombrer de sa présence. Il leur rendait de petits services, rentrait le lait pour eux et le leur gardait jusqu'à ce qu'ils arrivent pour l'ouverture, conservait un double de leurs clefs, comme il l'avait fait auparavant pour Sophie Clay. C'était une bénédiction – inespérée dans les circonstances actuelles – que le magasin le dérange si peu. Les téléviseurs étaient mis en marche dès l'arrivée de Mike et de Tony, mais leur son lui parvenait assourdi, semblable au bruit de la mer, et seules quelques bribes de programme en émergeaient quand un client demandait une démonstration. Ces jeunes gens, il les regardait avec affection, comme des travailleurs et même des collègues, se souvenant des heures qu'il avait lui-même passées dans la boutique de disques ; il savait à quel point était contrariante l'arrivée d'un client juste avant cinq heures, et avait encore à l'oreille le bruit des clefs au moment de la fermeture… De retour chez lui, il buvait son thé avec un sentiment de solidarité, souvent debout à la fenêtre pour reposer son dos après être resté assis depuis le matin dans le jardin humide. Il se tenait là jusqu'à ce qu'il voie partir Mike et Tony. Parfois, l'un d'eux levait les yeux et lui faisait signe. Dès qu'il entendait le martèlement familier de talons hauts, il reculait dans la pénombre de son salon. Il évitait soigneusement d'être près des fenêtres, sur rue et sur cour ; quand ses lumières étaient allumées, il tirait les rideaux pour achever de se dissimuler, se proclamer inabordable. Alors, la soirée commençait, languissant prélude à une nuit qui pouvait ou non lui offrir le sommeil. Il rêvait rarement, ce qui le décevait beaucoup. Comparée au souvenir des images si vives d'autrefois, cette absence lui apparaissait comme le signe d'une existence disparue.

Restait un dernier rite à observer avant de pouvoir se dire que la journée était finie. Son bail, tiré du deuxième tiroir de son bureau où il voisinait avec l'ébauche du testament qu'il avait l'intention de remettre à Bernard Simmonds, devait être relu de près, au cas où le mot « renouvelable » lui aurait échappé jusque-là. Mais non. Les deux documents, bail et testament, étaient illusoires, puisqu'il n'avait nulle part où aller et rien à léguer. Il aurait laissé l'appartement à Josie s'il promettait de lui appartenir, mais il le sentait lui échapper, comme s'il perdait peu à peu son emprise sur lui. Il n'y avait eu aucun rappel, aucune marque d'effervescence, mais il avait appris des deux jeunes gens du magasin que l'immeuble avait changé de mains, qu'il avait été confié à une société de gérance et que ces individus rassemblaient leurs forces en ce moment même pour donner un assaut en règle. Cette perspective ne l'effrayait plus : l'appartement avait perdu pour lui ses vertus dès qu'il avait compris que tout lieu lui serait désormais plus ou moins étranger. Mais son revenu était modeste, cet appartement son unique bien. En le vendant, il pourrait réunir un capital plus important. Il en était presque arrivé à la conclusion qu'il pourrait payer un loyer au lieu d'acheter, mais avait-il le choix ? Seule une disparition totale permettrait de laisser quelque chose à Josie ; s'il vendait l'appartement et mourait ensuite au plus vite, elle pourrait hériter de l'argent restant. Ces préoccupations l'assaillaient chaque soir à la même heure et n'étaient pas résolues de sitôt. Seul le silence humide du jardin le tenait éloigné d'elles ; son soulagement, limité au temps qu'il passait là-bas, se dissipait aux approches de Chiltern Street. Une fois dans l'appartement, il n'en restait plus trace.

Le soir de ce qu'il se rappelait vaguement être son anniversaire, il téléphona à Bernard Simmonds pour l'inviter à dîner. Il avait toujours plaisir à constater que ses invitations étaient reçues avec chaleur. Cette cordialité, cette sympathie étaient sûrement un attribut professionnel, très apprécié par les clients de Simmonds, mais Herz avait l'impression que celui-ci éprouvait à son égard un sentiment plus personnel : il s'était fait de lui l'image d'un ami plus âgé qui aurait été capable de dispenser de sages conseils, mais s'abstenait de le faire avec un tact admirable. Et puis leur argent coulait de la même source, cet argent auquel chacun estimait n'avoir aucun droit, tout en en profitant sans plus de considération pour le donateur. Cet élément, qu'ils négligeaient d'évoquer, leur donnait l'illusion d'un héritage commun. En l'absence de quelque chose de plus direct, il constituait un lien, un de ces liens mystérieux que l'on sent plutôt que d'en parler explicitement. Leur mystérieux parrain, après les avoir réunis, agissait comme un ancêtre sans qui leurs rapports seraient restés plus formels. Ils décidèrent de se retrouver en ville, au restaurant où Herz avait pris l'habitude d'inviter Josie. Il avait averti Simmonds que cette rencontre tiendrait de la consultation, indiquant par là qu'il s'attendait à ce qu'elle lui soit facturée. Les honoraires de Simmonds, généralement faramineux, ne seraient pas mentionnés pendant le dîner, une petite courtoisie que Herz appréciait. La note arriverait à son heure, sans commentaire et, sans commentaire, elle serait payée.

« Vous avez bonne mine, dit-il tandis qu'ils dépliaient leurs serviettes.

— Pas vous, Julius. Vous êtes sûr d'aller tout à fait bien ?

— À mon âge personne ne va tout à fait bien.

— Oh, je suis désolé.

— Ce n'est rien. J'ai eu une espèce de grippe.

— Vous avez vu votre médecin ?

— Non, bien sûr que non. De toute façon, je ne crois pas aux médecins. Non, c'est de Josie que je voulais vous parler. Je vous ai écrit pour vous demander de lui assurer une petite pension.

— On s'en occupe. Mais vous êtes bien décidé ? Vous n'avez aucune obligation, vous savez.

— Tout à fait décidé. Mais ce n'est pas tout. Je veux lui léguer un peu d'argent. Tout est dans ce brouillon de testament. » Il tendit ses deux documents. « Comme vous le verrez, il se peut que je ne laisse rien. Apparemment, mon bail n'est pas renouvelable. Pour léguer de l'argent à Josie, il faudrait que j'en aie. Et pour en avoir, il faudrait que je reste dans mon appartement. Si je dois en acheter un autre – à un prix sans doute exorbitant – il ne restera plus rien.

— Vous pouvez toujours devenir locataire à l'expiration du bail.

— Ça poserait un problème, non ?

— Pas du tout. Ou vous pourriez vendre maintenant.

— Qui irait acheter un bail de trois ans ? Personne ne serait aussi bête.

— Détrompez-vous. Il y a toujours des entreprises en quête d'appartements pour leurs cadres. Les contrats sont de courte durée, un an, deux ans. Vous n'auriez aucun mal à trouver.

— Mais où irais-je ?

— Une de mes clientes – je ne devrais pas vous le dire – a eu un problème du même ordre à la mort de son mari. Elle s'est installée dans un hôtel du midi de la France, s'est arrangée avec la direction, pour payer une mensualité fixe pendant un certain temps, puis elle s'est retrouvée plus ou moins indépendante. Le directeur et elle étaient en excellents termes : lui voyait tout l'intérêt d'une cliente qui occupait une suite pendant la saison creuse aussi bien que l'été. À sa mort, il s'est même occupé des obsèques.

— Je vois. » Un silence. « Je ne me sens pas bien dans les hôtels. Ils me donnent l'impression d'être un fugitif.

— Il y a aussi des résidences.

— Un genre de maison de retraite, vous voulez dire ? Perspective encore plus charmante…

— Vous pourriez toujours prendre un autre bail pour votre appartement actuel. Voulez-vous que je me renseigne ? Je crois que votre immeuble a changé de mains récemment. Ils comptent rénover, j'imagine.

— Pourriez-vous faire ça ? Je n'ai vraiment pas envie de partir. Et je tiens à laisser quelque chose à Josie.

— Je crains que ce ne soit pas possible.

— Oui, je vois. » Il pensa à la pauvre fille, aussi perdue que lui, et si dépendante de lui pour son avenir. Et puis, à regret, il l'abandonna à son destin. Après tout, ils se retrouveraient chacun dans une situation périlleuse. « C'est juste que j'aurais aimé améliorer les choses avant de mourir. Améliorer les choses, c'est ce à quoi j'ai aspiré toute ma vie. Je n'ai pas fait merveille.

— Allons, voyons, Julius.

— Si nous étions restés en Allemagne j'aurais étudié, j'aurais eu une vraie profession, je serais devenu un monsieur, comme mon père à l'origine. Je ne peux pas m'empêcher de voir en mes propriétaires des spoliateurs : l'ombre du passé, peut-être.

Ce pays m'a bien accueilli, mais je n'arrive jamais tout à fait à me sentir chez moi. Voilà pourquoi vous me voyez si hésitant : cette simple question d'adresse permanente me pose des problèmes incommensurables. Comme si quelque chose pouvait être permanent à mon âge. Et, bien entendu, je vous serais reconnaissant si vous acceptiez de traiter cette affaire pour moi. Je serais heureux de vous laisser carte blanche. Si vous n'êtes pas trop occupé, naturellement.

— Je verrai ce que je peux faire. Ne soyez pas surpris si je tarde à vous donner de mes nouvelles. J'ai pas mal de préoccupations ces jours-ci. » Il eut une expression mi-effrayée, mi-vaniteuse. « Deux préoccupations, en fait. La première, c'est que Helen veut qu'on se marie. La seconde, c'est que je vois quelqu'un d'autre.

— Oh là là ! » C'était si sincère qu'il dut ajouter : « Vous ne pouvez pas faire les deux ?

— Pas vraiment. Toutes les deux tiennent à un engagement, comme elles disent.

— Quel formalisme !

— Et j'ai besoin d'un peu de liberté ! s'écria Simmonds. Je pensais que nous avions conclu un arrangement, Helen et moi...

— Vous êtes sûr d'avoir besoin de liberté ? La liberté a ses avantages mais aussi ses inconvénients. Sans obligations, on en fait souvent moins que plus.

— J'ai des obligations, protesta Simmonds. Elles sont professionnelles.

— Je me marierais, si j'étais vous. C'est important d'avoir quelqu'un à retrouver le soir.

— En fait, mes soirées sont bien pourvues. Je crois pouvoir le dire sans peur d'être contredit. »

Herz fut alarmé par le ton combatif de cette remarque. « Vous êtes amoureux, c'est clair. L'amour et la liberté sont incompatibles, même si la liberté semble nous attirer à chaque passion nouvelle. C'est une illusion, Bernard. La liberté, je veux dire. Ça n'existe pas. En théorie, je suis libre. Pourtant, si je changeais de nom, si je partais pour un autre pays – les deux seraient à ma portée –, je ne serais pas libre, pas plus que maintenant. Vous, de votre côté, vous avez la liberté de vous marier, comme vous l'aviez déjà. On n'a pas éternellement le choix. Et la liberté, après tout, consiste à avoir le choix. Je vois que tomber amoureux vous a bouleversé, mais c'est toujours ce qui se passe. Parfois, les émotions liées à la rencontre sont vives mais trompeuses. Les sentiments personnels prennent peu à peu le dessus. Est-ce que votre nouvelle amie tient vraiment à vous ?

— Je crois, oui.

— J'imagine que la loyauté compte dans ce domaine. Plus que la fidélité. La fidélité sexuelle, s'entend. Peut-être devez-vous cette loyauté à Helen ?

— Elle ne me facilite pas les choses.

— Pourquoi le ferait-elle ? Les femmes semblent avoir davantage besoin de stabilité que les hommes. On publie des ouvrages sur la question ; toute une industrie s'est développée en Amérique. J'ai ramassé le journal que quelqu'un avait jeté, l'autre jour, et j'ai lu un article à ce sujet. Ça disait... » (En fait, il avait dévoré l'article, assis à l'abri des regards dans le jardin, et il avait presque décidé d'acheter la suite de l'enquête le lendemain avant d'être rendu à la raison par l'arrivée des enfants en fin de matinée.) « ... il semble y avoir une incompatibilité authentique. Un autre café ? » Il se demandait comment ramener poliment la conversation sur ses propres affaires. Il était conscient d'avoir blessé son interlocuteur. « Non, non, laissez, j'insiste », dit-il quand on présenta l'addition.

Simmonds continuait à ruminer. Enfin il se reprit. « Je vous fais signe, promit-il. Soyez patient. À mon avis, vous devriez prendre des vacances. » (Tout le monde le lui disait.) « Ou faire un check-up. Voyez votre médecin ; remettez-vous en forme. Vous êtes très maigre, vous savez.

— Une simple grippe. Je vais bien, je vous assure. » Mais il savait qu'il mentait. Il était souvent hors d'haleine ces derniers temps, raison de plus pour se ménager. Dans la brume du jardin désert, personne ne le voyait porter une main à son cœur pour vérifier ses pulsations rapides, parfois irrégulières. Il mettait ces symptômes sur le compte de sa récente mésaventure, qui s'était déguisée en maladie comme pour le ridiculiser davantage. En cet instant, il avait hâte de rentrer chez lui, de peur que le désarroi qu'il sentait monter ne devienne visible. Il paya l'addition, ajouta, comme à son habitude, un généreux pourboire. Il espérait trouver un taxi sans tarder. « Comment allez-vous rentrer ? demanda-t-il poliment.

— Par le métro. Oh, à propos, cette lettre est arrivée pour vous. Quelqu'un qui vous croyait encore à Hilltop Road, manifestement. J'aurais dû la faire suivre. Vous avez raison, j'ai négligé mes devoirs. » Il était si dépité que Herz l'aurait volontiers embrassé. Il se contenta de lui tapoter le bras et de dire : « Je vous suis si reconnaissant, Bernard. Comme toujours. À bientôt. » Il glissa la lettre dans sa poche sans la regarder. Le soulagement de rentrer chez lui était tel qu'il l'y oublia, jusqu'à ce qu'un léger froissement au moment où il retirait son manteau l'incite à la poser sur son bureau. Ensuite, une affaire autrement plus sérieuse s'imposa d'urgence : se mettre au lit. La lettre pouvait attendre. De toute façon, rien ne pressait. Une lettre envoyée à Hilltop Road ne pouvait guère avoir de rapport avec la précarité de sa situation actuelle. Une fois encore, il regretta cet appartement presque ancestral, si différent des logements de fortune qui s'étaient succédé après les années passées à cette adresse et dont Chiltern Street était le plus récent avatar.

Le bruit de la pluie l'éveilla d'un sommeil bref mais profond. Il consulta sa pendule : deux heures et demie. Il savait par expérience que la nuit était terminée pour lui et, à cet instant, il décida de retourner voir le médecin si peu compatissant et de lui demander des cachets pour dormir. Les ténèbres étaient trop propices à de pénibles réflexions. Il était particulièrement lucide et pas très satisfait de lui-même. Ce malaise était lié au dîner avec Bernard Simmonds, à leur conversation, et surtout au rôle qu'il y avait tenu. Il s'était montré à la fois désinvolte et sentencieux, tel un auditeur inattentif. Pourtant, ce n'était pas de l'inattention : de la circonspection plutôt, de la répugnance à entrer dans une discussion sur les histoires d'amour de l'autre, ou d'ailleurs de n'importe qui. Ces questions ne le concernaient plus, et pourtant il avait flairé chez Bernard une certaine complaisance, le plaisir de s'être mis dans une situation difficile, la légère chaleur qui émanait de lui tandis qu'il étalait ses références : pas une femme, mais deux ! Il avait senti que Herz, malgré sa lassitude et sa répugnance, le félicitait en silence. De quoi prêter à ses propos édifiants et moralisateurs une certaine ambiguïté. S'il avait été capable de passer outre aux conventions qui donnaient le ton à leurs rencontres, il aurait exhorté Simmonds à obéir à ses instincts, à renvoyer au passé les règles de bonne conduite et à imposer sa volonté aux deux femmes, sa compagne de longue date et sa nouvelle maîtresse. En agissant ainsi, il aurait pu gagner cette liberté idéale que les réflexions judicieuses de Herz avaient tout fait pour lui gâcher.

Les idées personnelles de Herz sur la liberté, fondées sur les plus nobles préceptes, avaient été ébranlées récemment par sa brève illumination. Il reconnaissait ces signes en Simmonds mais pensait ne pas devoir encourager ce qui, chez son cadet, appelait sa compassion. C'était bien de la compassion qu'il réclamait. Il aurait dû écouter poliment, respectueusement cette confession ; au lieu de quoi il s'était réfugié dans un verbiage de vieil homme dont le cynisme n'avait d'égal que le manque d'à-propos. Son expression même, pensait-il, avait pu trahir son refus d'en entendre davantage, mais il avait la certitude d'être resté aussi gravement attentif que toujours, peut-être un peu moins maître de lui qu'il ne l'aurait souhaité. Surtout, il avait eu une réaction d'impatience qui englobait à présent la pièce obscure, la pendule et tous les autres accessoires de son cadre si soigné et à présent menacé. Il aurait aimé écrire un mot à Simmonds en s'excusant d'avoir été si préoccupé, mais il savait qu'il n'en ferait rien, car ç'aurait été aggraver l'offense. Il aurait aimé aussi, dans ce mot qu'il n'écrirait pas, rappeler à Simmonds que la question de son bail devait prendre le pas sur les problèmes sentimentaux, mais il savait qu'il n'en ferait rien non plus. Il garderait le silence et attendrait de voir ce qui allait se passer, puisque c'était ce qu'on attendait de lui. Au début de la nouvelle année, il proposerait un autre dîner pendant lequel il se tiendrait en garde contre ses propres imprudences de langage, tout en donnant à Simmonds pleine licence de se livrer aux siennes. C'était également ce qu'on attendait de lui.

Il pleuvait quand, le lendemain, il partit pour le cabinet de Paddington Street, commodément proche du jardin public, qui, supposait-il, resterait inaccessible pour le reste de cette sombre matinée et sans doute pendant les suivantes. Noël marquerait le nadir de l'année, après quoi commencerait la très lente ascension vers la lumière. Un instant, il caressa des rêves d'évasion : un paysage de villégiature, peuplé de promeneurs nonchalants, passa une fois de plus dans son esprit, même s'il savait l'avoir inventé. Il revit aussi un plat de verre cannelé dans lequel sa mère avait l'habitude de servir un gâteau au chocolat le samedi après-midi. Ces éclairs de mémoire qui surgissaient à l'improviste le ravissaient et le divertissaient de ses ressassements quotidiens. Ils lui venaient dans la journée, en pleine lumière, plutôt que la nuit, où son état de veille, mystérieusement, était voué à des pensées rationnelles. Il en déduisit que ces heures nocturnes avaient leur utilité et décida de renoncer à sa visite chez le médecin : les somnifères pouvaient attendre. De toute façon, les nuits posaient moins de problèmes que les jours, qui pouvaient être gâchés par le mauvais temps. Il revint sur ses pas, distrait par le souvenir de ce plat de verre et de ces lointains week-ends à Berlin où les amis leur rendaient visite. Il comprenait maintenant que l'attachement de sa mère à Bijou Frank avait été une tentative pour faire revivre ces usages, dont rien ne demeurait à présent. Dans l'appartement, il se résigna à passer une journée sans sortir, perspective qui, d'habitude, le consternait. Sur le bureau, il vit la lettre que Simmonds lui avait remise la veille au soir mais, au lieu de la lire, il reprit son livre de Thomas Mann et se plongea avec gratitude dans le paysage, si bien remémoré, si familier, d'un passé bourgeois.

13

La lettre, insuffisamment affranchie, avait mis du temps à atteindre Hilltop Road, et plus encore Chiltern Street, par l'entremise de Bernard Simmonds. Avant de s'installer pour la lire, Herz jeta un coup d'œil à la signature : Fanny Schneider (Bauer). Il s'y était plus ou moins attendu d'après l'écriture distinguée qui couvrait de nombreuses pages de papier fin. C'était l'écriture d'une dame portée à s'épancher sur ses rapports avec le monde sans trop prêter attention aux réactions de celui-ci. Ayant cessé d'attendre cette lettre qui lui aurait épargné bien des inquiétudes et des déceptions, Herz fut surpris d'éprouver si peu d'émoi à présent qu'il l'avait sous les yeux. Comme tous les messages qui arrivent trop tard, celui-ci avait manqué son but, perdu son intérêt. Il garda ces minces feuillets en main pendant quelques secondes, se demandant pourquoi ils le laissaient à ce point indifférent. Leur contenu n'importait guère. La réalité de Fanny Bauer avait perdu toute consistance au cours de tant d'années d'absence. Il pouvait encore évoquer le sentiment de séparation qui avait dû rester latent depuis leur dernière entrevue. Elle avait abouti à un fiasco, qui l'avait laissé honteux et confus, sa demande en mariage rejetée sans hésitation sur l'improbable toile de fond du Beau Rivage. À peine l'avait-elle repoussée que Fanny ramassait son sac et rappelait à sa mère qu'il était temps de se changer pour le dîner. Et celle-ci, en qui il avait du mal à reconnaître son éblouissante tante Anna, l'avait suivie sans un mot, réservant à Herz un regard lourd de signification : elle acceptait l'hommage rendu à sa fille comme un dû, mais lui signifiait aussi qu'un tel hommage n'était plus de saison – il n'était plus un jeune garçon, il avait passé l'âge de la ferveur sans progresser beaucoup sur la voie de la réussite matérielle. Peut-être en effet avait-il trahi son ardeur en faisant sa demande, si peu séante dans ce cadre, cette pièce au plafond haut où il s'était soudain senti complètement seul.

Peut-être que la séparation datait de bien avant, de cette fête d'anniversaire enfantine où il avait été en adoration devant sa cousine, admirant ses airs hautains, primesautiers, souhaitant qu'ils ne s'adressent qu'à lui. Avec le temps, il en vint à saisir ce que son comportement avait d'artificiel, mais il ne le lui reprochait pas. Tout simplement, elle était mieux préparée que lui à vivre dans le monde. Il comprit qu'elle se montrerait exigeante, vite ennuyée, sans chercher à dissimuler son ennui, si bien que les autres s'évertueraient à la distraire, et plus tard à la taquiner. Dans ces conditions, une déclaration sincère d'amour ou de fidélité paraîtrait incongrue, comme formulée dans une autre langue. Déjà, à l'occasion de cet anniversaire, il s'était aperçu qu'elle était cruelle, alors qu'il était, lui, condamné à la fidélité. Ne l'avait-elle pas méchamment rabroué quand il avait mal compris le jeu auquel ils se livraient et dont elle avait pris l'initiative ? C'était une sorte de jeu de la vérité, avec des défis et des gages, une de ces comédies humiliantes où l'on doit user d'un maximum de ruse pour éviter de perdre la face. Il avait lamentablement échoué, et on l'avait jugé si stupide que Fanny l'avait congédié, le reléguant dans un coin où il était resté assis, un sourire perplexe sur les lèvres, tandis que les autres continuaient sans lui.

Ce sentiment d'exclusion lui était resté, il avait marqué toutes ses actions ultérieures. Par-delà les années, il pouvait encore se rappeler la douleur dans chacun de ses tristes détails, alors qu'à l'époque il n'avait pas pressenti l'émotion adulte qu'elle allait devenir. Et à Nyon, reconnaissant que son rejet était inévitable, il avait regretté que Fanny ne lui laisse pas plus de temps pour la contempler, pour comprendre les changements qui s'étaient produits dans son apparence, pour parler de leurs vies et si possible de leurs senti-ments. Cela ne lui avait pas été permis : les années avaient provoqué des changements trop nom-breux pour qu'il fût possible de les décrire, même s'il avait eu du temps pour le faire, comme il l'avait vainement souhaité. Toutefois, sa tante l'avait invité à dîner avec elles. En apprenant qu'il repartirait le lendemain matin, Fanny avait souri, mais s'était bornée dans la conversation à des remarques anodines, adressées pour la plupart à sa mère.

Il avait discrètement étudié la nouvelle silhouette plantureuse qui lui faisait face ; il la trouvait encore belle, même si elle était à présent plus pâle que dans sa jeunesse : ses yeux étaient aussi brillants que dans son souvenir, sa chevelure aussi sombre. Ses mains potelées étaient celles d'une femme qui ne travaille pas et passe ses journées à se faire choyer. Il n'avait pas eu de peine à se souvenir qu'elle était veuve, car elle avait le regard indolent de quelqu'un qui n'est plus troublé par les sens. Il s'était même demandé si elle avait aimé son mari, Claude Mellerio, ou si le mariage n'avait été pour elle qu'un arrangement pratique, agencé par sa mère. Face à ce calme déconcertant, il s'était dit qu'elle devait être de nature passive, donnant du plaisir en raison de sa passivité mais n'en prenant aucun en retour. Il se rendait compte que, dépourvue en cela d'un attribut sexuel vital, elle n'en continuerait pas moins de piquer l'intérêt. Sa maîtrise d'elle-même avait à elle seule quelque chose de provocant. Il doutait qu'aucun homme ait pu la lui faire perdre, ou le puisse un jour.

Se promenant près du lac le lendemain matin de très bonne heure, il pensa que là résidait la différence entre eux, que son assiduité auprès d'elle rencontrerait toujours l'indifférence, et il comprit que cette disposition ne le visait pas seul mais la gent masculine en général. Il vit qu'elle ne serait jamais sensible à l'élan amoureux d'un homme, ni même à ses impulsions physiques, et qu'elle serait plus heureuse en compagnie de femmes, surtout de sa mère. La transformation de la fillette pétulante de l'anniversaire en cette femme digne et sereine n'était pas totalement inexplicable : n'ayant jamais compris que d'autres puissent être emportés par leurs passions, elle avait confondu ses caprices avec des sentiments, n'était jamais sortie de la chrysalide de l'enfance, était demeurée étrangère aux émotions adultes, à l'aise seulement avec celles qui servaient son propos. Que ce propos fût de vivre entourée d'égards, dans des conditions avantageuses, avait sans doute motivé son mariage. Les considérations pratiques devaient primer pour les deux femmes : Mellerio leur promettait une existence confortable et respecterait leur intimité. Le veuvage, pourtant, à en juger par leurs expressions, convenait encore bien mieux à Fanny et à sa mère. Leur attachement à l'hôtel, qui semblait tellement leur cadre naturel, exprimait en fait un sentiment sincère : c'était leur dû. Le veuvage représentait pour Fanny l'équivalent d'une retraite honorable. Quelle impression Herz avait-il pu faire, avec la poussière d'Edgware Road encore symboliquement attachée à ses semelles ? Comment avait-il pu imaginer que cette créature délicate allait consentir à quitter son environnement ? Sa propre humilité, sa conscience de l'énormité de ce qu'il demandait, avaient contribué à le préparer au refus ; néanmoins, il avait été refroidi par la façon négligente avec laquelle Fanny l'avait éconduit. Elle avait gardé ses airs supérieurs ; sa bouche suave abritait une langue acérée. Ainsi avait-elle régné, grâce à un mélange de détachement et d'habileté à se défendre qui confondait ceux qui étaient en quête de sentiments plus profonds. Elle pouvait irriter un homme mais aussi l'intriguer. Que voulait-elle ? aurait-il pu demander. Qu'on me laisse en paix, aurait-elle répondu, si elle avait été d'humeur à répondre.

En partie disculpé, Herz avait alors regardé le soleil se lever sur le lac, se reprochant sa sottise, puis il était retourné à l'hôtel pour prendre son léger sac de voyage avant de se rendre à la gare en taxi. Le fait qu'il n'était pas parvenu à payer le dîner aggravait son sentiment d'impuissance. Instinctivement, il avait proposé de le faire mais elles avaient repoussé d'un geste ses tentatives, comme s'il était encore le parent pauvre qu'elles avaient toujours vu en lui. Ce qui n'avait pas été vrai à Berlin mais l'était devenu à Londres. Subvenir aux besoins de sa famille ruinée le condamnait : il était contraint de gagner sa vie, tandis que Fanny et sa mère, confortablement protégées par le testament de Mellerio, n'avaient besoin ni de travailler ni de penser en termes de travail. Fanny avait le profil parfait d'une femme entretenue, et cela ajoutait à sa séduction. L'homme achèterait l'article authentique même si c'était un stéréotype. Peut-être l'article authentique était-il indissociable du stéréotype – un stéréotype plutôt qu'un archétype – en tout cas, il avait attiré le romantique que Herz pensait avoir été. Il avait rêvé d'embrasser la pure altérité de Fanny et elle, un sourcil levé, avait de nouveau anéanti ses espoirs. La paix de Nyon, avec sa population de flâneurs, soulignait ironiquement sa défaite. Ce qui avait été une incompatibilité le jour de cette fête enfantine ne l'était pas moins dans ces nouvelles conditions. Pourtant, le sentiment de perte persistait.

Par contraste avec cette expérience humiliante, Nyon était doux, discret, sous un ciel hésitant entre le gris et le bleu ; de vieux messieurs jouaient aux échecs avec une gravité de sénateurs dans le café près de la gare. Il comprenait l'attrait que cet endroit exerçait sur Fanny et sa mère : tous les soucis du monde y étaient plongés dans l'oubli. Leur train-train était soporifique, rassurant. Même lui était séduit par le rythme paisible de la localité, les rues clairsemées, l'allure nonchalante des rares passants sortis à cette heure matinale, les chambranles de pierre donnant sur des intérieurs sombres, l'écarlate d'un géranium s'échappant d'une jardinière prudemment retenue par une grille en fer... Londres, où il retournait, lui opposait la grossièreté du travail, les durs efforts nécessaires pour gagner de l'argent, l'absence, précisément, des traits qui paraient Nyon d'une bienveillance un tantinet irréelle. Il imaginait un mode de vie tranquille, comme celui que goûtaient Fanny et sa mère : elles devaient s'habiller sans hâte, se faire belles, se préparer à une journée oisive, dans laquelle l'excursion la plus audacieuse les conduirait à la pâtisserie pour déguster café et gâteaux. La mère et la fille étaient plus rondes qu'autrefois – elles ne pouvaient manquer de le devenir dans cet environnement protégé. Ce léger embonpoint leur donnait, à l'une et à l'autre, un air voluptueux, mais leur conversation, ce qu'il en avait entendu, était restée prosaïque : une remarque sèche au serveur pour lui signaler l'absence de leur bouteille de vin, une comparaison des prix demandés par les coiffeurs... Elles s'étaient rarement adressées à lui et il s'en était réjoui, conscient de sa gaucherie dans cette salle à manger, d'où il pouvait apercevoir, à travers les grandes baies vitrées, la promenade du lac et, au-delà, les eaux immobiles qui s'étendaient jusqu'à un horizon brouillé. Ces dames avaient mangé avec délicatesse mais de bon appétit. Il avait pensé à sa mère et à ses prétentions héroïques, à son père s'ébrouant pour reprendre conscience après l'un de ces sommes pesants où il semblait s'engloutir, à son frère, ce raté qui avait trouvé dans l'échec son élément naturel. Enfin, il pensa à lui-même et à tous ses efforts inutiles, à son mariage de courte durée qui avait encore alourdi sa faute. Il avait envie de se débarrasser du tout et de sortir directement de l'hôtel pour rejoindre un paysage, un avenir inconnus. Dans ce futur inaccessible, il ne serait pas accompagné. Même en rêve, il ne pouvait voir Fanny accrochée à son bras. Fanny était mariée à sa mère, qui lui tenait lieu d'agent et de gestionnaire. Si Fanny devait se remarier, ce serait avec quelqu'un qui inclurait sa mère dans le marché. Dans ce processus de sélection naturelle, il n'avait aucune chance.

Il lissa les pages de la lettre à contrecœur – si cuisant était le souvenir de ce qui n'avait même pas représenté quarante-huit heures d'absence. « Mon cher Julius, lut-il. Sans doute seras-tu surpris d'avoir de mes nouvelles après notre longue séparation. J'ai trouvé ton adresse dans une lettre envoyée par ta mère à la mienne ; elle était glissée entre les pages 123 et 124 d'un livre, *Les Buddenbrook*, que Mère lisait avant de mourir. Je n'ai pas été capable de le lire depuis ce jour terrible, mais je l'ai récemment descendu de son étagère quand j'ai demandé à Doris, ma bonne, d'épousseter les rayonnages. La lettre en est tombée et ce fut un grand soulagement de savoir où te trouver, car j'ai grand besoin d'amis et je me souviens de tes visites fidèles autrefois à Dalhem. Quand je dis que j'ai besoin d'amis, tu comprendras que la vie ne m'a pas été clémente. J'ai perdu deux maris, mais j'avoue que ma perte la plus cruelle a été celle de Mère, qui a vécu avec nous jusqu'à la fin. Nous n'avions jamais été séparées et elle me manque terriblement. Depuis sa mort, tout a été de travers. Je suis sûre que si elle était encore là, elle saurait ce que je dois faire. Toi et moi sommes maintenant les seuls survivants de notre famille ; je dis cela alors que j'ignore si cette lettre te parviendra, et si tu es encore de ce monde. Nous sommes aujourd'hui très vieux et nous savons ce qui attend les personnes de notre âge. Je trouve particulièrement dur, à ce stade, d'être exposée à un surcroît d'infortune, et je t'écris pour te demander conseil.

» Laisse-moi t'expliquer. J'ai rencontré mon second mari, Alois, à Nyon, où il prenait des vacances. Mère et lui ont commencé à parler et nous avons appris qu'il était de Bonn, où il avait une petite imprimerie. Nous avons dîné tous les trois ensemble et je l'ai trouvé agréable. Mère estimait que c'était un bon parti, puisqu'il semblait avoir des propriétés, et nous nous sommes mariés peu après. Il était vraiment très épris et, comme je viens de le dire, je le trouvais agréable. Au début, tout s'est bien passé ; nous avions une belle maison à Poppelsdorf, une banlieue de Bonn, et la sœur d'Alois, Margot, s'est montrée très accueillante et attentionnée. Les environs étaient plaisants et des domestiques s'occupaient de tout, aussi il nous a été assez facile de nous adapter après la vie d'hôtel. Malheureusement, Alois n'était pas en bonne santé ; il souffrait d'asthme et d'autres maladies, et j'avais beau m'efforcer de lui remonter le moral, de l'encourager, il est devenu presque invalide. Margot venait souvent, trop souvent à mon goût, et nous n'étions pas toujours d'accord. Je pense qu'elle était jalouse de moi ; elle était veuve, pas particulièrement séduisante, et très possessive à l'égard de son frère. Les années passant, la santé d'Alois continuait à décliner et, avec elle, l'état de ses affaires. Bref, nous avons dû quitter la maison pour investir le produit de sa vente dans l'entreprise. Pis, il a fallu emménager à Bonn, dans un appartement, ce que j'ai trouvé intolérable. Ce qui devait arriver arriva, ou peut-être aurait-ce été évitable dans d'autres mains : Alois a fait faillite. Par bonheur, il m'avait confié ce qui restait de ses biens, mais le choc l'a plus ou moins tué. Il a traîné un an, de plus en plus déprimé, et il est mort brusquement, pas de l'une de ses maladies chroniques, mais d'une crise cardiaque.

» Ma belle-sœur me l'a reproché, bien que j'aie veillé sur lui de mon mieux. Mère craignait que je ne compromette ma propre santé, et insistait pour que je pense à moi. Mais c'était impossible, parce qu'elle me causait elle-même de graves inquiétudes. Je ne vais pas m'attarder là-dessus, c'est trop pénible. Elle est morte d'un cancer de l'estomac, et depuis je suis vraiment seule.

» Or le pire restait à venir. La fille de Margot, Sabine, a fourré dans la tête de sa mère l'idée que, en tant que parente directe, l'argent d'Alois devait lui revenir plutôt qu'à moi. Elle est beaucoup plus roublarde que Margot, et elle a prétendu que je n'avais aucun droit à hériter de ce qui restait de l'affaire, que cet argent devait revenir à la famille ; bref, elle a attaqué en justice pour essayer de me déposséder. Elle va jusqu'à soutenir que je ne devrais pas occuper l'appartement, même si mon avocat dit que là, elle est sur un terrain glissant. Donc je vis seule, menacée par cette femme déplaisante (que je n'ai jamais aimée). Margot, évidemment, prend le parti de sa fille et nous ne nous parlons presque plus. Heureusement, Claude, mon premier mari, m'a laissé un petit quelque chose que je garde en banque à Lausanne, mais c'est à peine suffisant pour entretenir cet appartement. Et la vie à Bonn est devenue très chère depuis que tant d'organismes gouvernementaux s'y sont installés. On me dit que je pourrais tirer un bon prix de l'appartement, mais où irais-je ?

» J'ai toujours dû compter sur les hommes dans ma vie, et sur Mère bien sûr, alors j'espère que tu sauras me conseiller. Je ne suis pas heureuse à Bonn, bien que ce soit une ville agréable, et je me reprends à penser à Berlin, où j'ai eu une enfance si heureuse. Tu te souviens de nos merveilleuses fêtes, enfants, que Mère savait si bien organiser ? C'est elle, bien sûr, qui me manque le plus, car elle a toujours eu mes intérêts à cœur, et je me sens perdue depuis qu'elle n'est plus là pour me guider. Naturellement, je ferai de mon mieux pour gagner ce procès, mais l'hostilité qui m'entoure me met mal à l'aise, et quelle que soit l'issue je ne me serai pas fait d'amis. L'homme qui a racheté l'entreprise fait courir le bruit qu'Alois aurait pu se maintenir à flot s'il s'y était pris d'une autre manière ; il semble me rendre responsable de sa chute. Je dois souligner que notre arrangement avait l'accord complet d'Alois. Une fois déclaré en faillite, il a perdu tout intérêt pour les opérations. Il disait qu'elles ne le concernaient plus depuis qu'il avait cessé d'être un citoyen respectable, pour reprendre ses termes. Je trouvais cela très égoïste de sa part, mais, à ce moment, il allait si mal que je n'avais pas le courage de me disputer avec lui. Et quand Mère est morte, je n'ai plus eu le courage de rien.

» Je me demande si tu saurais me dire ce que je dois faire. Je ne suis pas une femme d'affaires, mais je pense être capable de me battre pour défendre mes droits, et j'ai la conscience tranquille. Ma seule crainte, c'est que cette lettre ne te parvienne pas, mais je sais que si tu es encore le même que dans mon souvenir, tu feras tout ton possible pour m'aider. Bien sûr, tu as peut-être déménagé, mais si tu es toujours en forme, et galant, tel que je te revois lors de ta courte visite à Nyon, je sais que tu feras de ton mieux pour te rendre utile. Crois-tu que tu pourrais t'arranger pour venir à Bonn ? Mon avocat accorderait sans doute plus d'attention à un homme qu'à mon humble personne, même s'il m'assure qu'il fait de son mieux. J'en doute un peu, mais j'ai toujours été trop sensible. Et je n'ai personne d'autre vers qui me tourner.

» Je me demande aussi comment la vie t'a traité depuis notre dernière rencontre. Mère a remarqué que tu étais devenu un bel homme, très différent du garçon timide que nous avions connu à Berlin. Tu l'avais fortement impressionnée et elle pensait que sa sœur devait être très fière de toi. Tu sais sans doute qu'elles ne s'entendaient pas bien, mais elles s'arrangeaient pour échanger des lettres affectueuses. Nous avions du mal à vous imaginer à Londres, et ta mère donnait l'impression de passer certaines choses sous silence. Quoi qu'il en soit, cette correspondance a cessé petit à petit et Mère n'a conservé qu'une lettre, celle dont elle se servait comme garde-page. As-tu lu *Les Buddenbrook* ? Je dois t'avouer que je n'ai jamais dépassé le début. Hilltop Road doit être bien joli.

» J'espère de tout cœur que tu es en bonne santé et que tu pourras venir me voir à Bonn. Nous aurons beaucoup à nous dire et il me tarde d'avoir de tes nouvelles. Dans l'attente de notre rencontre, je demeure ta cousine affectionnée, Fanny Schneider (Bauer). »

Herz reposa la lettre sur son bureau en sifflant tout bas d'admiration. Elle épouserait l'avocat, bien sûr, s'il était disponible. Elle pouvait même avoir des idées d'alliance entre elle et lui. Il allait la tirer de ses difficultés et ils vivraient toujours heureux, à Hilltop Road. Il s'émerveillait de la superbe considération qu'elle se portait ou plutôt de son superbe aveuglement. Mais n'était-ce pas la qualité qui caractérisait l'ensemble de la famille ? Seul Freddy en avait été exempt, mais il avait été exempt de tout. Aucun, toutefois, n'avait atteint les sommets du haut desquels Fanny regardait le reste du monde.

De toute évidence, l'égoïsme suprême était la clef de la réussite. Elle s'était – sa lettre le confirmait – tenue à l'écart de l'histoire, ne se rappelait les années menaçantes qui avaient précédé leur exil qu'en termes de jolies maisons et de fêtes enfantines. Il n'était pas assez naïf pour croire qu'elle voyait en lui autre chose qu'un futur chargé d'affaires ; il en conclut que son mari n'avait pas mis toutes ses forces à son service, et s'était par là révélé une planche pourrie et même, pis, un raté, un bon à rien. Elle n'avait pas partagé la honte de sa faillite, s'en était écartée avec autant de succès qu'elle s'était détachée de la terreur qui s'était abattue sur leur peuple, et dont aucune trace n'était perceptible dans sa complaisance indignée, si peu cachée dans cette lettre. Il éprouva à son égard la même gratitude qu'il avait brièvement ressentie à l'égard de Sophie Clay : elle avait mis fin à ses fantaisies amoureuses, ce qu'elle n'avait pu tout à fait accomplir à Nyon. Comme la plupart des personnes fondamentalement inertes, elle avait un pouvoir immense sur les autres. Il l'avait aimée, ou cru l'aimer, pendant de longues années, ignorant les réalités de leur long divorce (car ce n'était rien de moins) et entretenant une fiction qui satisfaisait ses ardeurs inassouvies. Pendant tout ce temps, Fanny ne lui avait pas accordé une pensée. Elle restait ce qu'elle avait toujours été : quelqu'un qui ne voyait les autres qu'en termes d'utilité ou de soutien possibles. Il n'était même pas question d'éprouver de la colère, car il ne pouvait pas l'accuser de calcul, à peine d'un égocentrisme conforme à sa nature. Un avocat serait mieux placé pour régler ses affaires. Ou elle les réglerait elle-même avec la fermeté inébranlable qu'elle tenait de sa mère. Il l'imaginait sortant du bureau de l'avocat après avoir énoncé ses exigences, pour se rendre chez le coiffeur ou la couturière ou au *Konditorei*, l'esprit aussi libre de spéculations et d'inquiétude que dans sa jeunesse à Berlin.

Sauf qu'elle était vieille. Ses cheveux, s'ils n'étaient pas blancs, devaient sûrement leur teinte à un artifice capillaire ; son corps exigeait sans doute des attentions toujours plus grandes de la part de la couturière. Et même si elle était aussi peu disposée à la réflexion qu'autrefois, elle ne pourrait ignorer ces signes, ni même la conscience, commune aux gens de leur âge, que la meilleure partie de leur vie était achevée, irrécupérable. Peut-être regrettait-elle sa jeunesse enfuie, qu'elle avait toujours vue en termes de valeur marchande. Le désir ne la troublait pas, ne l'avait jamais troublée ; la vie lui épargnerait cette rage, cette faim d'une dernière rencontre qui pouvait tourner au désastre, laissant un héritage de honte et de désenchantement. Herz lui accorderait sans doute une entrevue, puisqu'elle paraissait en souhaiter une, même si c'était exclusivement dans son propre intérêt. Mais il ne se hâterait pas de la lui proposer. Ses propres affaires devaient passer en premier ; sa santé réclamait des soins, voire quelques examens. La disparition de la mère de Fanny prêtait à des réflexions mélancoliques ; peut-être en était-il de même pour Fanny. En ce sens, elle méritait son respect. Son attention à sa mère avait dû être sincère, généreuse, différente des soins qu'il avait dispensés par devoir, au cours desquels son esprit avait souvent vagabondé, et ses yeux recherché une liberté qui devait exister au-delà de la fenêtre de la chambre d'hôpital.

L'idée du combat inégal de Fanny, non contre la famille de son dernier mari, car il ne doutait pas qu'elle remporterait ce conflit, mais contre la fatalité de la mort, le touchait malgré lui. Il semblait inconvenant que cette femme qui n'avait jamais connu l'incertitude fût confrontée à la bataille que nul ne peut gagner. Et elle serait seule, s'étant aliéné les proches qui auraient pu l'aider – la belle-sœur, la nièce procédurière. Il était mieux placé qu'elle pour faire face aux déprédations futures, si elles n'étaient pas déjà en cours, comme il le pressentait. En admirant humblement l'insensibilité qui la rendait inaccessible, il avait toujours été celui qui sollicitait des faveurs. Son masochisme avait fait le reste. Qu'elle se trouve à son tour en position de demandeur modifiait l'équilibre de leurs relations d'une façon qu'il n'appréciait guère. Il aurait préféré penser à celle dont il se souvenait, imperméable, indifférente. Changer aujourd'hui de rôles signifiait une perte de symétrie qu'il trouvait presque gênante physiquement.

Le souvenir de leur lien originel, établi alors qu'ils étaient jeunes tous les deux, le surprit de nouveau dans toute sa force. Et il y avait ce concept quasi mystique de la famille à prendre en compte. Il n'avait jamais été conscient d'un attachement manifeste à la famille, avait en fait entretenu des pensées de la déloyauté la plus flagrante tout en réussissant plus ou moins à survivre dans un groupe qui n'offrait ni soutien ni compagnie ; il avait bien rêvé d'une famille à lui, et même admiré celles des autres. Pourquoi, sinon, s'était-il attaché à ces bribes de conversation qui lui parvenaient au cours de ses promenades solitaires ? Ces vacances, quand il restait assis dans les cafés, les restaurants, sur les bancs isolés, caché par un journal, étaient en réalité riches en signaux que lui seul pouvait décoder. Ce mari, ce père, cette grand-mère, ce bel enfant, avaient tous nourri une imagination avide de plénitude, et même de satiété. L'ironie, c'était que, avec ce puissant besoin, il soit parvenu à vivre dans le plus strict isolement. Cette famille hypothétique, il l'avait cherchée dans les murmures qui lui parvenaient d'autres vies. Et à présent, proche de la fin comme il l'était, sa rêverie recréait avec entêtement ces jours lointains à Berlin, quand il restait assis à attendre qu'une Fanny de quinze ans entre en trombe, insouciante, dans la pièce ensoleillée et, avec la même insouciance, la quitte aussitôt.

Il sortit par les rues froides du dimanche d'hiver, sourd à ce qu'il pourrait entendre. Il n'irait pas à Bonn. Cette décision s'était prise sans sa participation active. Il répondrait par lettre, dans un esprit de partage plutôt que de réconfort. Il donnerait des conseils, tout en sachant qu'elle voulait une aide tangible, et, plus encore, qu'il prenne son parti. Mais dans Chiltern Street, Paddington Street, à Nottingham Place, Spanish Place, dans George Street, où il avait si souvent marché, le vide accablant lui rappela une compagnie longtemps désirée, qui, pour être une création de son cœur affaibli, n'en avait pas moins de douceur.

14

« Très chère Fanny, écrivit-il. Mon ex-épouse, une femme charmante, m'a raconté récemment qu'elle s'était attachée à un homme que, si j'ai bien compris, elle connaissait à peine. Elle m'en a parlé en toute pudeur, mais ses yeux étaient tristes, et j'en ai conclu qu'elle était tombée amoureuse, un de ces événements imprévus qui sont si désastreux à notre âge. Je n'avais pas de mal à compatir car je connais les symptômes, cet élan qui ranime l'ardeur cachée en chacun de nous et dont nous avons gardé le souvenir depuis notre jeunesse. C'est elle qui nous aide à nous lever du bon pied le matin et qui, la nuit, alimente nos rêves. J'imaginais Josie – c'est son nom – passant ses journées plutôt ennuyeuses dans l'attente d'une rencontre toujours imprévue, délicieusement différée, jusqu'à ce que la réapparition de cet homme dans l'embrasure de sa porte lui apprenne qu'elle ne s'était pas trompée, qu'il y avait bien là une réalité indépendante de son imagination.

» Finalement, elle a pris une décision digne et courageuse : elle est partie. Je croyais, moi aussi, prendre une décision digne et courageuse en te quittant à Nyon, même si en fait je n'avais guère le choix. Je me souviens d'avoir exhorté Josie, ma femme, à s'accrocher, à tenir bon, et, maintenant, je m'aperçois que je m'adressais à moi-même. Je n'aurais pas dû laisser les choses en l'état comme je l'ai fait à Nyon. J'aurais dû insister, à ce moment-là ou plus tard. Je n'aurais pas dû vous écouter, toi et ta mère, j'aurais dû revenir de temps en temps plaider ma cause. Même une femme aussi tranquille que toi doit s'ennuyer sans compagnie masculine, ou, puisque la compagnie ne te manquait pas, sans les hommages et la protection que seul un homme peut accorder. Tu m'aurais respecté si j'avais défendu mon droit à vouloir t'épouser, même si je ne parvenais pas à t'intéresser en tant qu'homme.

» Je ne crois pas que tu aies jamais été en danger de perdre ta dignité de la même façon que Josie, ma femme, l'a été. Elle m'a expliqué qu'elle estimait avoir passé l'âge de l'amour physique, non parce que de tels désirs l'avaient quittée – au contraire – mais parce qu'elle était consciente de risquer de trop perdre en se présentant comme une femme vieillissante à un homme qui, disait-elle, était séduisant. Sa décision était héroïque, mais, à mon avis, elle a eu tort. Je sais à présent que la dignité n'a pas grand-chose à voir avec la passion, qui est bien trop souvent malvenue. J'ai commis la même erreur, ce qui prouve qu'une fois de plus Josie et moi pensions dans le même sens. Je n'ai jamais réellement cru te séduire, ce qui aurait dépassé mes espérances. J'aurais mieux fait de te traiter comme n'importe quelle autre femme, au lieu de couvrir de respect une personne si contente d'elle-même, que je jugeais trop délicate pour entretenir le moindre sentiment vulgaire. Qui sait ? Tu aurais peut-être préféré une cour un peu plus directe, mais je ne pense pas que tu l'aurais appréciée à sa juste valeur.

» J'avais toujours vu en toi une créature rare, si belle et si sûre d'elle qu'elle pouvait faire son choix. Maintenant, je te juge un peu plus clairement. D'autres choisissaient pour toi, et tu acceptais, réservant ta volonté aux actions qu'exige la survie. Il ne faut pas oublier que nous étions l'un et l'autre des exilés à l'époque, ce qui suppose une certaine prudence, une conduite irréprochable. J'estimais m'être bien conduit, autant que la situation le permettait. J'étais, comme toujours, impressionné par ton assurance, à l'opposé de mes propres angoisses. Tout simplement, je ne voyais pas comment je pourrais jamais être assez bien pour toi. Tout cela, tu t'en souviens, dans un décor de tasses de thé et de cocktails, au milieu d'allées et venues, dans l'atmosphère de vie facile, irréelle, qu'entretiennent les hôteliers du monde entier. Disons, à ma grande honte, que j'étais impressionné aussi par ce cadre et surtout par le fait que tu paraissais si naturellement lui appartenir. J'avais en tête, vois-tu, ma propre situation, qui, en ce temps-là, était difficile : un logement exigu, des parents dont j'étais responsable, un emploi que tu aurais trouvé inacceptable pour n'importe laquelle de tes connaissances, à plus forte raison pour un mari. Mais, rétrospectivement, je me rends compte que rien de tout cela n'était irréversible. J'aurais dû quitter la maison, chercher un autre travail, laisser mes parents se tirer d'affaire sans mon aide. Je crois que les tiens n'aimaient pas ma mère, et je peux comprendre que leur froideur, dont j'ai hérité, n'était pas tout à fait injustifiée. Ces attitudes ont marqué très tôt la perception que chacun avait de l'autre : je te jugeais supérieure et, pour toi et les tiens, mon infériorité était si flagrante que je ne méritais même pas un regard. C'est la malédiction que les familles transmettent à leur progéniture. Je regrette très amèrement de n'avoir pas su m'insurger contre cette loi, briser ce verdict. Mais toi non plus. Tu n'avais jamais, c'est bien simple, exercé ton propre jugement et aujourd'hui je pense, en fait je vois, que tu en as toujours manqué. La lettre que tu viens de m'écrire m'en apporte la preuve, s'il était besoin.

» Je suis rentré à Londres persuadé d'avoir fait tout ce que je pouvais. Je n'étais que trop prêt à reconnaître les charmes de la vie que tu menais à Nyon, tels que j'ai pu les apprécier moi-même dans ce court intervalle avant de prendre mon train pour Genève. L'air y était plus clément que celui de Londres n'aurait jamais pu l'être, les simples salutations qui m'étaient prodiguées paraissaient plus aimables que toutes celles que j'avais pu recevoir. Après t'avoir laissée là-bas, j'ai mené une vie insipide, car j'étais conscient de m'être dérobé au défi sentimental suprême : celui d'employer toute ma volonté à vaincre la tienne. Je m'aperçois aujourd'hui que ce n'était pas aussi difficile que je le croyais. Ta lettre m'a démontré que tu es encore assez féminine pour rechercher le soutien d'un homme, mais ce que tu me demandes est absurde. Je ne pense pas venir à Bonn. Qu'est-ce que j'y ferais ? Mon allemand est rouillé maintenant, et je me vois mal faire des démarches auprès d'un avocat. Et puis je ne crois pas avoir envie de te retrouver telle que tu dois être maintenant. J'aimerais mieux garder intact le souvenir d'une fille ravissante, dont la sombre beauté éveillait chez les gens simples des soupçons sur ses origines. Tu es aujourd'hui aussi âgée que moi, à un ou deux ans près. Josie m'a dit que les femmes ont plus de motifs de redouter la vieillesse que les hommes, mais j'en doute. À partir de l'âge mûr, tout n'est que déclin, à moins d'avoir des enfants. C'est là, je crois, notre échec à tous deux. Quand on n'a plus à se soucier que de son propre bien-être, comment ne pas faire fausse route ?

» Je comprends maintenant les tours que nous joue la nature : nous pouvons être réveillés, à notre détriment, l'amour peut frapper n'importe quand – l'exemple de Josie, ma femme, l'a montré. Je pense beaucoup à elle ces temps-ci, plutôt davantage, en fait, que je ne pense à toi. Mais tu demeures une belle image dans mon esprit, une icône si tu veux, indissociable de l'air vif de Berlin, ou de la douce pénombre autour du lac à Nyon. Tu seras toujours jeune pour moi, et je préfère peut-être que tu le restes. C'est terrible à dire mais, en tant que dame allemande d'un certain âge, tu ne m'intéresses guère. Je ne peux que trop clairement t'imaginer, car j'ai, comme toi, un souvenir ancestral de ce type de femmes. Tu pourrais même avoir perdu complètement ta beauté, ce qu'il me serait trop cruel de constater. Tu as sans doute de moi un souvenir très vague, et aussi peu d'intérêt pour ma vie que moi pour la tienne. Et pourtant mon imagination – et ta lettre – fournissent certains détails dont je suis bien obligé de tenir compte. La maison de Poppelsdorf, je me la représente sans peine. J'ai beaucoup plus de mal à admettre ces difficultés financières dont tu rends ton mari responsable. J'aimerais te savoir toujours confortablement drapée dans ton arrogance originelle, et je pense que tu as su en préserver une bonne part, comme tu as réussi à préserver tes biens. Toutefois, tu as peur qu'on te les prenne ; tu vas jusqu'à m'appeler à l'aide après tant d'années d'absence. Ta lettre reflète ton inquiétude sur ton propre sort, exclusivement. Là aussi, je te reconnais bien.

» Laisse-moi t'expliquer comment je vis. J'habite un tout petit appartement en plein cœur de Londres, dans un quartier qui m'est devenu indifférent. J'ai des préoccupations de vieil homme : ma santé, mon inaptitude à supporter l'instabilité qu'engendre la vie moderne. Tôt ou tard, sûrement plus tôt que je ne crois, il me faudra chercher un autre domicile. Mes passe-temps sont des plus honorables ou peut-être appartiennent-ils déjà au passé : je lis beaucoup (tu devrais encore essayer de te plonger dans *Les Buddenbrook*), je vais parfois regarder des tableaux. Ces activités inoffensives n'excluent pas les vents de folie qui nous font parfois succomber. Voilà qui me ramène à Josie, ma femme, à la sagesse dont elle a fait preuve en s'éloignant de ces tentations. Et pourtant, il me semble encore que, des deux maux, la sagesse est le pire. Je concède – je suis même prêt à croire – que la nature a ses raisons, si humiliantes que soient pour nous les conséquences de sa marche implacable. J'ai toujours été convaincu que nous sommes sur Terre pour amuser les dieux, car les preuves de cette farce cruelle sont trop convaincantes pour rester ignorées. En ce sens, ton sort n'est pas pire que le mien. Naturellement, j'ai apprécié ta lettre, à plusieurs degrés, puis-je dire. Mais il faut que tu le saches, ma chère : je ne suis plus vulnérable. Ce qui m'émeut aujourd'hui, c'est cette même nature qui nous a privés, toi et moi, de notre beauté. Je peux être touché par une fleur, un enfant, le rayon d'un soleil trop rare, je ne peux plus être touché par une femme. C'est une perte irréparable, car la mémoire persiste à retracer les détails. Mais je dois l'accepter, comme toi. Donne-moi encore de tes nouvelles. En lecteur obstiné que je suis, j'ai envie de connaître la suite de l'histoire. Et, malgré tout, je t'aime toujours.

Je t'aimerai toujours. Tu fais partie de ma vie. Si j'allais vers toi maintenant, ce ne serait pas en étranger (je ne pourrai jamais être un étranger pour toi) mais en homme qui a connu bien des défaites et qui, sans savoir comment, a pu leur survivre. Je te conseillerai de mon mieux, bien sûr, mais ne sois pas surprise par mon apparente froideur. Pour faire référence à l'un de ces grands livres que tu n'as pas lus, si je devais te revoir, il n'en sortirait rien de bon. En dépit des défenses que je me suis forgées si difficilement, à travers tant d'épreuves, je serais capable de tomber encore amoureux de toi. Mieux vaut que je demeure ton cousin affectionné, Julius Herz. »

Il relut cette lettre jusqu'au bout, la déchira et reprit : « Ma chère Fanny, quel plaisir d'avoir de tes nouvelles et une adresse, enfin, pour te répondre ! Tu verras, j'ai déménagé, moi aussi, mais je ne suis pas certain d'être ici pour longtemps. Ne devrions-nous pas nous retrouver pour discuter de ces questions et de quelques autres ? Malheureusement, je ne peux pas aller à Bonn, mais nous pourrions nous donner rendez-vous à mi-parcours dans un endroit où nous serions à l'aise. Que dirais-tu du Beau Rivage ? Je me souviens que tu t'y plaisais, et j'ai gardé une impression favorable de mon bref séjour là-bas. Ici, le temps est rude, comme toujours à la veille du printemps. Bien sûr, il fera encore froid à Nyon, mais on saura bien s'occuper de nous à l'hôtel. Avertis-moi dès que tu seras libre de venir m'y rejoindre, le plus tôt sera le mieux à mon sens car, hélas, le temps dont nous disposons n'est pas sans limites. Laisse-moi me charger de tout : tu n'auras qu'à prendre ton billet. Tu as maintenant mon numéro de téléphone. J'attends un appel de toi quand tu auras reçu cette lettre. Ce sera bon de te revoir après tant d'années. Ton cousin affectionné, Julius Herz. »

Cette idée lui était venue sans préméditation mais, une fois acceptée, elle se développa comme par magie. Elle et lui se retrouveraient au Beau Rivage, pour un temps indéterminé. Il ne voyait pas de raison pour jamais en repartir. Ne serait-ce pas une réponse à son problème, sinon à celui de Fanny ? Quand leur séjour prendrait fin, s'il prenait fin, il la renverrait à Bonn et à ses intrigues la conscience tranquille, après l'avoir conseillée dans la mesure de ses capacités. Il ferait aussi de son mieux pour la détourner de ses soucis, tentant une fois de plus, sans doute en vain, d'établir entre eux une intimité qu'il avait toujours crue possible pourvu que les circonstances s'y prêtent. Dans l'atmosphère sobre et feutrée de l'hôtel, elle oublierait ses griefs, tandis que lui, ayant recouvré une équanimité depuis longtemps perdue, se promènerait au bord du lac. Il n'y aurait plus à établir de projet pour la journée, plus de routines fastidieuses à observer, ni de contacts tièdes avec des gens qu'il connaissait à peine, plus de préparations minutieuses de repas pour lesquels il manquait désormais d'appétit. Il n'aimait pas les hôtels, mais celui-ci ne ressemblait en rien aux établissements fonctionnels qu'il fréquentait d'habitude, le cadre normal de ses vacances mélancoliques. C'était une escale de luxe pour de riches nomades, pour des hommes d'affaires placides, des divorcés, des touristes béats de l'espèce qu'il n'avait jamais su imiter. Pourquoi, en fait, repartirait-il ? Cette idée, surgie à l'improviste elle aussi, s'empara de lui rapidement. Réponse inattendue à ses problèmes actuels, qu'il n'avait pris aucune mesure pour résoudre, elle lui permettait d'envisager une absence sinon définitive, du moins prolongée. Une fois là-bas, apaisé, il n'aurait qu'à se fondre dans le décor, retrouverait sa dignité, accomplirait son destin d'exilé, et reconnaîtrait peut-être la légitimité de cette solution. Il détournerait Fanny de ses préoccupations, en ferait la compagne de ses rêves. Les souvenirs communs, davantage d'intimité, rendraient la chose aisée. Et il y aurait un visage en face du sien à l'heure du thé, au dîner, d'agréables remarques anodines à échanger, des excursions à entreprendre, une illusion de symbiose, la fusion qu'il avait toujours recherchée. Ils seraient considérés comme un couple, mais ils éviteraient l'intimité et la gêne d'une proximité physique. Il imaginait des chambres dans le même couloir, mais pas contiguës. Il retrouverait la dignité qui l'avait récemment abandonné. Il serait enfin retraité et s'attirerait le respect, ne fût-ce que celui que l'on peut acheter. Et son appartement se réduirait à un endroit qu'il avait connu jadis, tandis que la rive du lac prendrait place dans sa vie, comme s'il avait toujours prévu d'y passer ses dernières années. Là, il trouverait la paix et sans doute un divertissement que Fanny pouvait à coup sûr lui assurer. Dans son paysage mental, elle ne se présentait plus en reine, comme il l'avait toujours imaginée, mais comme une connaissance parmi d'autres, qu'il serait intéressant de redécouvrir. Elle perdrait aussi de son importance, car l'adolescente, la femme qu'il avait aimée, serait devenue simplement son égale. Après cette longue parenthèse, il occuperait enfin la position qu'il méritait.

Puisque cette perspective semblait s'être inscrite quelque part dans sa conscience, sans participation active de sa volonté, il accepta son inéluctabilité. Pris d'une animation soudaine, il se mit à faire des projets qui auraient été inconcevables quelques heures plus tôt. Il louerait l'appartement et n'y reviendrait que pour prendre les mesures nécessaires à un règlement définitif. Ou bien il y retournerait dans quelques semaines, sachant qu'il avait le pouvoir de choisir. Il donnerait à Bernard Simmonds une procuration, avec pour instruction de couvrir ses dépenses à l'aide de fonds laissés sur son compte. En temps voulu, si ce temps venait, Simmonds se chargerait de liquider l'appartement et son contenu. Comme s'il se conformait à cette idée, il ouvrit tous les tiroirs de son bureau, en sortit les liasses de papiers accumulés pendant des années et les détruisit, ne conservant que les photos, reliques d'une existence révolue. Il n'était pas surpris d'éprouver aussi peu d'attachement pour sa vie antérieure, même s'il savait qu'au moment du départ les objets muets exerceraient sur lui une attirance à laquelle il aurait du mal à résister. Il se sentait léger, comme débarrassé d'un fardeau. Une seule chose lui restait à faire : reprendre la plume.

« Très chère Josie, écrivit-il, il se pourrait que je parte quelque temps. Ne t'inquiète pas si tu n'arrives pas à me joindre. Bernard Simmonds s'occupera de tes affaires, et ta pension sera versée aussi longtemps que tu en auras besoin. Ce départ est plutôt imprévu, mais j'éprouve un besoin de changement. J'espère que tu vas bien et que tu ne te sens pas trop seule si loin de Londres. J'ai du mal à imaginer ta vie, à concevoir ton courage. Aujourd'hui, je ne serais plus capable d'un tel héroïsme. Je me demande pourquoi nous sommes appelés à fournir de tels efforts de volonté alors qu'un brin de laxisme donnerait des résultats beaucoup plus agréables. Mais j'ai toujours admiré ton esprit de décision, qui était en fait supérieur au mien. Tu as toujours trouvé que je manquais d'esprit pratique, tu méprisais la façon dont je m'évertuais à réconforter mon entourage, et tu avais raison, car ce dévouement était fondé sur de fausses interprétations. Difficile d'arranger les choses ; le seul regret qui me reste, c'est de ne pas les avoir arrangées pour toi. Mais tu as toujours été lucide ; peut-être ne m'aimais-tu pas plus que tu n'en étais capable et gardais-tu prudemment en réserve un peu de sentiment pour un autre homme que tu pourrais avoir l'occasion de rencontrer. Je t'aimais, de façon peut-être irréaliste, comme à mon habitude. Mon seul espoir à présent, c'est que tu ne restes pas seule, car tu as toujours été d'un naturel ouvert. Ne laisse pas ta mère accaparer tout ton temps. Pardonne-moi de te donner de si piètres conseils ; tu feras, bien entendu, ce que tu juges bon. J'espère que tu ne permettras pas au passé de trop empiéter sur le présent. C'est l'erreur que j'ai commise à maintes reprises. Il m'est facile de te dire que je t'aime. Pense à moi quelquefois. Fidèlement, Julius. »

Il mit ses lettres sous enveloppe, les cacheta et les timbra, vida sa corbeille à papier et s'aperçut que la journée touchait à sa fin. Il n'y avait rien à manger à la maison, mais il s'en souciait peu : à l'avenir, la nourriture apparaîtrait sans qu'il ait à y penser. Son exaltation avait fait place à une détermination dont il n'était redevable qu'à lui-même. C'était bon d'avoir accédé à cette nouvelle autonomie qui, pensait-il, pourrait s'exercer indéfiniment. Mais pas ici, pas dans son appartement, avec tous les ennuis qui s'annonçaient, les obstacles perpétuels mis sur son chemin par ces autres sans visage qui, en ce moment même, projetaient de le déraciner. Il nota de téléphoner à Bernard Simmonds dès qu'il serait revenu du bureau de poste, du supermarché, de la teinturerie et de tous ces endroits qui représentaient désormais pour lui l'accompagnement négligeable d'une existence promise à la transformation.

Il prit les lettres, enroula son écharpe autour de sa gorge et se prépara à sortir. Dans l'escalier, il entendit les pas étonnamment sonores de Sophie Clay. « Ah, Sophie, dit-il sans tergiverser quand ils se trouvèrent face à face, vous arrivez à point. Je voudrais louer mon appartement. Connaissez-vous quelqu'un qui pourrait être intéressé ? »

Ses yeux s'élargirent. « Bien sûr, pas de problème. Je connais une ou deux personnes qui cherchent quelque chose. Vous partez, alors ?

— Oui, dit-il, cordial. Je m'en vais pour un bout de temps. Il vaudrait mieux une location au mois, renouvelable bien sûr. Et je vous donnerai l'adresse de mon notaire. Il prendra soin de tout.

— Où allez-vous ?

— Oh, ce n'est pas tout à fait décidé pour l'instant. » Sans trop savoir pourquoi, il préférait garder ses intentions secrètes et, avec elles, sa destination. Dans un moment de vertige, à la fois moral et physique, il se vit poursuivre sa route après Nyon, le Beau Rivage devenant un nouveau domicile qu'il serait libre de regagner ou non. « Ce serait agréable pour vous d'avoir un ami sur place.

— Oui, en effet. Je vais voir ça demain.

— Merci, dit-il distraitement. J'attends de vos nouvelles.

— Il pleut, l'avertit-elle.

— Je ne vais qu'à la poste. Ces lettres doivent partir ce soir. »

Il l'aurait embrassée pour lui dire au revoir si la réalité n'avait fait irruption sous forme d'une bouffée de musique tonitruante venue de la boutique.

Un client tardif, pensa-t-il. Les pauvres garçons, ils doivent être impatients de fermer.

Dans la rue, la pluie n'était qu'une brume légère qui adoucissait les contours des maisons et prêtait même une touche de poésie à un environnement peu propice à évoquer de tendres émotions. Il leva les yeux vers la ligne des toits hérissés d'antennes de télévision, les baissa de nouveau vers les fenêtres encore vides avant que les lumières du soir ne s'allument. Le ciel s'assombrissait déjà ; les signes du printemps étaient absents, et pourtant la froide humidité portait une promesse de verdure, d'une vie nouvelle simplement différée. On pouvait même admirer ce ciel ; son bleu mat lui rappelait certains tableaux, sauf qu'aucun tableau ne pouvait rivaliser avec cette étrange sensation d'immanence, la croûte terrestre prête à éclater de vie, les racines s'étirant pour révéler des fleurs, les arbres déployant gracieusement des feuilles. Cette nature impassible ne cessait jamais de l'étonner. Le processus d'éveil était supérieur à tout ce que l'on pouvait capter sur une toile, et pourtant l'art faisait son domaine de tous les phénomènes. Dans sa guerre incessante pour saisir des instants passagers, il remportait un combat inégal, mais de justesse. La majestueuse indifférence de la nature était là pour rappeler à chacun sa place et, sans doute, servir de correcteur à l'ambition de l'artiste. Quand la toile était terminée, elle était déjà un vestige, ignorant le changement. Et le changement était primordial ; tout devait lui obéir. Ignorer le processus revenait à ignorer l'évidence de son propre cycle d'évolution.

Herz se demanda comment il avait jamais pu imaginer un état de permanence. Le renouveau était une perspective autrement plus large, qui concernait son futur plutôt que son présent frileux.

Il se voyait dans un nouveau décor, sans passé, se montrant bienveillant et courtois, agréable à fréquenter. Cette condition idéale, qui perdait peu à peu la précision de ses contours, participait de l'enchantement extasié d'un rêve infiniment plus convaincant que ce que la réalité avait à offrir. La logique s'était transférée ailleurs, et il connaissait la satisfaction fugace de l'artiste : ceci était sa création, engendrée par une démarche quasi involontaire. C'était cette faculté inconnue et ses incitations qui l'impressionnaient le plus. La rapidité avec laquelle sa journée avait pris forme était presque effrayante.

Il perdit un peu de son assurance pendant sa promenade. Ce tour du petit jardin public avant qu'il ferme pour la nuit était lui-même un adieu. Il ne s'assiérait plus là, ne passerait plus son temps à ruminer le passé. Celui-ci serait, sinon écarté, du moins dilué dans ce paysage irréel, avec cette femme presque inconnue, cet avenir inconcevable. Déjà, la perspective provoquait une sorte de langueur ; il sentait son pas ralentir, son corps s'appesantir. Et pourtant, il n'avait pas envie de rentrer chez lui. L'endroit ne s'accordait pas aux événements du jour. Il se rappelait, avec un certain agacement, l'humble gratitude qu'il avait éprouvée en prenant possession de l'appartement, le plaisir étonné qu'il avait eu à le meubler, à l'aménager, sa timide fierté d'être propriétaire. Maintenant, cette timidité l'attristait. Il s'apercevait qu'il avait vécu sa vie comme si elle était menacée, comme s'il portait encore les marques de la menace initiale, de l'atrocité du destin qui aurait pu être le sien. Cela, il en était convaincu, lui laissait pour seule option le provisoire, l'impermanence, l'exil – la route tracée pour lui de si longue date. Et il lui avait fallu toute une vie pour le comprendre ! Enfin, il prendrait sa place dans l'histoire. En choisissant pour demeure un pays connu pour sa neutralité, il obéirait à des impulsions ancestrales. Là-bas s'offrait l'unique sécurité qu'il pouvait encore désirer.

Il rentra chez lui à six heures, défit l'écharpe humide enroulée autour de son cou et se laissa lourdement tomber dans l'un des fauteuils qu'il allait bientôt abandonner. Il effleura du bout des doigts la petite table qui lui venait indirectement de la mère d'Ostrovski et se dit que le plus dur des défis qu'il devait affronter, c'était cette division entre un optimisme intrépide et le pessimisme qui lui était naturel. Son euphorie avait reflué au cours de la promenade, et il avait été charmé malgré lui par les rues froides, par la poésie diffuse de son voisinage familier. Abandonner une vie pour une autre, totalement inconnue, lui semblait soudain impossible, la charge de Fanny un fardeau dont il s'était embarrassé presque à son insu. L'illusion d'un amour passé, reconstruit pour ainsi dire de mémoire, avait pâli en comparaison de l'improbable alliance qu'il avait forgée avec Josie, dont la brusquerie enjouée l'avait maintenu à flot pendant la durée de leur bref mariage ; même à présent elle lui manquait, surtout depuis qu'il savait qu'il ne la reverrait plus. S'il avait eu le courage de lui téléphoner, elle l'aurait poussé à agir, elle aurait dissipé ses craintes (car il éprouvait maintenant une certaine crainte), mais l'instinct lui disait d'éviter le contact : il aurait pu la prendre à l'improviste, à un moment où ses craintes à elle se seraient transformées en une mélancolie pas très différente de la sienne. Il la voulait inchangée, et quand il comparait, une fois de plus, son honnêteté avec les doléances de Fanny, il savait bien qui des deux femmes méritait son respect. Mérite et respect avaient si peu à voir avec l'amour, pourtant. On aimait en dépit de son jugement et de son tempérament. Même à présent, mais de façon plus intermittente, l'image de Fanny telle qu'elle avait été suffisait à supplanter la trop probable réalité de Fanny telle qu'il allait la retrouver, dans un décor baroque qui pourrait à la longue ne plus être à son goût. La compagnie d'oisifs qui serait bientôt la sienne apporterait un post-scriptum ironique à ses jours de vigilance laborieuse.

Mais ces jours-là étaient passés. Il s'assit à son bureau pour composer la dernière lettre qu'il aurait à écrire. « Mon cher Bernard, je pars pour quelque temps et je vous serais reconnaissant de veiller sur mes affaires pendant une absence qui pourrait se prolonger. Vous avez mon testament et le bail de mon appartement ; s'il vous plaît, chargez-vous de l'un et de l'autre quand ce sera nécessaire en prélevant sur mon compte en banque vos honoraires et les frais. Vous trouverez les instructions dans mon testament. Je ne suis pas encore certain de mes projets ; il est tout à fait possible que je m'installe à l'étranger. L'Europe d'aujourd'hui n'est pas celle que j'ai quittée autrefois : les Européens sont devenus amicaux. À dire vrai, c'est une décision plutôt troublante, mais, comme vous l'avez laissé entendre, le moment est venu de prendre des décisions. Tous les détails nécessaires sont sur la feuille jointe, qui vous donne également procuration. Je vous suis reconnaissant de notre amitié passée ; vous avez toujours été de charmante compagnie. Et je vous remercie par avance d'exécuter ces directives un peu floues. Je compte partir dans une semaine ou deux, et je vous communiquerai mon adresse quand j'en aurai une. Avec tous mes bons vœux et mes remerciements pour votre gentillesse. Toujours vôtre, Julius Herz. »

Il entra dans la cuisine, se fit une tasse de thé et resta à la fenêtre en la buvant. Il avait oublié d'acheter à manger ; le thé devrait suffire. Brusquement, il étouffa, chercha son souffle, sentit son cœur lui remonter dans la gorge. Puis la crise diminua, le laissant hors d'haleine, sans force. Il se traîna jusqu'à son fauteuil et, comme s'il tentait une expérience, il chercha les comprimés dans sa poche de poitrine, en glissa un sous sa langue et, en quelques minutes, il sentit ses poumons se dilater et sa tête se libérer. Les comprimés faisaient de l'effet. C'était bon à savoir. Le léger cliquetis de la boîte en émail dans laquelle il les conservait, qu'il était habitué à ignorer, pouvait donc s'avérer réconfortant. Respirant régulièrement à présent, mais avec application, il se déshabilla et se coucha. Sa dernière pensée consciente fut qu'il devait se rétablir suffisamment pour réaliser ses projets. Après quoi il laissa son esprit larguer les amarres, revit sa mère en souvenir, et s'abandonna au sommeil.

15

L'instinct lui avait dicté d'agir promptement, dans la précipitation, même, pour prendre congé d'un geste large, et laisser les autres régler les détails. La raison, à laquelle il avait encore accès de temps en temps, imposait un intervalle avant de passer à l'exécution de ses projets. Cela prouvait une fois de plus que l'instinct était le meilleur guide, même si le suivre était trop facile. Il lui restait encore à prendre des dispositions pour se libérer de l'appartement, et il attendait toujours des nouvelles de Fanny. Celle-ci, cependant, demeurait évanescente. Il découvrait, avec un intérêt authentique, que si elle se montrait moins impulsive que lui autrefois, elle en devenait moins intéressante, donc moins précieuse. Il se rappelait le rêve saisissant dans lequel elle lui avait donné des ordres, s'était montrée aussi volontaire que jadis, l'avait privé de son manteau et, ce faisant, l'avait plus ou moins dénudé. Cela avait suscité toute une gamme de sensations, en particulier la satisfaction perverse qu'il avait toujours éprouvée à devoir l'attendre, à être à son service ; jamais vraiment déçu quand elle ne répondait pas à ses attentes, il repoussait l'accomplissement de ses désirs à une date ultérieure où il serait, enfin, accepté comme son égal.

Il y voyait à présent un désastreux gaspillage d'énergie. L'accomplissement était plus important que l'anticipation. Sa décision instinctive lui paraissait bonne et il avait perçu sa hâte comme le moteur l'entraînant vers une satisfaction immédiate. Son ego avait cherché à être reconnu, sa volonté devait faire loi. Il voyait aussi qu'il n'y avait personne, à part lui, pour obéir à cette volonté. Elle n'avait été que trop efficacement réprimée, ce qui rendait sa vie passée tragique, imprégnée d'une tristesse perpétuelle. Mais si cette explication pouvait le satisfaire, il était terrible de comprendre qu'il avait échoué à remporter l'unique épreuve essentielle pour un homme. Sa volonté avait été au service des autres pour qu'ils en usent à leur gré et, en les laissant faire, dans l'espoir toujours fallacieux d'arranger les choses, il avait renoncé à cette part de lui-même que personne ne pouvait ni ne souhaitait flatter ; du même coup, il avait abdiqué son droit au respect. L'instinct qui l'avait poussé à livrer sa vie à une suite de rêveries peut-être irréalisables avait été la réponse tout à fait logique d'une faculté sous-employée : elle aurait pu sauver cette vie, ou la rendre plus énergique, plus inventive, plus réussie en tout cas. Mais, à force de bonne conduite, d'observance du devoir, uniquement guidé par les règles des convenances, il finissait en homme respectable mais pas respecté. Telle était la leçon qu'il avait apprise au cours d'une nuit pénible, pendant laquelle l'image de sa retraite au bord du lac s'était retirée dans les brumes du même lac ; elle le laissait encore avide d'une autre vie, d'une autre compagnie, et pas plus iconoclaste qu'il ne l'avait jamais été.

Il avait fait un nouveau rêve bref, trop bref, qui le poursuivait comme une énigme. Il était sur le trottoir d'une rue animée au milieu d'une journée ordinaire, dans la légère attente d'une rencontre. Sur le trottoir opposé, il avait vu la personne qu'il espérait rencontrer : une femme, élégamment vêtue d'un manteau et d'un chapeau à larges bords. À en juger par sa tenue, elle devait être entre deux âges ou peut-être était-elle un rappel de temps plus anciens. Elle avait levé le bras pour le saluer, et il avait fait de même, tout en sachant qu'il ne devait rien faire de plus, et en aucun cas traverser la rue, maintenant encombrée par la circulation, pour la rejoindre. Le rêve se terminait sur cette note, non d'hésitation mais de prudence, comme si en traversant il risquait de perdre toute dignité, toute réserve. Il avait compris que, en faisant cette démarche, il aurait abandonné son autorité, que la prudence la plus stricte avait maintenu son bras levé et l'avait empêché d'aller plus loin. Deux personnes qui se connaissent de loin se saluent de cette façon, mais il y avait davantage en jeu. L'amour semblait avoir été mis en cause à un moment, un amour qu'il était déterminé à contenir dans des limites reconnaissables. La femme avait paru l'attendre, mais cela ne l'avait pas rendu plus vif, ne l'avait pas poussé à l'action. Le rêve tout entier tenait en cette seule image, son bras levé et, moins clairement, celui de la femme, avec la conscience d'une interdiction qu'il avait acceptée, et même entretenue, pour éviter de perdre la face.

De ce songe il finit par déduire que ses relations avec les femmes étaient restées à l'état d'ébauche, que les bonnes manières avaient, à chaque fois, déguisé le désir, et, à force de le déguiser ou de le réprimer, l'avaient dénaturé. Ce qui avait arrêté son mouvement dans le rêve trouvait, à la lumière du matin, une autre explication : l'instinct avait été corrigé par le besoin d'éviter la confrontation. À présent, il voyait là une perte grave et il se rendait compte que son amour des femmes avait été tempéré par le souci de ne pas les faire souffrir. Comme amoureux, il avait été trop bon. Ces après-midi à attendre Fanny avaient été gaspillés ; encore aujourd'hui, il était prêt à l'attendre. Une vague intuition de cette erreur l'avait lancé dans une action qui apportait la preuve qu'il était plus sage de prendre des décisions unilatérales ; or cela exigeait de la rapidité, un mépris des conséquences, un élan instinctif en réaction à des années de comportement obligeant. L'égoïsme, la brutalité même, auraient pu lui apporter d'autres plaisirs que ceux, très appréciables, qu'il avait connus dans le mariage ; mais il ne doutait plus qu'il y ait eu, au-delà de ces plaisirs, une libération à expérimenter. Si bien que sa fuite, élaborée en quelques heures, n'était pas autre chose qu'une métaphore, magnifiquement présentée dans le but de masquer une vérité plus sombre.

Il regretta la lettre à Fanny qu'il avait déchirée car, en l'écrivant, il avait exprimé un peu de cette vérité. Une fois de plus, il la lui avait épargnée, et par le geste même de détruire la lettre il s'était montré incapable de l'accepter. Car la lettre avait révélé l'amertume d'un amour manqué et Fanny, d'après son estimation actuelle, n'était pas entière-ment fautive. Certes, ses façons arrogantes avaient manqué d'attrait, mais sans doute les femmes méprisaient-elles les hommes qui les respectaient à tel point que l'abnégation, chez eux, devenait priva-tion. Les rêves qu'elle lui inspirait l'avaient captivé à tel point qu'il n'y avait pas vu un substitut, un produit de qualité inférieure qui, avec le temps, se révélerait trompeur. Son épouse si réaliste possédait un grand avantage : elle appartenait à une catégorie de femmes au sujet desquelles aucun homme n'irait fantasmer ; de là le plaisir sans équivoque qu'elle lui avait donné, et aussi son acceptation de leur incompatibilité. Le reste était poésie, art, mais avec l'art venaient l'artifice, l'ingéniosité, l'ignorance délibérée de la nature des choses. Il avait construit la plus grande partie de sa vie sur les idées de l'artiste : en tant qu'amoureux, de Fanny en l'occurrence, il croyait n'offrir rien de moins que l'hommage d'un poète. Et elle, en femme trop ordinaire, avait considéré l'offrande comme un bienfait renouvelable à l'infini, une ressource vers laquelle elle pourrait se tourner quand les autres lui feraient défaut. D'où la retenue de Julius dans le rêve. Littéralement, avec les pensées qui prévalaient maintenant dans son esprit, il ne traverserait pas la rue pour elle.

Pourtant, il avait accepté une fois de plus sa présence dans sa vie. Sa lettre, ses plaintes, avaient dévoilé une réalité nouvelle : elle était sans amis. Et il était seul. En aucune manière ce n'étaient des motifs absolus pour rechercher la compagnie de l'autre. En revanche, ces motifs étaient éminemment raisonnables. Sa lettre avait suggéré une ligne de conduite qui, en surface, présentait bien des avantages, et d'abord celui d'une alternative à leurs solitudes. C'était elle, il n'en doutait pas, qui avait conçu le projet. Lui, comme toujours, y avait souscrit avec un peu de cet enthousiasme qui avait toujours marqué ses rapports avec elle.

Le principal attrait, pour lui, avait été l'évasion, la fuite. Sa volonté aspirait à une satisfaction éperdue, même en détruisant sa vie si prudente. Car c'était ainsi que le projet lui était apparu. Bien qu'il fût frappé au coin du bon sens, il comptait moins que l'idée de se départir de toute précaution, de la vigilance avec laquelle il avait jusque-là maintenu les choses en l'état dans sa situation actuelle si respectable. Que cette existence ne lui procure aucun plaisir suffisait à la condamner. Là-dessus, il se mit à regarder avec plus d'indulgence sa passion brève mais authentique pour Sophie Clay. Il avait été question d'amour, il le voyait bien : il était tombé amoureux. Et il n'avait pas besoin de se répéter combien un amour tardif sera toujours grotesque. Il l'avait guettée, il avait surveillé ses déplacements, écouté le bruit de ses pas comme un fou ; il avait eu pour elle des sentiments de jeune homme. C'était sa tragédie. Il l'avait surmontée de la seule façon qu'il connaissait, en se renfermant davantage. Il avait en partie réussi ; il était maintenant capable de lui adresser la parole avec naturel. Il n'avait pas, alors, eu la tentation de s'enfuir ; il avait eu recours, de nouveau, à une conduite irréprochable. Cependant, l'ardeur qu'il aurait pu autrefois investir dans la conquête de cette femme – de n'importe quelle femme – avait pris la forme peu logique d'une idylle tardive avec une autre qui, il s'en avisait à présent, le laissait presque indifférent. Ce serait comme un mariage arrangé, de ceux qu'on avait l'habitude de tolérer dans les sociétés fermées. Il serait détaché, sans passion : chacun resterait conscient des défauts de l'autre, s'efforcerait avec humour de les excuser et, ce faisant, donnerait un exemple édifiant à des spectateurs bien pensants piégés dans un mariage malheureux. Et lui, et elle, auraient permis ce progrès ! L'idée était si sensée qu'il n'y avait aucune raison valable de la repousser. Ils étaient deux personnes seules auxquelles s'offrait une chance de compagnie à un âge où elle se fait par trop rare. Néanmoins, il regrettait de ne pas avoir foncé toutes voiles dehors, sans se préoccuper de savoir si Fanny se joindrait ou non à lui. Il aurait eu la satisfaction passagère d'avoir agi sur un coup de tête, quoi qu'il en résulte. En avoir toujours été incapable faisait de sa vie l'histoire d'un échec qui lui coupait la respiration, lui comprimait la poitrine. C'était ce sentiment d'échec qui l'avait poussé à glisser un comprimé sous sa langue chaque nuit depuis que ses projets s'étaient enlisés dans la confusion. Grâce au soulagement momentané qu'il en retirait, il pouvait encore se bercer de l'espoir que tout n'était pas perdu, qu'il était possible de se ménager un délai, d'avancer à son propre rythme et selon ses propres vœux. Ces vœux conviendraient, hélas, à quelqu'un à qui la volonté avait toujours fait défaut. En fin de compte, il risquait d'être aussi dépendant de Fanny qu'elle promettait de l'être de lui.

Il pouvait, bien entendu, remettre tout le projet à une date ultérieure. Il avait des douzaines d'excuses. Il pouvait invoquer le temps froid, même si en réalité l'air se réchauffait sensiblement. Il pouvait parler de la nécessité de conclure des affaires, alors qu'en fait il n'en avait aucune. Mais il ne devait d'explications à personne, car le monde s'était montré indifférent. Ses lettres avaient peut-être été imprudentes ; celle adressée à Bernard Simmonds ressemblait beaucoup à un adieu. De quoi éveiller les soupçons de cet homme infiniment raisonnable. La lettre destinée à Josie, il l'écartait d'emblée ; elle n'en tiendrait pas compte, comme elle n'avait pas tenu compte de la plupart de ses débordements. Fanny, quant à elle, était maîtresse de ses propres projets et peu susceptible de se soumettre aux siens. Restait la question de l'appartement. Il s'en était remis à Sophie, qui serait plus prompte, qui pourrait apporter une solution en quelques semaines sinon quelques jours. Mais il pensait n'accepter aucun des candidats qu'elle proposerait, et même s'ils convenaient tous, il pourrait différer la date de son départ. En fait, il ne voulait plus d'un inconnu dans son appartement, qui réaffirmait son droit inaliénable de rester sa propriété. Il dirait simplement qu'il avait changé d'avis. Elle en serait contrariée, mais elle en avait l'habitude. La perspective de journées immuables retrouvait son charme. Pourtant, l'image de la curieuse illumination qui lui était venue, de lui-même subissant une métamorphose ou la provoquant délibérément, avait quelque chose d'inéluctable. Elle s'était présentée comme une solution ; bien qu'il sût qu'il n'existait en réalité aucune solution idéale, il gardait le souvenir de l'exaltation quasi esthétique qui l'avait emporté, lui et son rêve, si près d'une apothéose, ou, sinon d'une apothéose, d'une belle conclusion. Il aurait aussi bien pu écrire un livre, le récit de sa vie ou celle d'un homme plus résolu. Il avait l'impression d'être son propre héros ; c'était l'intrigue qu'il aurait imaginée. En même temps, il se demandait s'il était assez brave pour être ce héros. Il se savait dépourvu de qualités héroïques. Même les aspects raisonnables du projet avaient cessé de le séduire. Il avait bien le droit de prendre en compte les hésitations qui l'habitaient. Le sentiment aggravé de l'échec, ce serait son affaire ; Dieu merci, il serait à l'abri de tout regard extérieur.

Un coup frappé à la porte le ramena à la réalité du présent, trois heures un vendredi après-midi. Un soleil inaccoutumé entrait à flots par les fenêtres. Il avait un invité ou, du moins, un visiteur. Sur le palier se tenait Sophie Clay, accompagnée d'un jeune homme.

« Eh bien, Sophie, dit-il, vous rentrez tôt !

— C'est au sujet de l'appartement. Je me suis dit que c'était important. Je vous présente Matt Henderson. Il cherche un logement, et il part pour New York la semaine prochaine, alors il est un peu pressé...

— Entrez, entrez. Est-ce trop tôt pour un thé ?

— Oh, nous ne voulons pas de thé, dit-elle.

— Mais moi, oui. Et, de toute façon, nous avons des choses à discuter. Entrez, monsieur Henderson. Asseyez-vous, je vous prie. Vous partez pour New York la semaine prochaine, si je comprends bien. Donc, vous tenez à régler la question au plus vite. Seulement je dois vous avertir que de mon côté il pourrait y avoir du retard. Mes projets ne sont pas tout à fait aboutis. »

M. Henderson, qui n'avait pas dit un mot, remettant sa vie entre les mains de Sophie, s'effaça derrière elle et pénétra dans le salon avec un sourire aimable. Son visage d'une beauté remarquable laissait sans doute ce sourire parler pour lui dans toutes les situations officielles. « J'espère que je ne vous dérange pas trop, dit-il.

— Ah, vous êtes américain.

— À moitié. Ma mère est américaine, mon père anglais. J'ai grandi entre Londres et les États-Unis. Et je travaille ici la plupart du temps, même si je rentre souvent à la maison. Ça m'a l'air génial. » Il jeta un coup d'œil autour de lui, sans paraître vraiment redouter que Herz s'oppose à ses plans. À voir sa belle tête, encadrée de boucles sombres, on comprenait sans mal pourquoi Sophie mettait tant d'empressement à l'aider. Et les lignes parfaites du corps nonchalant parlaient d'elles-mêmes. Sophie ne le quittait pas des yeux et le regard qu'elle avait accordé à Herz, quand ils s'étaient tenus tous les deux sur son palier, avait été si éloquent qu'il y avait lu un appel. Elle avait jeté son dévolu sur cet Henderson, qui semblait tout à fait insensible à son regard attentif, mais Herz était persuadé que, si elle n'était pas encore amoureuse, elle envisageait déjà d'en faire un amant. Il percevait l'attirance que le garçon exerçait sur elle, mais pour l'instant elle ne semblait pas réciproque. Ce jeune homme-là n'aurait pas besoin du secours des dieux : sa beauté impressionnante et sa courtoisie détachée lui permettraient de parvenir à ses fins, quelles qu'elles soient. Il était encore l'Hippolyte de la Phèdre qui existe en toute femme, insensible aux ruses féminines, capable de suivre en toute innocence un chemin sans calcul. Il devait être conscient de sa chance de posséder de tels attributs, et suffisamment bien élevé pour faire semblant de l'ignorer. Lui aussi sans doute avait ses projets. Savoir qu'il avait les moyens de les réaliser expliquait son assurance tranquille.

Il n'en était pas de même pour Sophie. Herz voyait avec un peu d'amusement, mais aussi un peu de tristesse, que ce garçon, actuellement occupé à examiner de près ce qui l'entourait, avait touché Sophie, l'avait changée, en avait fait une suppliante. Sinon, comment expliquer les regards intenses qu'elle échangeait avec Herz, comme pour le mettre dans la confidence ? Si elle avait du mal à exprimer ses sentiments – et il comprenait que ç'avait toujours dû être le cas –, ses yeux, en cette occasion, parlaient pour elle. Sa petite figure têtue se fermait, mais il décelait de la tension dans son attitude. Il regrettait, autant pour lui-même que pour elle, cette perte d'autonomie, espérant qu'elle restait assez femme pour la refuser. Il en doutait. Les hommes étaient plus doués pour cet exercice. Et Sophie, qui avait semblé à tel point inaccessible aux émotions, devait ressentir l'excès de sensibilité qui l'emportait comme une disgrâce. C'en était une, d'ailleurs. M. Henderson avait fixé son attention sur l'appartement, ses regards experts s'attardant dans tous les coins, l'air aimable. En passant près d'elle, il lui toucha le bras avec une gentille camaraderie. Herz soupira mentalement. Ainsi faisait-on la conquête d'une femme : sans implorer, ni même attaquer, mais en manifestant de l'indifférence. Il se découvrait incapable d'appeler ce jeune homme par son prénom, une façon, sans doute, de reconnaître qu'il ne pouvait se montrer déférent que vis-à-vis de la beauté et de la maîtrise de soi. Nul doute que, si le jeune homme le souhaitait, il allait prendre possession des lieux.

« Je crois que je vais faire du thé, si vous n'y voyez pas d'inconvénient. Prenez votre temps pour regarder, monsieur Henderson. Comme je le disais tout à l'heure, mes projets n'ont pas complètement pris forme. J'avais l'intention de partir bientôt, mais il peut y avoir un ou deux empêchements, un retard considérable, en fait. Cela risque de ne pas vous convenir.

— Un thé, ce serait très bien, dit M. Henderson. Je serai à New York près d'un mois, de toute façon. Et je ne voudrais pas vous presser. Sophie vous a dit, je crois, que je cherche un domicile permanent ? Si je trouve ce qu'il me faut – et il me semble que cet endroit ferait fort bien l'affaire –, je serais prêt à attendre.

— Je vois. Vous pensez donc que cet appartement pourrait vous convenir ?

— Absolument. Bien situé, bien desservi. Il y a un garage ?

— Non, dit Herz, espérant le décourager. Mais nous sommes tout près du métro. On peut aller à pied à Baker Street ou à Marble Arch.

— Je pourrais t'emmener le matin, intervint Sophie, une légère rougeur venant colorer ses joues pâles.

— Vous travaillez ensemble ? demanda Herz.

— Nous nous sommes rencontrés à la City. Sophie travaille dans ma compagnie, mais seulement de temps à autre.

— Ah, des contrats de courte durée.

— C'est ça. Elle savait que je cherchais un logement, et elle m'a averti que quelque chose pouvait se libérer dans son immeuble…

— Oui, convint Herz avec lassitude. Comment prenez-vous votre thé ? »

Il était presque convaincu à présent, moins par l'aimable absence d'obstination du jeune homme que par sa certitude d'obtenir ce qu'il lui fallait. C'est ainsi qu'il avait dû procéder toute sa vie. La grosse somme d'argent que M. Henderson mentionna arracha Herz à son hypnose. « L'appartement n'est pas à vendre, répliqua-t-il sévèrement. Même s'il peut l'être par la suite. Je songeais à une absence d'un mois ou deux. Mais, comme je l'ai dit, il n'est pas exclu que je reste au loin plus longtemps, ou même pour de bon. Cela dépend surtout d'une autre personne. Je présume que c'est moins intéressant pour vous.

— Non, c'est parfait. L'endroit me plaît. Je suis prêt à m'adapter à vos projets.

— J'aurais besoin de références, naturellement.

— Bien sûr.

— Sophie m'avertira à votre retour de New York. Nous pourrons alors en reparler. » Mais Sophie, dont les yeux restaient fixés sur la grande main qui levait la tasse, se contenta de murmurer distraitement : « Bien sûr. » Herz éprouva à son égard une pitié importune. Elle était donc destinée à être une victime, elle aussi. Cette idée ne lui faisait pas plaisir.

Ils se quittèrent en toute courtoisie. Herz ferma sa porte avec soulagement, bien que l'appartement lui parût étrangement calme. Ce n'était pas le calme de ses journées solitaires, mais celui qui accompagnait le départ de la jeunesse. À sa surprise, il avait aimé leur visite, alors qu'elle avait pour lui des implications désastreuses. Il réalisait qu'ils avaient le droit de formuler des exigences, d'être pleinement conscients de leurs avantages, de ne prêter qu'une attention mitigée à ceux qui se mettaient en travers de leur route. Il était impressionné par leur aisance physique, une faculté qu'il avait perdue depuis longtemps. Comment leur assurance pourrait-elle les trahir ? Même si en principe la décision lui appartenait, Herz se sentait en danger d'être ignoré. Qu'étaient ses projets comparés aux leurs ?

Plus tard dans la soirée, le téléphone sonna. « Matt est ici, dit Sophie. Vous aimeriez prendre un verre avec nous ? » Une sorte de sympathie venait apparemment de naître entre eux, ce dont il fut heureux. Qu'il eût semblé conscient de ce qu'elle éprouvait avait bien disposé Sophie à son égard. Qu'il n'en eût pas fait état convenait au silence qu'elle entendait garder sur sa vie privée. Il se sentait protecteur, comme il aurait toujours dû l'être, et il pensait qu'elle l'avait deviné. Il soupira. C'était le rôle que les gens âgés étaient contraints de jouer, parfois contre leur gré. Néanmoins, il accepta l'invitation avec empressement. Il était, malgré lui, véritablement intéressé. Qui allait gagner, l'emporter sur l'autre ? Il avait le droit de prendre du plaisir au spectacle. Il se brossa les cheveux, se munit d'un mouchoir propre comme s'il

partait pour le théâtre. Son rôle à lui serait de figu-
rer dans le public. Leur jeunesse y avait veillé.

Il semblait être arrivé juste avant l'entracte car,
durant son absence, quelque chose d'extraordinaire
s'était produit. Les expressions d'entente cordiale
étaient offertes et rendues, mais elles manquaient
de conviction de la part du jeune homme. Le
regard qu'il porta sur Herz était distrait, presque
hagard, pas celui qu'il retourna vers Sophie ; Herz
assista, fasciné, à cet échange sans paroles. M. Henderson, apparemment, avait été réveillé de son
amabilité neutralisante. À l'air de stupeur naissante
dans ses yeux, à l'abandon momentané dans le
sourire que Sophie lui adressait en réponse, Herz
sut qu'il s'agissait d'un moment sacré, la descente
des dieux peut-être. Il avait été présent à cet étrange
conjonction qui atteint rarement deux personnes
en même temps. Quand elle le fait, l'avenir ne
compte plus. Le mien non plus, pensa Herz. Toute
discussion qui pourrait avoir lieu maintenant serait
abstraite et vide de sens. Il était ému, et ne pouvait
pas manquer de l'être. Les considérations pratiques,
terrestres, étaient balayées. Avec tact, il signala son
départ à Sophie, qui en prit note avec un sourire
presque langoureux, comme il n'en avait jamais vu
sur son visage. C'était la moindre des discrétions de
les laisser seuls. Ce qui arriverait ensuite n'avait pas
besoin de témoin, car l'issue, on pouvait le deviner
sur leurs visages, n'était pas destinée à être observée, ni de lui ni de personne. L'amour, une fois de
plus, affirmait son exclusivité, son droit triomphal
à la possession. Herz était soulagé d'être parti aussi
discrètement, content de n'avoir pas manifesté
d'intérêt excessif. Ses pensées à lui auraient leur
place dans le décor sylvestre du jardin public,
ainsi promu au rang de bosquet ou de clairière

mythologique. Il était soulagé aussi que ses projets personnels bénéficient d'un délai inattendu, qu'il n'ait plus été question de références. La beauté de ces deux êtres, rendue manifeste par leur admiration réciproque et par l'importance du moment, se suffisait à elle-même. Toute autre recommandation était superflue.

Leur enchantement évident – au sens littéral, comme s'ils avaient été frappés d'un coup de baguette magique – formait un contraste fâcheux avec son projet d'association, son mariage de convenance. Il venait d'être témoin de l'instant mystique avant que le désir n'affirme son emprise et ne libère leurs mouvements, et pourtant c'était bien le désir, ou la promesse du désir, qui élargissait leurs pupilles et répandait de la couleur sur leurs joues et leurs lèvres. Leur transformation était de l'ordre du mythe, de la légende ; il semblait presque naturel de songer, non à Cupidon, mais à Pan, à Apollon, qui préféraient le rapt et changeaient en arbre les amants récalcitrants. Pourtant, il n'y avait pas eu de cruauté dans leur regard ; rendus plus modestes par cette compulsion irrésistible, ils n'essayaient ni de la mettre en doute ni de la laisser les entraîner plus loin. Leur conjonction dramatique était, pour le moins, un sujet d'émerveillement, la révélation qu'elle pouvait surgir dans des circonstances banales, entre des personnes tout à fait ordinaires, toute idée d'avenir, ou même de la minute suivante, totalement absente. Le monde finirait par les reprendre mais, pendant un intervalle extraordinaire, chacun aurait reconnu l'autre comme si un idéal s'y incarnait. Il était même possible pour des spectateurs d'être pris par la tragédie du moment, pour se retrouver démunis l'instant d'après, privés de cet aperçu d'une autre dimension, et prenant trop bien conscience de leur propre condition, sans espoir de rachat parce que terre à terre.

En rentrant dans l'appartement, il eut l'impression qu'un voile de poussière couvrait ses possessions. C'était aussi une métaphore, puisque Ted Bishop avait tout nettoyé deux jours plus tôt. En tant que refuge, cet appartement avait servi son objectif qui, à présent, paraissait illusoire. Quelqu'un d'autre allait le reprendre, tandis que son absurde association irait son train. Il lui semblait approprié de penser en termes d'association, de fusion, des mots du vocabulaire des affaires qui n'avaient pas grand-chose à voir avec ses modestes préoccupations. Le moment de félicité auquel il avait assisté faisait paraître ennuyeux jusqu'à ses rêves, car, sans quelque entité surnaturelle et bienveillante, comment sa vie pouvait-elle être récompensée ? Impossible de ne pas être ému par ce qui venait de se produire, ce regard intense... Il était arrivé spontanément – ce qui faisait sa beauté. Même de savoir qu'il finirait par rejoindre le banal, le quotidien, ne faisait pas de différence sensible. Par comparaison, sa fuite vers Nyon et Fanny paraissait dérisoire. Elle avait semblé une bonne idée parce qu'il ne l'avait pas mise à exécution, ne l'avait pas traduite dans le réel de sa vie, l'avait vue se poursuivre éternellement. Il pensa à la lettre de Fanny, à ses doléances. Il ne doutait pas qu'elles seraient répétées. Et comment se comporterait-il devant son mécontentement ? Car il était certain de devoir jouer un rôle secondaire. Sa nouvelle tâche serait de la convaincre de la nécessité de retourner à Bonn pour régler ses affaires. Et pourtant, il pourrait encore y avoir de la dignité dans l'arrangement qu'il avait proposé. Il pensa avec pitié et mépris à l'ardeur qui l'avait animé quand il observait et attendait Sophie Clay. Il avait pu être amoureux même à cette distance, et désormais il savait que la vie sans amour serait un désert qui ramènerait le passé et les morts, dont il enviait presque l'absence, dans le présent, dans l'avenir, même.

Quand le téléphone sonna, il crut que c'était Fanny et fut soulagé de penser qu'elle répondait à sa lettre avec des projets à elle, mais c'était Bernard Simmonds, la voix lasse et légèrement irritée.

« Julius ? J'ai reçu votre lettre, mais je crois que nous devrions nous voir pour discuter plus à fond. J'ai l'impression que vous avez été un peu trop hâtif.

— J'ai la même impression. On dirait que j'ai loué l'appartement.

— Vous n'avez rien signé ?

— Non.

— Je me demande…

— Bernard, pouvons-nous nous rencontrer ? Je pense avoir besoin de vos conseils.

— Naturellement. Vous ne voulez pas venir à l'étude, d'après ce que je comprends ?

— Non. Dînons ensemble à l'endroit habituel. » Il patienta tandis que Simmonds consultait son agenda, puis il accepta le mardi de la semaine suivante. Fanny s'estompa dans le lointain. Si la chance le favorisait, elle mettrait un siècle à se décider, lui donnant ainsi une dernière occasion de décider par lui-même.

16

Le conseil de Bernard avait été succinct mais convaincant : exiger un accord mensuel, si nécessaire résiliable à court terme. Ayant prononcé son verdict, il s'attaqua à ses raviolis avec une énergie que Herz jugea inquiétante. Il n'avait pas vraiment la tête à cet entretien. La matinée avait apporté une carte postale de Bad Homburg. Au verso, on pouvait lire, de l'écriture papillonnante de Fanny : « Savoure bref répit à mes inquiétudes. Lettre suit. » Il en avait conclu qu'elle n'était pas à court d'argent, qu'elle attendait une issue heureuse à son procès et ne se souciait plus du tout de lui.

Il se retrouvait dans l'obligation, hélas, de se replier au Beau Rivage pendant un mois au minimum, sans doute seul, afin de répondre aux questions très courtoises mais pressantes de M. Henderson sur l'avenir de l'appartement qui, se disait Herz, avait une certaine tendance à lui échapper. S'il vidait les lieux, même pour une brève absence, ce serait moins dans son propre intérêt que dans celui de M. Henderson, pour qui il éprouvait une absurde sympathie. Le jeune homme, qu'il rencontrait fréquemment dans l'escalier ou sur le palier de Sophie, paraissait débordant d'amour et de détermination, mais toujours assez lucide pour poursuivre ses enjeux.

Herz lui portait autant de tendresse qu'à un enfant engagé sans surveillance en pleine circulation, non parce qu'il était amoureux, mais parce qu'il était si visiblement persuadé de contrôler tous les aspects de la situation. Il aurait aimé le prendre à part pour lui expliquer les difficultés qui l'attendaient. Regardez-moi, aurait-il dit : un amour aveugle de jeunesse pour une femme qui, je m'en aperçois aujourd'hui, m'est devenue indifférente, m'a jeté dans une confusion mentale dont je ne sais plus comment sortir. Le souvenir d'un enthousiasme juvénile semble m'avoir condamné à une forme d'exil. Un tel enthousiasme, que j'ai pu également constater chez vous, risque de faiblir ; votre attirance initiale peut être détruite par un conflit d'intérêts. Sophie n'est pas une vierge candide attendant sous sa charmille, et vous êtes, à mon sens, plus vulnérable qu'elle.

Quant à moi, j'ai l'impression d'être votre allié, prêt même à m'en aller, à abandonner mon logis, simplement parce que vos désirs sont beaucoup plus forts que les miens. Moi aussi, je m'étais choisi une compagne et je vois que je m'étais trompé sur elle. Nul doute qu'en ce moment elle s'occupe à ses affaires sans se soucier des miennes. C'est là où je voulais en venir : comment pourrait-elle savoir ce qui me poussait à agir ? Comment pourrait-elle apprécier ma situation ? Elle est si absorbée par ses préoccupations qu'on peut difficilement s'attendre à la voir accorder toute son attention à ce que je suis devenu : pratiquement un étranger, dont la vie est proche de la fin, et qui compte sur de nouveaux rêves – d'évasion – pour prolonger cette vie et la conduire à une sorte de conclusion, ne fût-ce que pour restaurer une dignité si compromise qu'elle risque désormais d'échapper à son contrôle. Vous voyez le problème, aurait-il dit. Vous aussi, vous pouvez vous apercevoir que vous vous êtes lancé dans une aventure contre laquelle la sagesse aurait dû vous prémunir. Les dangers inhérents à une histoire d'amour, qu'ils soient réels ou imaginaires, sont incalculables.

« J'étais contre la location, disait Bernard Simmonds. Vous avez bien le droit de prendre des vacances, mais il vous aurait suffi de partir un mois ou deux sans passer ce genre d'accord.

— J'envisageais une absence plus longue, murmura Herz. À un moment, j'y ai vu une solution possible à mes inquiétudes. »

Il eut de nouveau une rapide vision de lui-même tel qu'il s'était alors imaginé, dans un rôle de flâneur mondain, se promenant au bord du lac, souriant aux femmes en connaisseur, se révélant un charmant compagnon ou, à défaut, un parfait chevalier servant. C'était si peu vraisemblable qu'il ne lui restait plus que la stupeur d'avoir pu rompre aussi radicalement avec la réalité. Mais il y avait eu cette autre impulsion, dont la force était indéniable : le besoin d'accomplir un acte téméraire. C'était contraire à sa personnalité. Il se savait prudent, il était même persuadé de la nécessité d'être prudent, quand il suivait à pas comptés ses rues familières, une main pressée sur la poitrine où ses comprimés faisaient entendre un léger cliquetis dans leur boîte émaillée. Il n'en restait presque plus, d'ailleurs, ce qui signifiait qu'il devrait retourner chez le médecin. Pas question d'y échapper ; il s'était converti à ses comprimés. Un seul, placé sous la langue le soir, lui assurait une transition facile vers le sommeil. Il ne savait guère ce qui les rendait efficaces et ne s'en souciait pas davantage. Sa mère avait eu recours à un médicament unique contre ses innombrables maux, tandis que la collection de remèdes de Freddy avait simplement supprimé le peu d'appétit qu'il avait pu avoir. Herz se contentait de céder au besoin dès qu'il se manifestait. Je ne suis en rien dépendant de ces comprimés, se disait-il ; il les regardait moins comme une nécessité que comme une façon de se faire plaisir. Ils lui permettaient de compter sur une nuit paisible, et cet avantage à lui seul était incommensurable.

« Vous avez exigé des références, bien sûr, disait Simmonds. Elles sont satisfaisantes ?

— Oh, oui. » Elles étaient plus que satisfaisantes en fait ; elles étaient idéales. Elles ne pouvaient qu'inciter Herz à plus de bienveillance encore. Elles présentaient le candidat (car c'est ainsi qu'il le voyait) comme un employé honorable, ayant réussi dans sa profession, et largement récompensé dans l'exercice de ses fonctions. Ces références, en tout cas, ajoutaient au lustre particulier de M. Henderson, qui avait vraiment quelque chose de parfait. À les en croire, ce garçon, en plus de sa superbe apparence, possédait une grande noblesse de caractère. Raison de plus, pour Herz, de le protéger, même si cela allait à l'encontre de ses propres intérêts. Ils semblaient d'ailleurs relégués au second plan par rapport aux projets de M. Henderson, et même par rapport à son avenir tout entier. Herz n'avait pas de mal à s'incliner devant les lois naturelles : les jeunes doivent passer avant les vieux, qu'ils sont appelés à remplacer. Les lourdes responsabilités qui les attendent doivent être compensées par les plaisirs qui leur sont accordés – par la nature, toujours – au printemps de leur vie. Et M. Henderson était si magnifiquement amoureux que rien, Herz le sentait, ne devait lui être refusé, aucun obstacle ne devait être mis sur sa route. Le seul obstacle, pour le moment, était sa propre personne encombrante. Il lui faudrait donc s'effacer avec tact. De cette façon mystérieuse, ses nébuleuses visions personnelles étaient frappées du sceau de la nécessité. Voilà ce qu'il aurait aimé souligner dans l'une de ces conversations imaginaires qui n'auraient jamais lieu. Cependant, on pouvait en tirer des déductions précieuses, il n'en doutait pas. Une simple idée, un simple vœu, pouvaient être devancés par les événements, si bien qu'à la fin un compromis devenait inévitable. Dans son cas, la sympathie pour cet inconnu le conduirait à s'absenter de la scène, alors qu'il aurait tant aimé être présent, ne fût-ce qu'en spectateur. Il devait donc se priver d'un intérêt légitime et même bienveillant, pour laisser l'autre exister à sa place.

Quant à Fanny et à l'invitation qu'il lui avait adressée, il ne savait plus ce qu'il fallait en penser, ni que faire, en réalité. Il ne pouvait guère se dédire maintenant, même si le besoin de sa présence avait diminué. La carte postale de Bad Homburg semblait confirmer ce qu'il avait toujours soupçonné : elle était frivole, et d'ailleurs jamais à court de ce genre d'invitations. Bad Homburg était un endroit onéreux pour quelqu'un qui se disait en proie à des difficultés financières. Dans ses projets, il n'avait pas tenu compte de sa situation à elle, même si, à en juger par sa lettre, cette situation n'était pas claire du tout. L'image de leur marche tranquille vers une glorieuse apothéose en était ainsi doublement contrariée. Ses propres fonds dépendaient de la vente définitive de son appartement, mais, s'il le vendait, il serait sans domicile. Il avait su se persuader que Fanny prendrait des dispositions analogues, et que tous deux s'installeraient dans la certitude confortable que leur bien-être était assuré.

À présent, il voyait la folie de ces suppositions. Il n'y avait pas de raison pour que Fanny abandonne sa vie actuelle, pas plus qu'il ne devait abandonner la sienne. Pour ce bref instant d'optimisme imprudent, il lui faudrait à présent payer cher. Cela aussi, il le soulignerait, en usant des comparaisons les plus délicates, auprès de M. Henderson, dans l'un de ces entretiens qui n'auraient jamais lieu. Il aspirait maintenant à la conversation, aux confidences des jeunes, à la compagnie de ceux qui ignoraient encore le compromis. Cela aussi, c'était un rêve, mais il était né d'un instinct bien réel, en l'occurrence le désir d'avoir un fils dont il trouverait parfaitement légitime l'intention de le remplacer. Au lieu de quoi, il s'était condamné à rester privé de toute descendance, même imaginaire, puisque les résidents du Beau Rivage, des vieillards, seraient en fait réunis par la camaraderie des éclopés. Lors de sa courte visite à Nyon, il avait eu un aperçu des potions, gouttes et autres médicaments sur les tables, et s'était alors félicité de n'être vulnérable que par la nature de sa quête.

Il s'était souvent demandé si ce voyage n'avait pas coloré le reste de sa vie et n'était pas responsable de cette résolution ultime de revenir en arrière, de substituer à l'échec subi une version révisée de l'épreuve originale et de retrouver une Fanny différente. Tout cela pour conduire à une conclusion satisfaisante une suite d'événements qu'il avait toujours jugés peu aboutis. C'était comme si le metteur en scène de cette comédie ou de cette tragédie particulière avait commis la faute de goût de prévoir une fin heureuse.

Du moins ce *happy end* bannirait le regret qui n'avait cessé de hanter Herz jusqu'à ce jour, et qui même à présent le frappait comme immérité.

Les fantasmes d'une personne ne lui ressemblent pas, se dit-il : c'est bien pourquoi ce sont des fantasmes. On s'offrait une compagne imaginaire, des rejetons imaginaires, alors que la nature impitoyable de la situation réelle menaçait constamment de vous submerger. Et, tout ce temps, ce divorce entre rêve et réalité vous obligeait à reconnaître, bon gré mal gré, vos tristes limites. En rêve, il était libre d'être, au bord du lac, ce personnage fringant qui maintenant encore prenait les traits d'un autre, muni d'une moustache et d'une canne à pommeau d'argent, comme un acteur dans un film oublié. Sous un tel déguisement, il pouvait triompher. Exiger de son humble personne une transformation pareille, c'était demander l'impossible, tout comme il était impossible d'imaginer Matthew Henderson en auditeur respectueux de ses divagations. La réalité, c'était le pas de M. Henderson dans l'escalier, qui s'arrêtait toujours devant la porte de Sophie. Il y avait lieu de s'en attrister, mais, dans les rares occasions où ils s'étaient rencontrés tous les trois, touché par leur couple, il leur avait souri de bon cœur et n'avait rien fait pour les retenir. Les éléments d'une situation idéale étaient réunis là aussi et il ne ferait rien pour la perturber.

« Vous feriez mieux de m'envoyer ces références, poursuivait Simmonds. Ainsi, je pourrais voir s'il y a moyen de vous tirer de ce mauvais pas. Sinon, je dirais que vous êtes mal parti.

— Je sais.

— Remarquez, une coupure serait agréable. Vous pourriez en profiter. Une charmante région d'Europe, une charmante période de l'année.

« — Sauf que c'est plutôt difficile à concevoir d'ici. J'ai une image en tête, mais j'ai peur qu'elle ne soit entièrement trompeuse. »

Cette image, soignée dans le détail, était fondée sur un souvenir, celui d'un crépuscule paisible noyé dans une brume bleue, des aménagements somptueux, une toile de fond discrète à une conversation qui s'était révélée insipide et insatisfaisante. Il est vrai que, le matin de son départ, il avait été réconforté par un soleil qui gagnait en force et lui permettait de remettre à plus tard la pensée des tristes journées qui l'attendaient. Même à présent, à Chiltern Street, le soleil était fort, comme s'il avait été amené à briller par les désirs de M. Henderson, illuminant tout l'appartement, le rendant plus spacieux qu'il ne paraissait d'habitude. Encore une métaphore mais, pour une fois, parfaitement adaptée à l'occasion. L'apparition sur scène de l'acteur principal, qu'il avait cessé d'être, servait à revoir la distribution de manière que les seconds rôles soient relégués à la place qui leur convenait. Le soleil était démocratique, chacun pouvait en profiter, même les exilés dans des contrées lointaines. Herz savait que, s'il avait eu le choix, il se serait attardé à sa fenêtre et aurait contemplé la rue au-dehors, attendant le retour du jeune couple ; il se serait ensuite détourné avec un sourire pour éviter de l'offusquer par sa présence.

Il était conscient du fait que cette soirée était un peu décevante à la fois pour Simmonds et pour lui, qu'il devait paraître distrait, oublieux, inattentif à ses devoirs d'hôte. En fait, son propre drame intérieur primait tout. Du moins sa situation absurde pouvait-elle inspirer des réflexions nouvelles susceptibles d'être utiles à un moment donné. De quelques-unes de ces réflexions, il était redevable à la lettre de Fanny, et davantage à sa carte postale, qui permettait une interprétation de son caractère plus exacte, sans doute, qu'aucune de celles qu'il avait formées auparavant. Savoir que leurs natures étaient différentes et même antithétiques ne l'avait pas découragé autrefois. À présent, il était enclin à perdre patience, à hausser les épaules comme il aurait dû être capable de le faire quand il était encore un jeune homme ou même un homme d'âge mûr. La présence virtuelle de Fanny à ses côtés ne l'intéressait plus : c'était plutôt l'inverse. Ensemble, ils auraient donné l'image touchante, mais fallacieuse, de deux vieux tourtereaux réunis par le même passage du temps qui leur avait dérobé toutes leurs séductions. Il avait eu un aperçu trop récent des privilèges accordés à ceux qui sont favorisés par la nature pour penser autrement, et tant pis si c'était injuste pour Fanny. « C'est pas juste » n'était jamais qu'une protestation enfantine. Le processus par lequel on se trouvait disqualifié malgré les meilleures intentions du monde était plus énigmatique. Et cette énigme ne serait pas percée tant qu'il y aurait des exemples plus immédiats de bonheur à contempler. Les sourires secrets des amants mettaient en déroute toute idée de noble maturité. Fanny n'avait sans doute pas vu plus loin que sa conviction de mériter davantage que ce qu'elle avait reçu et cela aussi, c'était injuste. Et il s'était offert à l'écouter patiemment, à débrouiller un écheveau de combinaisons plus ou moins douteuses, à lui rendre son amour-propre, à exprimer de l'admiration pour son endurance ! Tel était apparemment le rôle qu'il avait écrit pour luimême. Rien d'étonnant à ce qu'il ait envisagé de déployer une témérité qui aurait bousculé toutes les prévisions, à commencer par les siennes. Comment elle devrait s'exercer ? La question n'avait plus de sens. L'essentiel était qu'elle se manifeste avant tout à ses propres yeux. Cette témérité aurait la beauté d'un *acte gratuit*, dépourvu de conséquences. Ce sont généralement les conséquences de vos actes, aurait-il expliqué à toute jeune personne disposée à l'écouter, qui gâchent le plaisir.

« Et vos projets, Bernard ? demanda-t-il.

— Oh, je pense que nous allons partir bientôt. Le mois prochain, peut-être.

— Helen et vous ?

— Oui.

— Vous habitez toujours au même endroit, alors.

— Oh oui. » Il avait l'air maussade.

« Et votre autre amie ?

— Eh bien, elle aussi est chez elle. Son mari est à Singapour en mission. Nous aurions pu nous voir si Helen n'avait pas tenu à ce que nous soyons constamment ensemble. Comme ça, il m'est impossible de la voir assez souvent. Ne me regardez pas ainsi, Julius. Je lis la réprobation sur votre figure. Je n'ai pas oublié la façon dont vous m'êtes tombé dessus la dernière fois.

— Oui. Je l'ai regretté. Mais je vis plus ou moins hors du monde ces derniers temps. Comment voyez-vous l'avenir ?

— Je ne le vois pas du tout, c'est ça l'ennui.

— Là, je peux vous comprendre. L'avenir m'inquiète aussi.

— Il ne devrait pas. J'aurais évidemment besoin d'une adresse et d'un numéro de téléphone. Et, bien sûr, de connaître vos dates.

— Mes dates ?

— Celle de votre retour.

— Vous me voyez revenir, alors ?

« — J'en suis presque sûr. Excusez-moi, Julius. Je ne devrais pas vous ennuyer avec mes problèmes.

— C'est moi qui vous ai questionné, souvenez-vous.

— Vous avez toujours su si bien écouter. »

Vous aussi, pensa Julius. Leurs aimables rencontres dans le passé, leurs expériences partagées, allaient aussi prendre fin. Il éprouvait le malaise familier, la respiration accélérée. « On y va ? suggéra-t-il. Vous devez être fatigué après votre journée de travail. »

Simmonds leva les yeux. « Vous allez bien ? Je vous trouve un peu pâle.

— Je vais très bien. » Il régla la note en rassemblant péniblement son sang-froid. « Ne m'attendez pas, Bernard. Je vais prendre mon temps.

— Si vous êtes sûr... »

Ils se quittèrent avec des manifestations d'amitié où se mêlaient affection sincère et irritation. Herz resta assis sans bouger jusqu'à ce que sa respiration redevienne normale.

« Vous désirez autre chose, monsieur ?

— Si vous pouviez seulement m'appeler un taxi... »

Le serveur, un homme d'un certain âge, le guida vers la porte, une main sous son coude pour le soutenir. « Il y a un bon moment que nous n'avons pas vu la dame, dit-il. Une personne si aimable.

— Ma femme ? Oui, une personne très aimable. » Il tendit un billet de cinq livres. « Merci beaucoup. »

La soirée, ou ce qu'il en restait, était exceptionnellement sereine. Il n'y avait aucun bruit dans Chiltern Street pour troubler sa tranquillité. Les fenêtres de Sophie étaient obscures. Il était conscient de sa gaucherie en descendant du taxi. C'était une humiliation à laquelle il s'était habitué, en même temps qu'à beaucoup d'autres. Il y a une faille dans le système divin, se dit-il : le corps, et son évolution inexorable. Il n'aspirait qu'à se mettre au lit. Pourtant, ces heures nocturnes qui le réconfortaient d'ordinaire ne rempliraient pas leur rôle cette fois. Il demanderait un sédatif au docteur, il y avait sûrement droit. Il nota sur son agenda de prendre rendez-vous. Je pars en vacances, dirait-il, avec la triste conscience que c'était la vérité. Si vous pouviez me trouver une petite place entre deux patients...

« Monsieur Herz, dit le médecin. Un admirateur de Freud, si mes souvenirs sont exacts ?

— Un peu moins ces derniers temps, peut-être. Mais, à propos des rêves, je pense vraiment comme lui. Qu'ils parlent du désir. Ou de son absence, ajouta-t-il, se rappelant avec un peu de gêne sa plus récente interprétation.

— Tout à fait. Voulez-vous remonter votre manche ? »

Herz resta assis, docile, son bras pâle posé sur le bureau du médecin. D'une pièce éloignée lui parvenait la voix haute, encourageante, de l'infirmière, qui lui rappela Josie. Il remarqua que l'aquarelle qui lui avait tant déplu avait été remplacée par une reproduction des *Tournesols*, de Van Gogh, comme dans la salle d'attente de son dentiste. « Je m'étonne que vous n'ayez rien qui soit davantage de circonstance, dit-il. *La Leçon d'anatomie du docteur Tulp*, par exemple. Cela vous permettrait de parler des énormes progrès techniques accomplis depuis l'époque de Rembrandt, les scanners, la chirurgie endoscopique, les médicaments. C'est pour les médicaments que je suis venu, en fait. Je vais m'absenter, voyez-vous.

— Un instant, s'il vous plaît, dit le médecin en rabattant la manche de Herz.

— Oh, excusez-moi.

— Elle est très forte. Vous avez bien pris vos médicaments ?

— Eh bien, ces derniers temps…

— Il faut les prendre tous les jours.

— Oh, je le ferai, je le ferai. Et si vous pouviez ajouter les comprimés que me prescrivait le Dr Jordan… Je ne m'en sers pas mais, loin d'ici…

— Vous avez eu des malaises ?

— De temps en temps… Un peu d'essoufflement, c'est tout.

— Il vaudrait mieux que je vous examine. »

Le stéthoscope froid s'appliqua contre sa poitrine, son dos. Il tâcha de discipliner son pauvre cœur sans défense.

« Il y a une irrégularité. J'aimerais que vous passiez d'autres examens.

— Je le ferai à mon retour. Voyez-vous, je pars demain.

— Eh bien, il faut un certain temps pour obtenir un rendez-vous. Vous partez jusqu'à quand ?

— Je ne sais pas au juste.

— On ne peut pas traiter ces choses à la légère. »

Mais Herz savait que son cœur était, d'une manière ou d'une autre, son allié, qu'il ne prolongerait pas sa vie plus longtemps que nécessaire. Sa propre endurance se chargerait du reste.

« Venez me voir à votre retour. Évitez le stress, cela va sans dire. Comme si c'était facile ! Le stress est inévitable. Eh bien, profitez de vos vacances.

— Oh oui, oui. » Ouf, se dit-il, pas plus de questions que je n'en attendais. Il remercia le docteur avec effusion, fit une sortie maladroite, se sachant observé. Il avait manifesté les symptômes d'une pathologie, se prouvant ainsi qu'il ne dérangeait pas les gens pour rien. Mais il était avide de se retrouver à l'air libre. Une fois dans la rue, il échappait au détective vigilant qu'était ce médecin, en définitive. Mais ce serait toujours difficile. En tout cas, il avait son ordonnance. Il se sentait comme un fraudeur démasqué, dont la couverture aurait été éventée. Et c'est bien ce qui s'était produit. Il s'en était sorti, mais de justesse. La prochaine fois, ce serait moins facile.

Le soleil était haut dans le ciel quand il quitta le cabinet ; pourtant la lumière ne tarderait pas à décliner et à se fondre dans un beau crépuscule nimbé de vert. Il n'était pas pressé de rentrer chez lui. Il s'attarda dans la rue, contemplant sans les voir des étalages devant lesquels il passait tous les jours, incapable d'écarter les idées sombres sous la lumière faiblissante. Au supermarché, il fit ses maigres achats, souriant aux enfants, aux mères, au gérant qui veillait à tout. Peu d'entre eux lui rendaient son sourire, la plupart étant trop concentrés sur le repas à préparer, les affaires à régler avant la fin du jour. Les gens qu'il rencontrait le matin étaient plus sociables. Mais ils étaient généralement âgés et comme lui n'avaient pas grand-chose à faire.

Dans l'appartement, il se prépara du thé, peu disposé à regarder les actualités. Au point où il en était, le monde extérieur n'avait plus grand intérêt ; sa tête ne pouvait abriter que des pensées relatives à son dilemme du moment. Et même cela l'ennuyait. Il aurait accueilli avec joie l'occasion d'en discuter avec quelqu'un sur des bases purement humaines. Bernard Simmonds l'avait désapprouvé. Même s'il était trop poli pour exprimer son opinion sans détour, il voyait Herz comme une personne lamentablement dépourvue de sens pratique, et qui, par-dessus le marché, s'était mise dans son tort en omettant de prendre conseil à temps.

Herz avait perçu de l'exaspération dans sa manière d'expédier son repas, d'allumer sa cigarette sans demander la permission. Il se sentait enfermé dans le rôle qui lui avait été assigné. Qu'un autre, un ami de surcroît, le prît pour un incapable était un motif supplémentaire de tristesse. Il but son thé avec lenteur ; ses mains tremblaient un peu. Quand on sonna à la porte il reçut un tel choc qu'il aurait exprimé sa frayeur s'il n'avait été trop bien élevé pour le faire. Quand il ouvrit à Sophie, son cœur battait encore à grands coups. Si une simple interruption suffisait à le troubler à ce point, comment ferait-il en voyage, où tout serait bruit et confusion ?

« Entrez, entrez, dit-il. Une tasse de thé ?

— Volontiers. »

Il la regarda s'asseoir et boire poliment son thé. Il remarquait des changements qui étaient peut-être seulement visibles de lui, avec son habitude de la couver des yeux. Des cheveux s'échappaient de son chignon ; une mèche pendait sur sa joue. Ses lèvres avaient perdu la couleur qui les avaient animées et paraissaient sèches. De temps en temps, elle mâchonnait l'intérieur de ses joues.

« Vous êtes fatiguée », dit-il doucement. Il débordait à son égard de tendresse protectrice.

— Oui, en effet, j'ai beaucoup à faire. Je venais à propos de l'appartement.

— Je m'en doutais. Je croyais Matthew encore à New York.

— Il m'a téléphoné hier soir. Il se demandait si vous aviez pris une décision.

— Nous étions convenus de ne rien décider avant son retour. Il a dit qu'il partait pour un mois.

— Il s'inquiète un peu, c'est tout. En fait, il s'inquiète vraiment.

— Je me demande pourquoi il ne vient pas vivre chez vous.

— C'est trop petit. Et il veut un endroit à lui, vous pouvez le comprendre.

— Il va rappeler ?

— Je pense. » Elle semblait abattue, fit un effort pour se redresser sur sa chaise, comme on le lui avait sûrement appris dans son enfance, et reposa sa tasse sur la table.

« Vous l'aimez beaucoup ? demanda Herz, toujours avec délicatesse, pour éviter de l'offenser.

— On peut dire ça.

— Et lui ?

— Peut-être. Je sais qu'il a une amie aux États Unis. Ils ont été fiancés à un moment, mais elle a rompu. Ils continuent à se voir.

— Vous ne devriez pas vous inquiéter à ce sujet. Personne ne repart de zéro. Ce serait agréable à croire, je sais. » Il repensa à cet éclair de reconnaissance qu'il avait vu passer entre eux, se demanda comment l'évidence franche et immédiate de cet instant avait pu dégénérer en considérations de fidélité, de sentiments, tout cet attirail qui avait obscurci sa vérité première. Il avait envie de lui dire qu'il était absurde de dilapider de tels moments, si rares en eux-mêmes, pour des idées héritées de quelque catéchisme périmé. Il imaginait sans peine les discussions rituelles, cartes sur table, les questions sur les relations passées et présentes de l'un et de l'autre. Et de chaque aveu fait avec franchise naîtrait une plus grande inquiétude, comme celle qui rongeait maintenant Sophie. Il était clair qu'elle était plus troublée que son amant – sa splendeur devait le protéger de la crainte d'éventuels rivaux. Herz s'étonna une fois de plus du fond de sottise que l'on peut trouver chez tout héros classique, dont la noble apparence se charge de proclamer la supériorité à la face du monde. Au théâtre, c'était parfait. Dans la vie, cette inconscience pouvait favoriser les soupçons.

Sophie était attentive à ses propres inquiétudes, mais peut-être pas en mesure de les quantifier. La facilité avec laquelle le jeune homme était parti pour New York, sans rien décider tout de suite ou peut-être sans reconnaître la force de ce nouveau lien forgé en une seule rencontre, avait dû jouer contre lui, ouvrir la porte au doute. Les lèvres de Sophie étaient pâles, ses yeux d'habitude inexpressifs agrandis par l'appréhension ; ils indiquaient qu'elle était malheureuse. Son entêtement habituel l'aurait mieux servie, songea Herz. Il ne pouvait pas le lui dire, et de toute façon il ignorait si les règles du jour étaient les mêmes que celles qui s'appliquaient dans sa jeunesse. Il n'était pas là pour donner des conseils. D'ailleurs, elle devait le trouver incapable d'en donner, vieil homme rendu insensible par l'âge, qui ne conserve plus que des souvenirs flous de sentiments anciens. Il aurait pu parler – mais il n'en ferait rien – de la pérennité de ces sentiments, de l'aspiration à l'amour qui persistait au-delà du seuil de la vieillesse, des autres convoitises qui faisaient entendre leurs voix importunes jusqu'à ce que la mort mette fin à toute sensation, tout désir. De toute façon, elle n'y aurait rien compris. Elle était assez jeune pour avoir une vision avertie des relations amoureuses, comme ils disaient aujourd'hui, mais en même temps elle restait novice face à cette épreuve. Tout cela, il aurait aimé le lui dire, sachant qu'elle le jugerait présomptueux, se raidirait, se réfugierait dans la réserve glaciale qu'elle lui avait opposée en une désastreuse occasion qu'il préférait oublier. Il tenta de prendre un air bienveillant, mais en vain. La situation était trop sérieuse pour que Sophie puisse apprécier son courage et sa patience.

« Vous devez vous laisser guider par vos sentiments, dit-il à la place. Si vous perdez votre temps à vous faire du souci, ce qui est probablement superflu dans votre cas, vous allez vous priver de quelque chose de précieux. »

Ce qu'il ne disait pas était déjà enchâssé dans bon nombre de clichés, tous disponibles. Scandalisé de l'imaginer assise près du téléphone comme n'importe quelle autre femme, elle qui avait su se montrer si méprisante, il voulait encore plus lui parler des nombreuses déceptions auxquelles s'exposent ceux qui s'arrêtent pour évaluer leurs sentiments, qui veulent être justes envers les autres et tirent un faux orgueil de leur délicatesse. N'agissez que dans l'instant, avait-il envie de lui dire ; ne consultez que vos propres volontés. Le reste est poésie et n'a pas de place en amour.

« À votre place, je profiterais du présent sans me ronger les sangs à propos d'attachements antérieurs, dit-il. Je suis sûr que tout ira bien. Mais ne prenez pas trop le temps de réfléchir. Sinon, vous risquez de passer le reste de votre vie à regretter un moment perdu. Et vous savez qu'il n'est jamais bon d'hésiter dans ce domaine. Si vous le faites, vous vous exposeriez à être vraiment malheureuse. » Il entendit sa voix s'enrouer, s'éclaircit la gorge, fit mine de tousser. « Avertissez Matt, dit-il, que j'aurai une réponse pour lui quand il arrivera. C'est de cela que nous étions convenus, après tout. Et maintenant, est-ce que ça va ? Plus de soucis ? » Mais là, il avait été trop loin, il avait dépassé la limite, et il en fut puni par un regard méfiant et un visage de nouveau fermé. « Je fais encore du thé ?

demanda-t-il gaiement. Ou êtes-vous pressée de partir ?

— Je ferais bien d'y aller, dit-elle. Qu'est-ce que je dirai à Matt s'il appelle ?

— Ce que je viens de vous dire. Je vous ferai signe dès que je saurai où j'en suis. À bientôt, Sophie. Oh, et bonne soirée ! »

Lorsqu'il fit assez sombre, il essaya d'appeler Josie, pensant échanger avec elle quelque message qui les mènerait jusqu'à la fin de la nuit, mais il n'y eut pas de réponse. Il fit un autre essai plus tard, écouta avec une douloureuse concentration, comme si c'était un message en soi, le téléphone sonner interminablement dans une maison vide ; il sonnerait en vain, imaginait-il, tant que ses efforts pour se faire entendre continueraient.

17

La deuxième lettre de Fanny était aussi volumineuse que la première mais, cette fois, l'adresse était la bonne. Herz s'installa à son bureau pour la lire comme s'il devait traiter une affaire un rien désagréable. Avant de feuilleter rapidement les pages et de les compter (il y en avait cinq), il remarqua que l'écriture tendait à s'affaiblir ; on aurait dit que l'auteur était sur le point d'expirer ou, plus vraisemblablement, que son stylo manquait d'encre. Ce serait une complainte, pensa-t-il, pareille à celles que chantaient les ménestrels en s'accompagnant d'instruments à cordes du temps passé. Il avait assisté une fois à un récital de ce genre à Wigmore Hall et ne l'avait guère apprécié.

« Mon cher Julius, lut-il. Ta lettre m'a fait grand plaisir et elle m'est parvenue à un moment où j'avais bien besoin d'un peu de gentillesse. Je venais de rentrer de Bad Homburg, et j'étais si ébranlée par cette visite que j'ai dû rester deux jours enfermée chez moi avant d'être en état d'affronter le monde extérieur. Quand Lotte Neumann m'a proposé de me joindre à son groupe d'amis, j'ai accepté presque avec joie, alors que je l'avais toujours trouvée plutôt assommante. Or je n'avais pas compris que j'étais censée payer ma part. Il m'a fallu subir, du coup, une série d'humiliations. J'ai dû promettre d'envoyer un chèque de Bonn et j'ai réussi à le faire, mais je me demande ce que je vais devenir. Cette angoisse m'a poursuivie toute ma vie, et c'est d'elle que Mère essayait de me protéger. À présent qu'elle n'est plus là et que je dois me débrouiller seule, je m'aperçois qu'il me manque sa sagesse et son sens pratique. Je dois pourtant affronter tous les jours une situation intenable, et je regrette d'avoir été si peu préparée à faire face à des temps difficiles. C'est étrange, puisque les difficultés ont toujours été mon lot depuis notre départ de Berlin, et plus encore depuis que j'ai quitté Nyon.

» Je me fiais à l'expérience de Mère pour me guider et, pendant quelque temps, elle a suffi. Nous sommes parties de Berlin avec juste assez d'argent pour tenir, mais quand Père a été tué, nous nous sommes trouvées sans ressources. C'est Mère qui a encouragé Mellerio ; il avait l'habitude de recevoir ses relations d'affaires au Beau Rivage pour dîner ou pour boire une coupe de champagne. Il m'est pénible de le dire à présent, mais je n'aimais pas la façon qu'elle avait de m'exhiber, de m'offrir presque. Je n'ai jamais eu besoin d'un agent pour attirer les hommes et j'étais offensée par les regards que je surprenais de certains clients de l'hôtel. Heureusement, Mellerio, qui avait vingt ans de plus que moi, était un homme courtois et bien élevé. Je crois qu'il souhaitait sincèrement me tirer de la gêne. Et bien sûr, j'étais très jolie. Il était agréable avec Mère aussi, et je lui en étais reconnaissante. Quant à elle, je ne pourrais pas lui reprocher ses manœuvres. Elle pensait assurer mon avenir. Je pensais assurer le sien.

» Quand Mellerio est mort, il laissait assez d'argent pour que nous vivions très confortablement au Beau Rivage durant quelques années, mais c'est devenu insuffisant lorsque Mère est tombée malade. J'avais pris de l'âge, c'était mon drame. J'avais cru que ma beauté durerait toujours, et c'est peut-être une illusion dont souffrent les femmes jusqu'au jour où, se regardant dans la glace, elles découvrent qu'une certaine fraîcheur s'est perdue, comme si un voile avait recouvert l'éclat originel qu'aucun maquillage ne saurait restaurer. Ta visite à Nyon a eu lieu juste avant que j'aie cette révélation. J'avais encore assez confiance en moi, vois-tu, pour attendre une meilleure proposition. Est-ce que je te choque ? J'en suis choquée moi-même, mais, à l'époque, je ne pensais qu'en termes pratiques. Je ne savais pas grand-chose de ta situation ; les lettres de ta mère étaient pleines de fausses assurances qui nous laissaient sceptiques. Nous avions de vous le souvenir de gens difficiles qui brillaient rarement en société. Notre société, je veux dire. Et l'antagonisme entre les deux sœurs n'était pas facile à oublier. Petite, je me souviens de disputes qui finissaient dans les larmes. J'étais pour cette raison quelque peu prévenue contre toi, malgré ta fière allure. La vie au Beau Rivage était supportable et même attrayante. Je savais que, tôt ou tard, quelque chose ou quelqu'un se présenterait. Et donc, je t'ai éconduit. Je l'ai constamment regretté par la suite.

» Mon second mariage a eu lieu à peu près dans les mêmes conditions que le premier, mais cette fois sans rien pour le rendre supportable. Alois Schneider n'était pas séduisant, et nous l'avions cru plus fortuné qu'il ne l'était. En fait, même s'il avait hérité de l'entreprise d'imprimerie de son père et de son grand-père, c'était plutôt un spéculateur et il a fait une suite de choix tout à fait désastreux pour l'avenir de son affaire. Je l'ai très vite pris en aversion, mais, comme je l'ai déjà dit, il fallait que je pense à Mère. Au moins j'ai pu veiller sur elle et j'en ai payé le prix. Je détestais que mon mari me touche, ce qu'il faisait à tout propos. Je ne pouvais pas réagir. Et pourtant, j'ai toujours aspiré à l'amour, l'amour romantique, la sorte d'amour qui arme une femme contre l'adversité. Je suis convaincue qu'avec un autre homme j'aurais eu le courage d'accepter ma situation. Dans ma jeunesse, j'enviais mes amies qui se fiançaient alors qu'elles étaient loin d'être aussi jolies que moi. C'est peut-être la raison pour laquelle je n'ai jamais aimé la compagnie des femmes. Fille unique d'un père qui m'adorait, je m'étais faite à l'idée d'être toujours favorisée. Tu étais celui dont l'attitude ressemblait le plus à la sienne, mais souviens-toi qu'à l'époque je n'avais que l'embarras du choix. Cette profusion s'est réduite de façon lamentable à deux maris qui n'ont pas su m'éveiller à la vie. Quant à nous deux, nous aurions dû nous aimer à Berlin, alors que nous étions jeunes et sans défaut.

» Es-tu surpris de me voir m'exprimer en ces termes ? Je suis la première étonnée quand je dis la vérité ; cela m'arrive rarement aujourd'hui que je dois maintenir une sorte de façade. En réalité, d'aussi loin que je me souvienne, j'ai toujours agi ainsi. À présent, je suis trop lasse pour continuer. L'épisode de Bad Homburg m'a convaincue que je devais me méfier des autres femmes. Je m'attire encore de l'hostilité, en particulier celle de mon ancienne belle-sœur et de sa redoutable fille. Tu ne le sais peut-être pas mais les femmes sont des rivales naturelles. Elles sont capables de mettre un terme à une amitié de longue date aussitôt qu'un homme est en cause, non par déloyauté, mais simplement par instinct. Peut-être n'étais-je pas aussi adorable que je le croyais, même si les hommes le pensaient. Mais cela fait partie de mon triste lot de n'avoir été aimée qu'une fois, par Père, ou peut-être deux en te comptant. Si seulement tu avais été plus entreprenant, j'aurais pu céder, c'est ce que je me dis à présent que je suis dans une situation si pénible. La seule idée de te revoir me tente et m'effraie en même temps. Et je ne pourrais retourner au Beau Rivage qu'avec un homme à mes côtés. Même ainsi, je sais que je risquerais d'attirer des regards obliques, car il semble que j'aie encore une certaine classe. Ou peut-être ai-je gardé le maintien et les gestes d'une femme qu'on a trouvée belle autrefois. Tu verras cela aussi chez certaines femmes, une sorte d'assurance naturelle qui provoque l'envie et même la jalousie. Pourtant je n'ai jamais cherché à tirer parti de ma beauté. C'était Mère qui s'en chargeait.

» Julius, je n'ai plus un sou. Le procès s'est réduit à une simple consultation avec un avocat qui m'a expliqué que même si Alois avait en principe mis ses biens à mon nom, le document qui aurait dû l'attester n'avait aucune valeur légale parce qu'il avait été signé sans témoin. Il devait le savoir. Sa sœur aussi. Nous ne nous sommes plus parlé depuis, et je ne peux m'empêcher de penser qu'Alois et sa famille étaient de mèche. Bien sûr, je n'ai pas de preuve. C'est la fille qui a vu l'avantage à tirer de la situation. Piètre avantage, en fait : il ne restait presque rien. Je pense t'avoir dit qu'Alois n'était pas un bon homme d'affaires, pas plus qu'un bon mari. Je peux dire sans hésitation que j'ai été contente de sa disparition.

» Il semblait écrit que je me retrouverais avec Mère pour seule compagnie, et maintenant sans plus personne. Je m'étonne aujourd'hui de ce cruel esprit pratique des parents qui les poussent à se décharger de leurs devoirs sur des tiers. Je sens bien que, toi, tu as été un fils loyal aussi. Tu as endossé les responsabilités de ton père, que je revois comme un homme doux, bien trop faible pour soutenir une maisonnée déjà accablée de difficultés. Il y avait un frère, je me souviens, que je n'avais pas le droit de fréquenter. Encore un décret maternel, de ton côté, cette fois. On pensait que j'allais le détourner de sa musique, mais en fait ta mère était jalouse de tous ceux qui l'approchaient. Qu'est-il devenu ? S'est-il marié ? J'ai idée que non, sans savoir pourquoi.

» Ce que j'essaie de dire, c'est que j'adorerais te retrouver au Beau Rivage, comme tu le proposes. Mais tu auras compris d'après cette lettre que je suis hors d'état de payer ma part. Tu peux imaginer à quel point il est humiliant pour moi d'écrire ces mots. Au moins, j'aurai acquitté une partie de ma dette envers toi – toi qui ne demandais qu'à m'épouser et à m'aimer – en étant franche sur ce point. Donc, nous voici de nouveau séparés par l'argent. Tu ne me dis pas si tu as réussi dans la vie ; en fait, tu ne me dis rien de toi. Tu trouveras peut-être réconfortant de savoir que je pense au respect que tu m'as manifesté avec une émotion sincère. J'aurais eu un grand, un très grand plaisir à te revoir. Étant donné la situation, tu ne seras pas surpris que je décline ton invitation. Le temps de l'amour est passé, je dois bien l'accepter, mais c'est très amer. Je ne peux terminer cette lettre qu'en exprimant une gratitude tardive non seulement pour l'honneur que tu me fais de proposer une rencontre, mais pour l'honneur que tu m'as fait autrefois en me demandant en mariage. Aucune femme ne saurait oublier un pareil compliment. Même à ce jour, j'y reste sensible. Fanny. »

Herz fut si bouleversé par cette lecture qu'il dut sortir, comme si, une fois encore, la compagnie d'inconnus était l'unique remède à son agitation. Ainsi, elle s'était à sa façon souciée de lui et continuait de le faire ; elle se souvenait de sa ferveur comme d'une chose précieuse qu'elle n'avait jamais oubliée. C'était le chaînon manquant dans leur relation : sa considération pour lui. Il avait agi et pensé en amoureux dédaigné, si ulcéré qu'il n'avait pas tenu compte de l'autre, et avait perdu du même coup le sens des proportions. Il avait été prêt à la dénigrer, à lui reprocher rétrospectivement des déceptions dont elle n'était nullement responsable. Il avait vu en elle une beauté indifférente dont il n'avait pas su retenir l'attention. Pourtant, elle n'était plus la même à présent, elle n'était plus la jeune fille qu'il avait autrefois adorée. De son avenir radieux, il ne restait que l'amertume d'une femme à qui l'amour avait été refusé, la forme d'amour auquel elle aspirait. Ou bien sa mère l'avait-elle refusé pour elle ? Il y avait eu quelque chose de pervers chez ces deux sœurs, sa mère et sa tante ; elles ne se laissaient pas aller à la compassion, ni entre elles ni à l'égard de leur jeune et confiante progéniture. Sans doute y avait-il eu de la jalousie derrière le mur d'intimité qui protégeait Fanny et sa mère ; aucune des deux n'était autorisée à rompre le contrat initial. Il avait même vu cette contrainte s'exercer au cours de son dîner au Beau Rivage, les sourires affectueux qu'elles échangeaient et qui ne parvenaient pas complètement à faire oublier le front plissé de Fanny, l'espèce de rouerie à laquelle elle devait recourir quand une possibilité d'activité personnelle, si anodine fût-elle, se présentait. Demeurer dans les limites définies par sa mère était devenu sa seule préoccupation. Sans le besoin qu'elle avait de son approbation, elle aurait pu avoir le courage d'être libre. Au lieu de quoi elle avait considéré la liberté comme la plus dangereuse des entreprises tout en pressentant que, faute d'occasion de l'expérimenter, elle ne deviendrait jamais pleinement adulte. Comme sa lettre le montrait, elle avait souffert de cette intuition mais accepté les conséquences de son choix parce que la perte du seul amour qu'elle ait connu était trop tragique pour être supportée.

Et elle avait pensé à lui, alors qu'il n'avait remarqué que son indifférence. Elle gardait des souvenirs non seulement de lui mais d'autres membres de sa famille ; elle avait fait preuve de discernement. Elle avait soupçonné quelque chose d'obscur dans l'attitude de sa mère vis-à-vis de son père et compris la jalousie qu'inspirait à cette femme toute influence possible sur son fils aîné, tant son adoration pour lui était grande. Aujourd'hui encore, ayant lui-même hérité de cette tendance familiale au ressentiment, il fustigeait Fanny pour son orgueil et son attitude dédaigneuse qui, à y regarder de plus près, pouvaient se révéler nécessaires pour déguiser une banale fragilité. Il était soudain pris d'une terrible pitié à son égard même si, avant de lire sa lettre et redoutant la perspective de la revoir ou de l'entendre, il avait été disposé à se montrer sceptique, incrédule, intransigeant. Mais sa complainte avait été celle de l'humanité ordinaire : amour, regret, solitude. Cependant, elle s'était dévoilée avec discrétion comme une simple femme, qui n'était plus courtisée et se retrouvait seule à payer le prix de cette admiration qui l'avait entourée, dont les autres femmes lui avaient tant fait grief. Elle était punie, ou du moins devait-elle en avoir l'impression, pour sa jeunesse comblée, pour la foule galante de chevaliers servants qu'elle avait jadis attirés, pour l'atmosphère de sécurité dans laquelle elle avait vécu jusqu'à ce que l'exil mette fin à toutes les certitudes. Même s'il avait fallu être vigilant et prendre de toute urgence des mesures pratiques, elle avait dû se sentir sacrifiée. Elle s'était peut-être heurtée à une vérité plus sombre encore : si tout s'était bien passé et qu'elles aient pu rester en Allemagne, elle n'en aurait pas moins été sacrifiée par ceux qui prétendaient mieux la connaître, et qui étaient, de plus, convaincus de leur bonne foi.

Remonter plus loin en arrière serait entrer dans le monde inconnu des deux sœurs, dont les vies, il le voyait à présent, n'avaient pas été modifiées d'un iota par les hommes qu'elles avaient choisis ou qu'on avait choisis pour elle. La défiance des appétits naturels avait dû leur être inculquée dès la plus tendre enfance, leur goût des plaisirs vu comme une infraction aux rites familiaux. Elles devaient donc éprouver la même défiance à l'égard de leurs enfants, dont les vies, elles allaient le comprendre un peu tard, pouvaient ouvrir des perspectives plus vastes et offrir de nouvelles chances. Ces mères avaient pris pour seul guide l'éducation rigide qu'elles avaient elles-mêmes reçue. Sa tante Anna n'était pas moins coupable que sa mère : Fanny était sa création, sa propriété privée. Malgré toute l'hospitalité généreusement dispensée dans son salon ensoleillé, elle était un véritable adjudant. Herz l'avait toujours su, il avait été congédié trop souvent, non parce qu'il avait commis la moindre faute, mais parce qu'il représentait, ou pouvait représenter, une incarnation des pulsions dont Fanny devait être préservée. Elle avait réussi à protéger sa fille pendant les années incertaines de l'exil, mais c'était dans son propre intérêt. Les maris qu'elle lui avait choisis avaient l'avantage d'être accommodants, prêts à se laisser convaincre d'accepter sa présence comme un accompagnement indispensable. Elle avait dû leur raconter que Fanny était une créature délicate dont la fragilité exigeait des soins maternels constants. Leur avenir commun reposait sur ce mythe. Herz découvrait avec compassion que Fanny s'était vu refuser l'accès à ses propres désirs et, pis, qu'elle l'avait su.

Il entra dans le jardin public, s'assit sur son banc habituel, regrettant de ne pas avoir apporté la lettre avec lui. Mais les révélations qu'elle contenait lui avaient paru trop troublantes pour être relues à la légère. Il découvrait que sa cousine avait été malheureuse et trouvait là matière à d'intenses regrets. Par-dessus tout, restait le fait qu'elle avait pensé à lui, l'avait regretté – une donnée dont il n'avait pas eu le moindre soupçon. Elle avait même éprouvé pour lui ce qu'une femme est censée éprouver pour un homme ; pourquoi, sinon, aurait-elle écrit qu'ils auraient dû s'aimer quand ils étaient à peine sortis de l'enfance ? « Quand nous étions jeunes et sans défaut », selon ses termes, qui rappelaient étrangement le regard d'approbation nostalgique qu'il posait sur de jeunes amants. Cette phrase avait établi une proximité entre eux ; tout simplement, ils se connaissaient depuis toujours. En avouant son regret qu'ils aient laissé passer leur chance, Fanny s'était rapprochée de lui. Il s'était laissé abuser par les masques que les adultes sont obligés de porter, alors que c'était à l'adolescente et à ses propres désirs qu'il aurait dû être attentif.

Il s'ébroua pour sortir de sa transe, se leva lourdement et se dirigea vers sa maison, devenue maintenant aussi fictive, aussi fantasmagorique que le Beau Rivage. En ce sens, les lieux étaient interchangeables, comme ils lui étaient apparus dans sa première vision, presque oubliée, d'évasion. Il se savait condamné à partir, non par une obligation matérielle ou immatérielle, quelle que fût la plus puissante, mais parce qu'il avait un rôle à remplir, une enquête à mener, peut-être une réponse à donner à un besoin qui s'inscrivait dans sa compétence. Leur réunion risquait d'être décevante, elle le serait presque à coup sûr, mais elle pourrait les éclairer. Il ne parvenait pas, néanmoins, à écarter tout malaise quant aux motivations de Fanny. Elle était aujourd'hui dans la gêne, sans personne pour l'entretenir. Sa lettre avait certes révélé des aspects de son caractère que Herz ignorait, mais il doutait encore. Tout bonnement, il se méfiait de son appel au secours. Elle avait toujours été habile à l'égarer. Sa lettre était peut-être artificieuse ; il n'avait aucun moyen de vérifier sa sincérité. Il haussa les épaules. Peut-être était-ce sans importance. N'empêche que cette franchise apparente était fort étonnante de sa part.

En attendant, il lui fallait rédiger une réponse. « Ma chère Fanny, écrivit-il, ta lettre est arrivée ce matin et depuis je n'ai cessé d'y penser. Je n'ose pas la relire de peur qu'elle n'ait sur moi des effets néfastes. Voici ce que je veux dire : je pense que nous devrions nous retrouver, ne serait-ce que pour voir ce que nous sommes devenus, mais cette rencontre risque d'être décevante, elle le sera presque à coup sûr. Maintenant que je suis enfin libre de jeter un regard détaché sur notre situation familiale, je vois combien nous étions impuissants, dans notre innocence, à nous insurger contre ce qui avait été décrété pour nous. Nous étions la propriété des

autres, ni plus ni moins. J'avais le destin de me[s]
parents et de mon frère entre les mains, et tu ava[is]
la tâche d'assurer ta propre survie et celle de t[a]
mère. Avoir accompli nos devoirs respectifs ne nou[s]
les a pas rendus plus aisés. Je comprends aujourd'hu[i]
qu'on nous avait laissé peu de liberté de grandi[r]
que nous étions prisonniers pour toujours de[s]
attentes de nos parents. Je ne te reproche pas l[a]
cupidité de ta mère : en même temps, je la déplor[e]
Je déplore la mère que j'ai eue. Je déplore l'apathi[e]
dont mon père donnait l'exemple. Je revois ave[c]
douleur, comme si c'était hier, ton assurance et t[a]
beauté. De bien des façons, il m'est plus facile de t[e]
revoir repousser en riant mes avances maladroite[s]
que de t'imaginer à la merci de la bienveillance de[s]
autres, telle que tu sembles l'être aujourd'hui. J'a[i]
trop de gâchis sur la conscience pour te plaindr[e]
Je reconnais simplement une autre victime.

» L'aide que je peux te donner, je te la donnera[i]
bien sûr. Que nous en arrivions à ce point e[st]
presque risible, mais depuis longtemps je su[is]
arrivé à la conclusion que les responsables de not[re]
évolution se réjouissent de notre déroute. Il y a u[n]
dicton que j'ai toujours aimé : "Si tu veux faire ri[re]
Dieu, parle-lui de tes projets." Si proche que je so[is]
de cette sagesse, je me sens malgré tout obligé d[e]
m'en prendre à moi-même ; tu devrais le fai[re]
aussi. Nous aurions dû être des sceptiques et nou[s]
nous sommes révélés, avec le temps, être des naïf[s]
Ta lettre montre que tu en as eu au moins l'intu[i]
tion, peut-être davantage que moi. J'ai essayé de m[e]
contenter de peu, croyant que j'agissais pour l[e]
mieux en réprimant mon naturel, croyant aussi qu[e]
je devais aux autres de prendre des décision[s]
rationnelles. L'une d'elles a été mon mariage, mai[s]
j'ai été moins raisonnable dans mes récents démêlé[s]

avec le monde. Je vois à présent que toutes mes affections étaient plus ou moins imparfaites mais, comme tu me le rappelles, j'avais autrefois ma jeunesse pour me guider. Je vois aussi mes terribles erreurs, non pas les erreurs de jeunesse, que j'ai tendance à pardonner, mais celles de l'âge, quand l'envie de réparer ce qui a si mal tourné vous oblige à vous adapter, à transiger, à vous satisfaire de moins quand vous avez toujours voulu davantage. Les gens qui m'entourent dans mes occupations quotidiennes me stupéfient. Comment faites-vous ? ai-je envie de leur demander. Êtes-vous contents de votre vie ou souhaitez-vous, comme moi, vous libérer de votre histoire ? J'ai eu – tout récemment – la cruelle illusion de pouvoir ainsi me libérer, et cette illusion n'était pas sans relation avec un souvenir, ou plutôt une sensation d'autrefois. Était-ce davantage qu'une sensation ? Je l'ignore, mais je sais que la sensation est parfois meilleur guide que l'estime.

» Je me sens obligé de te dire cela puisque tu exprimes peu de curiosité à mon sujet. Peut-être crois-tu m'avoir catalogué de longue date parmi ceux à qui tu pourrais faire appel pour te soutenir si jamais ta politique habituelle se révélait incertaine ou improductive. Il n'y avait pas de raison pour qu'un amoureux transi, toujours en attente, comme moi, attire une femme qui n'avait que l'embarras du choix. Je suis peiné d'apprendre que tes choix aient pu être si désastreux. Me voici encore ramené malgré moi à penser aux calculs de ta mère et aux choix qu'elle faisait à ta place. Même si je reconnais qu'elle était dépositaire d'une sorte de sagesse primitive, je lui en veux. Et je m'aperçois, à mon grand désarroi, qu'une partie de cette rancune a fini par te viser aussi. Il y avait un semblant d'opportunisme dans ta lettre et, bien que je ne sois pas un cynique (autre faille regrettable de mon caractère), une certaine lassitude m'a gagné à mesure que la journée avançait – un si beau jour, ensoleillé et tiède, un jour fait pour les plaisirs innocents, le genre de plaisirs que nous n'avons jamais été destinés à goûter, toi et moi. J'en impute la faute aujourd'hui à des parents qui n'ont pas rempli leur rôle, mais c'est ce que font les enfants, quel que soit leur âge. Je ne peux pas entièrement nous disculper. Je me méfie, vois-tu, des réponses simples. Toi, tu sembles peu consciente de tes propres erreurs. Tu exprimes une amertume que je peux comprendre : tu parles de ton aversion pour ton second mari dont le contact te souillait. Une femme plus réaliste se serait mieux débrouillée : elle aurait pris un amant. Si tu l'avais fait, j'aurais presque applaudi. Mais tu sembles avoir fait preuve d'une passivité inquiétante, et je trouve difficile d'associer cette passivité à ta fierté d'autrefois. C'est une question dont je trouverais intéressant de débattre avec toi, et pourtant j'avoue que cette idée m'ennuie d'avance. Bizarrement, on dirait que j'ai fait de toi l'œuvre de ma vie. Et je m'aperçois que cette œuvre est inachevée.

» À un moment tu as failli m'aimer, mais tu as décidé de n'en rien faire. Tu étais vaniteuse, non sans raison, et la vanité est une boisson enivrante. Je te concède que tu es prête à m'aimer à présent. Cela devrait suffire, à mon âge, et bien sûr au tien. Si j'ai la hardiesse de me montrer insatisfait, ne va pas croire que ce soit entièrement ta faute. C'est l'occasion perdue que je regrette, et, en un sens, l'inexpérience qui m'a permis si longtemps de vivre dans l'espoir. Il semble d'après ta lettre que tu te sois montrée plus avertie que moi. Quels que soient tes motifs – et je dois te faire la grâce de croire que tu n'en avais pas conscience –, je ne peux m'empêcher d'être sensible au fait que tu te souviennes de moi si affectueusement. Quand j'ai quitté Nyon ce fameux matin, j'ai eu l'impression de disparaître de la surface de la Terre, pour ne plus jamais reparaître. Tu étais encore belle alors, quoi que tu en dises. Je savais que j'avais laissé passer ma chance. Je suis frappé par le fait que tu l'aies su depuis longtemps. Nous n'étions pas mal assortis, simplement mal informés.

» Retrouvons-nous donc, mais sans illusion ni de ta part ni de la mienne. Nous n'aimerons sans doute pas ce que nous verrons, et il est probable que nous nous lasserons bientôt de parler de ce que nous avons en commun. Nous nous devons peut-être de faire le nécessaire pour préserver la fiction d'un lien familial, mais je dois t'avertir que je ne suis plus disposé à m'attendrir là-dessus. Si je reviens à Nyon, ce sera dans le désir honteux d'y être accueilli par quelqu'un qui m'a connu quand j'étais jeune et plein d'espoir, et qui ne jugera pas trop durement ce que je suis devenu. Le plaisir ne durera peut-être pas plus longtemps que l'instant de nos retrouvailles, mais ce sera un plaisir rare. La perspective n'est pas sans danger et nous sommes à un âge où nous devons redoubler d'efforts de bravoure. Pourtant, d'une certaine manière, nous aspirons encore à l'amour. Cette question, du moins, nous intéresse l'un et l'autre. À toi fidèlement, Julius. »

Cette lettre aussi, il la déchira. « Très chère Fanny, écrivit-il ensuite, merci d'avoir répondu aussi vite. Mettons-nous d'accord sur une date, peut-être au début du mois prochain. Je suppose que tu seras contente de retourner au Beau Rivage. Je m'occuperai de tout, bien entendu ; tu n'as pas à t'inquiéter. Je te téléphonerai dans les jours qui viennent pour arrêter nos projets définitifs. Inutile de dire que je suis impatient de te revoir. Toujours à toi, Julius. »

Sur une autre feuille, il écrivit : « Chère Sophie, si vous ne rentrez pas trop tard, pourriez-vous m'appeler ? » et il sortit glisser le mot sous sa porte avant d'avoir changé d'avis.

Sur le point de cacheter sa lettre à Fanny, il avait dû vérifier qu'il lui envoyait la version courtoise, corrigée, et que sa réponse précédente était bien dans la corbeille à papier. Il aurait peut-être été soulagé de donner une leçon à Fanny, mais il savait qu'il aurait eu honte de son impolitesse jusqu'à la fin de ses jours. Il venait d'une époque où l'on devait se tracer un chemin convenable à travers des forêts de frustrations inexprimées : ils étaient tous les deux assujettis à ce code. Pourtant, il aurait besoin de répéter ces mots pressants quand ils seraient face à face. Ce serait comme une conférence au sommet dans un calme paysage panoramique, au sortir de laquelle ils devraient émettre un communiqué. L'issue serait peu concluante (ici, l'analogie avec une conférence au sommet semblait pertinente), mais ils auraient fourni l'effort nécessaire. Il était même prêt à une confrontation et se réjouissait de l'occasion qu'il aurait enfin de l'amener à reconnaître leur égalité. Il pourrait même trouver en elle ce public qu'il avait souhaité à différents moments : oui, bien sûr, car n'était-elle pas l'unique personne à qui il n'avait pas à se présenter, pour qui il n'aurait pas besoin d'inventer un préambule artificiel à quelque sujet théorique sur lequel exprimer des opinions abstraites ? Et qui sait si elle ne trouverait pas cela acceptable, voire divertissant ? Derrière ses plaintes, il avait détecté un ennui intense, l'ennui d'une femme habituée aux attentions et maintenant condamnée à vivre sans elles. Pas besoin de perdre la face. Ils verraient là un stimulant nécessaire, si bien que plus tard leur conversation pourrait explorer d'autres régions, aborder d'autres sujets qu'eux-mêmes. Les questions qu'ils avaient l'intention d'aborder ensemble pourraient s'épuiser bien plus tôt qu'ils ne l'avaient l'un et l'autre escompté, car leurs positions avaient été mises au clair dans leurs lettres, dans celle de Fanny, non censurée, dans la sienne, si prudente. Cette prudence serait bientôt superflue. Une fois qu'ils seraient assis ensemble, qu'ils communiqueraient sans difficulté, leur séparation serait oubliée ou, si elle ne l'était pas, elle n'aurait plus d'importance. Les années passées l'un sans l'autre seraient perçues comme une longue parenthèse dans une relation durable, à laquelle ils prenaient l'un et l'autre un intérêt renouvelé.

« Sophie, dit-il quand le téléphone sonna, dites à Matthew qu'il peut avoir l'appartement. Un mois pour commencer. Ensuite, je lui ferai savoir si, oui ou non, j'ai décidé de vendre. Je ne pense pas qu'il y ait rien de plus à préciser pour l'instant. On dirait que je me suis décidé sans problème. Curieux, je croyais que ce serait plus difficile. »

18

Matthew Henderson avait demandé et obtenu la permission d'entreposer certaines de ses affaires chez Herz. Le salon hébergeait à présent un ordinateur, un magnétoscope, deux haut-parleurs de bonne taille et deux raquettes de squash. Puisqu'il lui restait peu de place pour se livrer à ses activités ordinaires, Herz reprit l'habitude de quitter l'immeuble aux aurores, désireux d'éviter son nouveau locataire, qui choisissait ce moment pour déposer devant sa porte un nouvel objet discret mais encombrant. Une fois, à son retour, il trouva une valise sur le palier et la transporta avec un léger soupir dans sa chambre à coucher. Il ne protestait pas, préférant être ailleurs quand l'acte d'appropriation se produisait. Bientôt, il le savait, des bruits lui parviendraient de l'appartement de Sophie, et la moindre des politesses, à son avis, était de s'éclipser. Ils étaient partis quand il revenait, et c'est alors qu'il prenait son petit déjeuner, gardant le journal qu'il venait d'acheter pour le lire plus tard au jardin. Cette conduite, propre à un séjour en villégiature ou à tout autre mode de vie temporaire, signifiait qu'il avait devant lui de longues journées, dont l'essentiel se passait à l'extérieur. Mais le temps était beau et il prenait un modeste plaisir à ces sorties du petit matin, tout en sachant qu'il lui était plus facile de quitter l'appartement en homme libre que d'y revenir pour le trouver en partie conquis, l'invasion se poursuivant furtivement alors même qu'il parcourait ses rues familières.

D'un œil aigu mais bienveillant, il observait le paysage désormais neutre pour lui, n'offrait aucun commentaire à sa promenade solitaire, absorbait toutes les excentricités – des hommes à bout de souffle sur le trajet de leur jogging matinal, des vieilles dames regardant avec sollicitude leur chien se soulager dans le caniveau. Il regrettait seulement de ne pouvoir parfois arrêter un passant pour engager un brin de conversation. Cela n'aurait pas de sens, il le savait, mais, tout comme les remarques échangées dans les magasins, les considérations sur le temps étaient empreintes d'une amabilité plus marquée à cette heure-ci qu'à aucune autre. En décidant de partir, il semblait s'être replacé dans un système de références plus large, où la compagnie d'inconnus était tout à fait supportable et où de vagues salutations représentaient le mode normal de communication. Dans cet anonymat partagé, tous observaient un code selon lequel une certaine distance était recommandée ; il devenait superflu d'expliquer qui on était, ce qu'on faisait et du même coup on accédait à cette liberté vis-à-vis de l'histoire que les vacances vous promettent toujours mais vous accordent rarement. L'absence d'intimité, sensible sans être menaçante, vous jetait dans une humeur bizarre, comme si la personnalité se dissipait dans l'air tiède, ne laissant en place que les sens pour admirer, apprécier, savourer et, pendant ce bref intervalle, fonctionner sans entraves.

Cet état pouvait s'altérer par la suite, la capacité de l'observateur à s'abstraire de la scène étant limitée. Alors, Herz regagnait son appartement, plus pesant déjà, comme si l'on venait de le réintroduire dans l'atmosphère terrestre. C'était l'aspect le moins engageant de l'exercice, qui laissait présager le jour où il lui faudrait faire un effort pour retrouver cette insouciance première. Si, ayant mal choisi l'heure de son retour, il croisait dans l'escalier soit Matthew soit Sophie, ou plus souvent les deux ensemble, il levait une main amicale, souriait et passait son chemin, soucieux de ne pas perturber leur entrée pleine d'aisance dans la vie d'un jour ordinaire. Il comptait sur eux pour animer la maison, qui aurait pu sombrer dans un silence profond ; ce qu'ils faisaient par des signes – une vitre remontée, une remarque lancée d'une pièce à l'autre, l'éclat de musique d'une radio qu'ils venaient d'allumer et dont ils baissaient le son, pour ne pas le déranger peut-être. Ils étaient, semblait-il, conscients de sa présence, qu'il cherchait à rendre aussi discrète que possible. Lui, de son côté, était plus que conscient de la leur, attentif à leurs allées et venues et, chaque fois, au bruit de leurs pas dans l'escalier. Certains jours, il les voyait s'éloigner dans la rue pour se rendre à leur travail. Dans leur tenue stricte, l'air compétent et compétitif, ils devenaient des personnages de rechange, ceux qu'ils réservaient au monde extérieur, aussi allègrement affichés que s'il n'existait aucun hiatus entre leur vie commune et les heures où ils étaient des individus séparés. À les voir s'effacer au loin, il était pris d'une légère panique et, avec elle, d'un sentiment d'aliénation, de grande immaturité, se demandant, comme l'exilé de la vie réelle qu'il savait être, quel effet cela faisait d'avoir ses entrées dans le monde de l'amour et du travail. Pareilles spéculations étaient, il le savait, sans valeur et seulement révélatrices de sa propre impuissance à créer un contexte dans lequel il pourrait se révéler efficace et utile. Lorsqu'il se montrait affairé, c'était à l'intention des autres qui, sinon, auraient pu se sentir obligés de s'enquérir de sa santé ou de lui demander s'il comptait partir en vacances. Il réussissait particulièrement bien à éviter toute conversation avec le jeune couple, dont il tenait à respecter l'intégrité. Il espérait qu'ils déduiraient de son sourire poli et de sa main levée qu'il était engagé à fond dans des champs d'activité dont ils ignoraient tout.

Entre leur départ au travail et leur retour, beaucoup plus tard, il pouvait penser à eux presque objectivement, notant les changements qu'il avait pu saisir et conserver à l'esprit aux moments où ils se rencontraient et se saluaient : le sourire intérieur de Sophie, la morne vaillance de Matthew. Des deux, le jeune homme semblait le moins lucide, acceptant sa bonne fortune comme ceux pour qui ces avantages sont monnaie courante. De quoi s'alarmer, en principe, mais Herz reconnaissait que Sophie était assez vigilante pour deux. Elle l'avait capturé, peut-être dès ce fameux échange de regards dont ils se contentaient à présent de vivre les conséquences, en les ajustant, en les réduisant aux dimensions du quotidien. Ni l'un ni l'autre ne montrait plus cette capacité d'extravagance qui, quelques secondes, avait obligé Herz à retenir sa respiration avant de quitter la scène. Au lieu de quoi ils bavardaient gaiement en charriant les affaires de Matthew d'un palier à l'autre. Leur apparition à sa porte proclamait derechef leur pouvoir de cerner et d'absorber son espace toujours plus réduit, mais, dans leur innocence, ils n'étaient pas conscients d'être une menace pour sa tranquillité d'esprit. Le plus souvent, obligeamment, il prenait le lourd manteau d'hiver et les deux paires de chaussures et les rangeait dans l'un de ses placards à présent pleins à craquer. Ils savaient qu'aucun remerciement ne s'imposait, que cet exercice aisé devait être accepté comme un transfert de propriété, son accord étant tenu pour acquis. Il n'avait donc aucun motif de s'inquiéter, car il en était vite venu à comprendre le protocole selon lequel la moindre objection de sa part aurait été une faute de goût. Il notait avec respect la taille des chaussures de Matthew et savait que ce genre de détails lui manquerait quand il serait parti. Il découvrait que loger une personne jeune était à la fois stimulant et exaspérant, et revenait avec une espèce de soulagement à la demi-vie qu'il s'était forgée et dans laquelle il avait lutté pour atteindre la perfection. Seul son silence habituel lui permettait de mesurer la distance qu'il avait parcourue, les progrès intellectuels qu'il avait accomplis. Sa première lettre à Fanny, celle qu'il n'avait pas postée, l'avait délesté de tout un fardeau d'accusations qu'il n'aurait plus jamais besoin de formuler. Il pourrait donc la rencontrer comme un homme qui se serait relevé d'entre les morts, libre de la corruption terrestre, un pur esprit. Qu'il puisse jamais s'accommoder de pareille immatérialité, c'était une autre affaire. Son instinct était d'embrasser le monde dans sa totalité, pour le meilleur ou pour le pire, comme dans un mariage. Pourtant, c'était apparemment une autre sorte d'union qui était offerte, ou du moins proposée, à deux survivants d'expériences disparates, reliés moins par l'attente du futur que par le désir de comprendre le passé.

La voix de Fanny au téléphone avait paru hésitante, comme si elle craignait d'être interrompue. Lorsqu'il avait affecté un calme qu'il n'éprouvait pas, elle s'était mise à l'unisson. Elle avait même retrouvé quelque chose de sa brusquerie d'autrefois, de ses attitudes anciennes. Ce fut presque un soulagement pour Herz, qui avait imaginé d'avance des flots d'émotion qu'il se savait incapable d'endiguer. Une femme en pleurs lui ferait regretter toute cette entreprise, qui devait être conduite avec dignité, même au cas où leurs relations deviendraient conflictuelles. En fait, plus ils auraient de raisons d'être irrités – car il savait qu'il y aurait des réclamations, des représailles – plus grand serait le besoin de faire preuve d'une retenue extrême, de façon à donner l'apparence de la sérénité, à défaut d'harmonie. Ils étaient convenus de se retrouver à Genève. Herz avait retenu une voiture pour les conduire à Nyon. Il espérait que ce geste plairait à Fanny, à qui de telles attentions avaient dû manquer ces derniers temps. Il l'avait priée de ne pas emporter trop de bagages ; elle lui avait répondu de ne pas être aussi stupide. Voyons, avait-elle dit sèchement, tu t'attends tout de même à ce que je sois bien habillée ? Ils auraient peut-être l'occasion de danser, avait-elle ajouté. La nostalgie, à cet instant, avait vibré dans sa voix, perçant la carapace d'assurance mise en place en toute hâte. Il ne la connaissait pas encore assez pour lui dire combien il était ému par ce signe d'espoir, ce désir qui ne s'adressait pas à lui mais au genre de vie qu'elle avait connu jeune fille. Il devait, il s'en rendait compte, éviter soigneusement de montrer qu'il la comprenait trop bien, accepter avec autant de sérieux que possible ce qu'elle lui raconterait de ses derniers malheurs, se préparer à la croire quand elle ferait allusion à de récents

« embêtements », dont elle rendrait comme toujours les autres responsables, fidèle à sa version favorite de la vérité. Quand il la connaîtrait mieux, il pourrait trouver cela gênant, mais à ce stade une pointe d'irritation aurait l'avantage de les protéger de la sentimentalité. En cette occasion, toute émotion excessive leur paraîtrait indésirable. Il suffirait de savoir qu'ils s'entendaient sur ce point pour parvenir à un accord acceptable, négocié de part et d'autre avec un soin qui pouvait encore se transformer en amour.

« De quoi as-tu l'air maintenant ? avait-elle demandé.

— Vieux », avait-il répondu.

Elle avait ri, mais s'était arrangée pour lui donner l'impression qu'elle-même n'avait pas changé. Le timbre de sa voix s'était modifié, était devenu plus alerte, ce qui avait suffi à le convaincre. Il voulait bien lui faire cette concession. D'autres risquaient de suivre.

Tous deux étaient ravis de savoir qu'ils arriveraient comme un couple et que leurs retrouvailles se seraient passées sans témoin. Il y avait réfléchi, mais en fait les problèmes susceptibles de se poser étaient faciles à résoudre. Ses démarches avaient porté leurs fruits. Une suite au Beau Rivage, avec vue sur le lac, était libre, ce qui avait réglé toute question de pudeur. Ils auraient l'un et l'autre la discrétion de ceux dont le physique n'a plus rien de flatteur, et ils veilleraient à ne pas s'exhiber quand la réalité pourrait mettre en péril l'apparence qu'ils prendraient soin de garder. Son vol était réservé, celui de Fanny aussi. Il estimait que, jusque-là, il avait sûrement fait bonne impression. D'ailleurs, toutes ces mesures étaient accueillies sans réticence, et la plupart du temps il pouvait les oublier. Il était plus intéressé par la vie qu'il allait abandonner et par les jeunes vies qui allaient bientôt effacer jusqu'à la moindre de ses traces. Il trouvait que c'était dans l'ordre des choses, mais regrettait un peu de ne pas être présent pour assister au déroulement de cette histoire aux débuts si prometteurs. Il savait que dans les moments d'ennui ses pensées reviendraient à ce tableau enchanteur et que, si jamais il devenait nostalgique, ce ne serait pas un lieu qui lui manquerait, mais des bruits de pas dans l'escalier, l'ouverture et la fermeture de la porte d'entrée, le murmure des voix, un éclat de rire. Dans son exil si paisible, il se demanderait s'ils allaient bien, comme si eux, et non Fanny, étaient membres de sa famille. Il leur enverrait une carte postale, mais se garderait de leur rappeler davantage son absence ou sa présence passée. En temps voulu, il retournerait là-bas l'espace d'une journée pour parler de ses projets d'avenir, après les avoir avertis de sa visite. Il ignorait encore à ce stade ce qu'il déciderait, mais il savait qu'il ne reviendrait probablement pas vivre à Chiltern Street. Seules une maladie ou une grave contrariété pourraient l'obliger à rester, et il était bien résolu à ne succomber ni à l'une ni à l'autre. Une vigilance éternelle était le prix de la liberté et, pour cette vigilance, il avait été bien entraîné.

Ses promenades prenaient à présent des airs d'adieu, même si elles étaient toujours ferventes. Il remarquait avec émotion la lumière de la rue sous sa fenêtre, les postes de télévision ronronnant dans la boutique et, plus loin, le caddie du facteur, le supermarché, le jardin. Ces repères, à présent, s'assemblaient pour composer un portrait de sa vie dans ce quartier, témoins muets de sa citoyenneté. Il n'annonça pas son départ, évita les conversations, laissa un mot à Matthew pour indiquer son adresse et lui demander de faire suivre le courrier. Il laissait ce qu'il fallait à Ted Bishop ; ils s'étaient serré la main avec une grande cordialité. Sa diligence tendait à lui faire défaut au cours des longues soirées, où il éprouvait de brefs moments de découragement. Mais il fallait s'y attendre et la fatigue pouvait suffire à l'expliquer. Il resterait dehors aussi longtemps que possible, mais c'était aller à l'encontre du but recherché, puisque finalement il fallait rentrer. La rue était plus hospitalière que l'appartement, qui lui devenait étranger. Il prit un bain en faisant le moins de bruit possible. Quand il se mit au lit, il remarqua que sa radio avait été déplacée pour faire place à un plus grand modèle.

La veille du jour prévu pour son départ, il rendit une dernière visite à la National Gallery. C'était l'adieu par excellence et il en attendait beaucoup, mais pour une fois il se montra inattentif, agacé même, comme si l'art lui refusait désormais ses secrets, le trouvant indignement occupé de ses petites affaires. Il n'était plus capable, en effet, de se plonger dans une contemplation innocente, et cette perte de foi le troubla. Il s'arrêta un instant devant plusieurs martyrs avant de passer au bâtiment principal et à la compagnie plus rassurante de divinités d'un autre ordre : Mars et Vénus, Vénus et Adonis, Bacchus et Ariane. Cette dernière image, où dominait un bleu vif, proclamait son message subversif sans évoquer le vieillissement des corps. Ariane, le bras tendu comme pour repousser l'air interposé entre elle et Bacchus et se projeter en avant, arrêtée par le regard lourd qu'ils échangent, semble par ce geste même perdre le pouvoir, devenir incertaine, tandis que lui, dont la quasi-nudité éclipse aisément la silhouette drapée dans ses voiles, démontre qu'il n'a nul besoin de souligner sa prise de possession. Ses compagnons, par leur indifférence, affirment que ces choses-là se produisent tous les jours ou, plus probablement, qu'ils sont exclus du mystère. Herz se sentit faible soudain et fut contraint de s'asseoir sur une banquette. À la lumière de cette conjonction extraordinaire, quel réconfort pouvait-il tirer, lui, de ses projets consciencieux, de cet accord entre deux survivants prudents, chacun avec sa sécurité en tête, chacun avec sa liste d'occasions perdues, de défaites même pas honorables ? Comment pouvaient-ils seulement mimer de joyeuses retrouvailles sans éprouver le même choc au moment de se reconnaître ? Que représentait une compagnie raisonnable, ou même agréable, comparée à l'accomplissement du désir ? Encore une fois, il leva les yeux vers le tableau avant de les détourner, se rappelant qu'Ariane avait beaucoup à perdre dans cette aventure et que Bacchus deviendrait l'épave obèse gorgée de vin, dont la disgrâce serait décrite par d'autres peintres moins séduits par son exemple. L'histoire finissait mal, mais c'était sans importance. On pouvait, à l'inverse, soutenir qu'une compagnie tempérée avait des chances d'être plus durable que ces éblouissants préliminaires. Mais cette association entraînerait aussi des regrets. Herz vit une jeune fille s'attarder devant le tableau, en saisir, pour la première fois peut-être, toute la vérité, et convoiter pour elle-même pareille apothéose. Tout simplement, rien ne pouvait s'y substituer. Elle se manifesterait non par sa présence mais par son absence, et laisserait ainsi une marque indélébile. La voir, en entendre parler, il n'en fallait pas plus pour provoquer l'émerveillement. Ou en fait l'accablement.

La faiblesse persistait. Il resta assis jusqu'au moment où on l'avertit que le musée allait fermer. Il se dirigea vers la sortie, escorté par un gardien attentif qui le suivait à pas lents. À son grand malaise physique s'ajoutait une crainte, celle que Fanny puisse attendre de lui qu'il lui fasse l'amour. Il décida de téléphoner au Beau Rivage en arrivant chez lui – si jamais il y arrivait – et de réserver une chambre pour une personne. L'amour avait cessé d'être une possibilité : l'image, d'un bleu éclatant, de Bacchus et Ariane avait fait son œuvre jusqu'au bout, l'avait convaincu que de telles fantaisies n'étaient plus séantes, ou, plus exactement, n'étaient plus à sa portée. Même à son âge il n'était pas parvenu à assimiler la vérité, que la réalité charnelle était chargée de lui rappeler. Par dégoût, par délicatesse, et même par modestie il détournait son regard tous les jours de son apparence altérée ; s'il pensait à celui qu'il avait été autrefois, ce qu'il voyait, c'était une silhouette lointaine dans un paysage lointain, capable d'effectuer n'importe quel geste, d'accomplir n'importe quel exploit physique. Ce souvenir presque mythique de lui-même avait quelque chose à voir avec le commencement du monde, la croyance en l'inviolabilité, en l'immortalité qui doit nécessairement revenir nous hanter quand les jours commencent à raccourcir. Même alors, l'idée de la mort resterait irréelle, ses détails obscurcis. Arriverait, il le pressentait, un temps où il serait remis entre d'autres mains, abandonnant toute pensée de lui-même en tant qu'être distinct. Il deviendrait une partie de l'espèce, et, même parvenu à cette extrémité, il éveillerait peu d'intérêt.

Ce qui lui restait accessible était plus banal : un simulacre de domesticité. Ce serait peu convaincant, mais il était toujours résolu à le faire fonctionner.

Le cadre presque abstrait, la femme presque familière, les attentions discrètes de ceux qui étaient chargés d'atténuer ce que le quotidien avait de plus grossier, suffiraient, espérait-il, à instaurer une routine où la vie des corps se ferait discrète. Ils se retrouveraient pour des promenades, aux repas, leur décadence convenablement camouflée. Avec le temps, cette vie reconstruite pourrait les persuader de sa réalité. À présent, il désirait de la gentillesse, de l'indulgence, de la compréhension, le genre de réciprocité sur laquelle des connaissances de longue date peuvent s'entendre, en s'abstenant avec tact de faire des allusions malencontreuses à une intimité passée qui, d'ailleurs, n'avait jamais existé. Bien que sa vision de Fanny fût celle d'une amante perdue, l'amant perdu était en fait lui-même. Ses espoirs et ses attentes d'autrefois s'étaient à la longue réduits à rien. Fanny avait été pour lui l'incarnation de ces attentes, dont la persistance avait été remarquable. Il ne se trouvait pas romantique à l'excès, mais il avait longtemps entretenu une relation décevante avec une situation inaltérable, impossible de le nier. Chaque fois, il était susceptible de se laisser emporter par l'élan du souvenir et du sentiment : pourquoi, autrement, avait-il voulu tenter cette expérience ? Il serait prudent de considérer la Fanny réelle, celle qu'il avait prévu de rencontrer à Genève le lendemain, comme une étrangère, à qui il témoignerait du respect, de la courtoisie, mais désormais plus d'ardeur.

Il avait perdu l'envie de ces discussions animées qu'il avait d'abord imaginées. Il désirait un sourire en réponse au sien : c'était encore possible. Il lui passerait tous ses caprices, flatterait sa vanité de son mieux, lui permettrait de se sentir recherchée, mais seulement à la condition qu'en échange elle laisse parfois tomber son masque mondain et gratifie d'une tendresse spontanée non celui qu'il avait été, l'humble soupirant, mais celui qu'il était à présent, un être facilement effrayé par le monde réel. Pour ce sourire affectueux, il irait jusqu'au bout du monde. Il lui tardait maintenant d'être au téléphone, de lui parler et si possible de déceler dans sa voix un peu de la vulnérabilité qui le submergeait à l'instant où, sur le bord du trottoir, perdu dans la foule, la circulation, le bruit, il appelait un taxi, son bras levé aussi lourd que du plomb. L'immensité de la ville, qu'il avait toujours embrassée, lui donnait l'impression d'étouffer. Une fois de plus, il eut une vision de Nyon, ou plus exactement de la petite bourgade qui, trente ans auparavant, lui était apparue si douce, si réconfortante. Elle aurait changé elle aussi, mais la vue sur le lac, elle, serait intacte, et la lumière tendre, et les montagnes lointaines. Dans ce cadre, il allait sûrement se rétablir des faiblesses agaçantes qui avaient empoisonné ces derniers mois, en se confiant, si nécessaire, aux bons soins d'un médecin suisse, une figure patriarcale. Et qui sait si Fanny ne sortirait pas complètement de son registre habituel pour veiller sur lui ? La perspective, il le savait, n'aurait rien de tentant pour elle. Mais lui, à son tour, pourrait sortir de son rôle et devenir irritable, exiger que son régime soit observé, en faire la gardienne prévenante qu'il voulait qu'elle soit. Cette perspective ne l'enchantait pas lui non plus. Mais s'ils pouvaient améliorer l'un et l'autre leur conduite, ou simplement leurs gestes, pour se donner du bonheur, il tiendrait cela pour une grande réussite.

Il avait pris en considération son fond de mélancolie, et son aveu d'avoir été malheureuse. Les biens matériels dont il était prêt à la doter ne l'empêcheraient pas de se voir comme une femme qui n'a jamais connu l'amour. Il pouvait peut-être restaurer sa fierté qui, il le savait, reprendrait le dessus au premier encouragement. Il devrait compter sur la connaissance qu'elle pouvait avoir conservée d'elle-même. Peut-être, mais c'était peu vraisemblable, avait-elle gagné en sagesse pendant leurs années de séparation, assez du moins pour être capable de le traiter avec gentillesse. Cette gentillesse, dont il n'avait jamais fait l'expérience, il y aspirait désormais comme il avait aspiré à l'amour. Dans le taxi cahotant, il glissa un comprimé sous sa langue et attendit que sa vision s'éclaircisse. Il lui restait à faire ses bagages, à téléphoner à Bernard Simmonds et à passer voir Sophie et Matthew pour leur souhaiter bien du bonheur. Tout cela, cependant, était moins important que son besoin urgent de joindre Fanny, de s'assurer de son état d'esprit, de découvrir si elle aussi était indécise.

À Chiltern Street, il se sentit submergé par une marée de bagages, principalement ceux de Matthew, sa modeste valise s'ajoutant simplement aux possessions du nouveau propriétaire légitime. Désormais, l'endroit n'était plus son domicile incontesté. Et il ne le souhaitait pas. L'appartement avait autrefois représenté l'émancipation des obligations familiales, de son mariage et de son divorce hors des murs sinistres d'Edgware Road. Pourtant, elle n'avait débouché sur aucune forme d'accomplissement. Ce lieu avait été un refuge, sans plus, et, en tant que tel, il l'avait bien servi. À présent, il lui paraissait étranger, déjà habité par une autre vie. Il fut satisfait de son agacement quand il trébucha sur le sac de sport de Matthew. Il augurait bien de l'irritabilité qu'il espérait cultiver en d'autres circonstances, plus favorables. Un nouveau personnage se construisait.

Il composa le numéro de Bonn, laissa longuement sonner le téléphone, en mesure à présent de mettre sa résolution à l'épreuve. « Fanny, dit-il, comment vas-tu ? »

Il y eut un rire au bout du fil. « Je n'en sais trop rien, Julius. Je suis plutôt nerveuse, à vrai dire.

— Moi aussi. Il fallait s'y attendre. Il y a longtemps que nous sommes partis.

— Tu vas me trouver tellement changée, c'est terrible.

— Mais, très chère, nous avons changé ; c'est inévitable. En tout cas, j'ai la certitude que je te reconnaîtrai sans hésitation. Qu'est-ce que tu comptes faire de ton appartement ?

— Une amie va l'occuper. Pas indéfiniment, bien sûr, quoiqu'elle m'ait proposé une ou deux fois de mettre nos ressources en commun. Mais je n'ai jamais aimé l'idée de vivre avec une autre femme. Je préférerais rester seule, même si j'ai trop connu la solitude. » Sa voix se perdit, comme si elle s'était détournée un instant. Quand elle reprit la parole, il eut l'impression qu'elle avait fait un effort délibéré pour retrouver son sang-froid.

« Moi aussi, j'ai été seul, dit-il doucement. Je m'en rends compte à présent que j'ai un espoir de compagnie. C'est un grand bouleversement pour nous deux, Fanny, mais nous serons encore libres de nos décisions. Pas la peine de nous affoler.

— C'est vrai que j'ai peur, rétorqua-t-elle. Mais, comme tu dis, nous sommes libres. Je pensais seulement que c'était un geste si adorable de ta part. Et ce sera bon d'avoir quelqu'un à qui parler après ce long isolement.

— Bientôt, tu n'y penseras plus. Il y aura des gens autour de toi. » Autour de nous, rectifia-t-il in *petto*. « Et des tas de choses à faire », ajouta-t-il gauchement.

Il se demanda ce qu'il était advenu de l'autorité qu'elle s'était redécouverte récemment. Il l'aurait préférée plus vive, plus impérative, plus semblable à ce qu'elle avait été. « Y a-t-il quelqu'un pour t'emmener à l'aéroport à temps ? Tu as toujours eu du mal à être ponctuelle. »

Elle rit. « Tu te souviens trop bien de moi, j'en ai peur. Oui, l'amie dont je t'ai parlé m'accompagnera. Et toi ?

— Oh, ne t'inquiète pas pour moi. »

Ils se turent. Aucun des deux ne savait comment terminer cette conversation au cours de laquelle tant de choses avaient été passées sous silence. Ne t'inquiète pas pour moi ? pensa-t-il. Mais c'est exactement ce que je veux que tu fasses. Je veux, pour une fois, être accueilli par un sourire aimant et, en réponse, le mien s'élargira sans contrainte. Il conclut seulement : « Eh bien, à demain, alors. » Et, Fanny, tâchons d'être heureux. Ces derniers mots, il réussit à les garder pour lui. « Bonsoir, ma chère. À demain. »

Pour le plaisir de savoir qu'il y aurait un lendemain, il était prêt à payer cher. Il s'attela sans tarder à ses autres tâches, écrivit un mot à Bernard, un autre à Sophie. Il ne tenait pas à leur parler, préférant se réserver pour sa rencontre avec Fanny. Il passa une nuit agitée, mais il se dit que c'était inévitable. De temps en temps, il se sentait oppressé, et ce malaise lui était devenu si familier qu'il l'acceptait comme une infirmité bénigne, et donc négligeable. Tout devait tendre à l'amener à Genève. Après quoi, il serait temps de s'occuper de lui, de demander conseil, de prendre des précautions.

Il jeta un dernier regard sur l'appartement, éprouva une légère tristesse, mais pas celle à laquelle il s'était attendu. Dans le taxi, il se félicita d'avoir effectué un départ si discret. Il avait le souffle court, maintenant. Encore un dernier effort et tout serait pris en charge. À l'aéroport, des sourires approbateurs étaient adressés à d'autres passagers trop préoccupés pour les rendre. Il parvint à ramasser sa valise, négocia tous les périls. Il but une tasse de café à une petite table à dessus de verre, indifférent soudain à l'effort qu'il lui restait à faire.

La douleur commença brusquement, différente de tout ce qu'il avait jamais connu. Quand son vol fut appelé il se leva, chercha maladroitement ses comprimés. Sa main tremblante les envoya rouler sur le sol sale. Se retenant tant bien que mal de haleter, il avança en chancelant, écrasant les comprimés sous ses pieds. Puis, serrant toujours dans sa main la boîte vide, le fantôme d'un sourire encore sur les lèvres, il lutta, épuisant le reste de ses forces pour rejoindre les autres voyageurs en partance.

Collection « littérature étrangère »

Impression réalisée sur CAMERON par

BUSSIÈRE

GROUPE CPI

à Saint-Amand-Montrond (Cher)
en octobre 2004
pour les Éditions Belfond
12, avenue d'Italie
75013 Paris

Composition : Nord Compo

N° d'édition : 3956. — N° d'impression : 043973/1.
Dépôt légal : octobre 2004.

Imprimé en France